Silas Breuer

Spiegelscherben

www.tredition.de

© 2018 Silas Breuer

Verlag und Druck: tredition GmbH, Hamburg

ISBN
Paperback: 978-3-7469-1446-6
Hardcover: 978-3-7469-1447-3
e-Book: 978-3-7469-1448-0

Für meinen Freund Steve

Im Sommer des Jahres 1993

1.Tag

WASHINGTON: Seattle

Ein leichter Nebel zog vom Pazifik her über die Stadt. Die Sonne würde ihn bald auflösen, aber an diesem kühlen Sommermorgen hielten sich die Schleier erstaunlich lang in den Straßen der Metropole.

Jeff Clark, ein siebzehnjähriger Junge aus der bürgerlichen Mittelschicht, war um viertel vor zehn aufgestanden und putzte sich gerade die Zähne, als ihn ein leichtes Schwindelgefühl überkam. In der letzten Zeit war dies immer öfter passiert, und jedes Mal dauerte es länger. Am Anfang nur wenige Sekunden, blieb der Schwindel jetzt manchmal minutenlang. Es war nicht das Einzige, was sich seit Monaten bei ihm manifestierte. Er veränderte sich. Nicht äußerlich, aber irgendetwas in seinem Inneren war anders. Seine Schulleistungen waren nie besonders gut gewesen, doch in den letzten Klausuren befand er sich plötzlich in sämtlichen Fächern unter Klassenbesten. Das Lernen war ihm leicht gefallen. Dinge, die er früher niemals verstanden hätte leuchteten ihm wie selbstverständlich, ein.

Auch die körperlichen Fähigkeiten verbesserten sich zusehends. Als Bewegungsmuffel und total unsportlicher Typ war es ihm plötzlich möglich gewesen, die kompliziertesten Turnübungen fehlerlos durchzuführen. Seine Klassenkameraden waren überrascht gewesen, aber er erklärte seine Leistungen mit Fitnessübungen zu Hause und erhöhtem Lernen.

Gerade als Jeff den Wasserhahn zudrehte, um nach dem Zähneputzen zu frühstücken, zwang ihn ein stechender Schmerz hinter der Stirn in die Knie. Ihm blieb fast die Luft weg, um zu schreien.

Er schloss die Augen, was aber nur zur Folge hatte, dass wieder diese Bilder hervorkamen, von denen die Träume der letzten Nächte durchdrungen waren.

Da war Feuer. Feuer, welches über ein ödes Land zog. Düsternis herrschte in dieser Welt, nur von den Flammengarben erhellt. Nadelspitze Berge mit spiegelglatten Wänden bildeten den Horizont und begrenzten eine mit rötlichen Steinen bedeckte Ebene. Eine bizarre unheimliche Welt, die ihm seltsam vertraut erschien. Vielleicht lag es daran, dass sie sein Innerstes metaphorisch wiedergab.

Je schärfer und deutlicher die Konturen dieser fremden Umgebung wurden, umso betäubender und stärker wurden seine Schmerzen, die langsam den ganzen Körper befielen. Dort, wo sein Herz eigentlich sein müsste, fühlte er eine eisige Kälte. Er betete es solle aufhören und glaubte beinahe zu sterben. Klar, solche Attacken waren aus den letzten Wochen bekannt, aber dermaßen gnadenlos und furchtbar waren sie noch nie gewesen.

Er wand sich in Agonie am Boden, als sämtliche Qualen ebenso schnell verschwanden wie sie gekommen waren. Auch die Trugbilder hatten sich aufgelöst.

Zwar fühlte Jeff sich immer noch ein bisschen groggy, aber Hauptsache die Schmerzen waren weg. Sie würden jedoch wieder kommen. Wie schlimm sie dann sein würden, wagte er sich gar nicht vorzustellen.

Er wischte sich den Schweiß von der Stirn, den die Qual ihm aus den Poren getrieben hatte. Ein Schwall kaltes Wasser wirkte Wunder und half ihm wieder vollkommen klar zu werden.

Was für ein Morgen! Hoffentlich würde der Rest des Tages besser verlaufen. Damit dies kein Wunschtraum blieb, musste er etwas frühstücken. Ohne ein ausgiebiges Frühstück konnte ein Tag nicht beginnen. Die erste Mahlzeit war wichtig, um Kraft zu sammeln. Auch in diesem Lebensbereich waren die Veränderungen der letzten Zeit zu spüren. War früher ein Müsli mit Milch für ihn ausreichend, aß er jetzt mindestens 4 Brote und glaubte immer noch zu verhungern. Ein unangenehmes Gefühl, welches kaum zu ertragen war. Das Schlimme an der ganzen Sache war das Wissen, was man tun musste um sich besser zu fühlen. Es gab da etwas. Etwas Grauenhaftes, vor dem Jeff sich selber gruselte. Es hing mit seinen neuen Fähigkeiten zusammen. Eine einfache Konzentrationsübung mit fatalen Folgen für seine Umwelt.

Während die Sonne den letzten Nebelschleier vertrieb, wälzte sich Jeffs bester Freund Juan Martinez aus dem Bett. Die letzten Traumfetzen fielen von ihm ab. Seit drei Jahren lebte er mit seiner Mutter in Seattle, und bis heute erschien ihm dieser Umzug als die beste Entscheidung seines Lebens.

Wenn er an ganz früher zurückdachte, gab es nur wenige gute Erinnerungen. Die ersten Jahre hatte seine Familie in ihrem Geburtsland Puerto Rico verbracht. Dort herrschten Hunger und Durst. Seine Eltern hatten kaum das Geld gehabt, um eine dreiköpfige Familie zu versorgen. Juans ein Jahr jüngerer Bruder war gerade mal zwei Wochen alt geworden, bevor er starb.

Als der Vater dann einer Lungenkrankheit erlag, wurde ihre Situation so fatal, dass die Mutter beschloss, mit ihrem Sohn in die USA zu gehen. Fast zwangsläufig landeten sie in Harlem/New York. Das schäbige Appartement, in dem sie dort hausten, entsprach auch nicht gerade der Vorstellung von einem angenehmen Leben. Drogen, Erpressung und Gewalt bestimmten in ihrer Straße den Alltag, aber es gab dennoch einen unbestreitbaren Vorteil. Weder Juan noch seine Mutter konnten zum Zeitpunkt ihres Übersiedelns auch nur ein Wort Englisch. Beide waren nur des Spanischen mächtig und damit kam man in Harlem bestens zurecht. Trotzdem, ihr Leben verlief am Rande der Gesellschaft. Diese schlimmen Jahre hatten Juan tief geprägt. Er lernte dort, dass man mit Gewalt fast alles lösen konnte, und die Polizei mehr Feind als Freund war. Mehr als einmal kam seine damalige Clique zwischen die Fronten rivalisierender Banden. Als die Polizei eine dieser Auseinandersetzungen auflöste, war er mindestens zweimal von den Cops zusammengeschlagen worden. Sein Verhältnis zu Leuten in Uniform war seitdem verständlicherweise etwas gestört.

Die Schule blieb dabei auf der Strecke, obwohl Juan ein intelligenter Junge war, der aber nicht die Chance bekam, sein Potenzial zu entwickeln.

Die kam erst vor drei Jahren. Seine Mutter konnte inzwischen recht gut Englisch und hatte sich für eine Stelle bei einer Reinigungsfirma, die bundesweit tätig war, beworben. Nach langem Warten kam endlich eine Zusage, an die jedoch einige Auflagen geknüpft waren. Eine dieser Auflagen war der Umzug in eine Stadt auf der anderen Seite des Kontinents. Zuerst hatte sie gezögert, doch schließlich zog sie mit ihrem Sohn hierhin nach Seattle.

Nach kurzen anfänglichen Schwierigkeiten konnten die beiden sich schnell von dem Entgelt der Mutter ein besseres Heim leisten als die abbruchreife Wohnung in New York. Auch Juan wurde glücklich. Endlich war es ihm möglich gewesen eine Schule zu besuchen und trotz seines enormen Lernrückstandes fand er relativ schnell Anschluss an den Stoff und seine Klassenkameraden.

Damals entstand auch die Freundschaft mit Jeff, dessen Verhalten in den letzten Wochen irgendwie ungewöhnlich anmutete. Was genau ungewöhnlich war, konnte man gar nicht so genau benennen, aber Juan spürte eine unerklärliche Verhaltensabweichung bei seinem Freund. Und diese Abweichung wurde immer stärker.

Doch sie gefährdete ihre Freundschaft nicht akut, denn direkt negativ waren die Veränderungen nicht.

Juans erster Blick nach dem Aufstehen ging immer zum Fenster Richtung Westen. Ihr kleines Haus lag auf einer kleinen Anhöhe, und in den Morgenstunden war die Aussicht am schönsten, wenn die Hochhäuser ihre noch langen Schatten in die Bucht von Seattle warfen und die im Osten aufgegangene Sonne ein fast magisches Glitzern auf dem Ozean erzeugte. An besonders klaren Tagen wie heute konnte man weit aufs Meer hinaussehen. Oft erschien ihm das Wasser blauer und friedlicher als der Atlantik, den er aus seinen ersten Lebensjahren kannte. Vor allem an solchen schönen Sommertagen.

Im Winter sah dies manchmal anders aus. Dann wurde das Wasser der Bucht oft von kalten Winden aufgeschäumt, aber es waren noch mehrere Monate, bis die Temperaturen wieder fallen würden. Also, warum schon heute Gedanken an die kalte Jahreszeit verschwenden?

Als er in die Küche kam, standen Marmelade und Brötchen auf dem Tisch. Seine Mutter war einkaufen gegangen und hatte alles für ihn vorbereitet. Am Kühlschrank hing ein Zettel, der mit einem Magnetbuchstaben aus Juans Kleinkindzeiten befestigt worden war.

„Bin gleich wieder da, mein Mausbär", hatte seine Mutter darauf geschrieben.

Oh, wie er diesen Ausdruck hasste! Konnte sie ihn nicht beim Namen nennen oder Mausbär einfach weglassen! Aber so oft er ihr schon gesagt hatte, sie solle gefälligst aufhören ihn so zu nennen, sie schien es nicht lassen zu können. Aber warum sollte man sich darüber aufregen? Es brachte ja ohnehin nichts.

Also, was stand denn an diesem wunderschönen Sommertag so auf dem Programm? Heute Nachmittag ein Treffen mit seinem Freund Jeff, aber der Morgen war nicht verplant. Wie sollte man die nächsten Stunden sinnvoll verbringen? Nun, es waren Ferien und einfach etwas chillen wäre bestimmt nicht die schlechteste Alternative. Doch irgendwie fühlte er sich energiegeladen und wollte nicht nur herumhängen.

Dann kam ihm eine Idee. In der letzten Zeit hatte er sein Lauftraining etwas vernachlässigt. Die Laufschuhe lagen schon seit mehreren Wochen fast ungenutzt in seinem Zimmer herum. Jetzt, da ihn die Schule nicht mehr voll in Beschlag nahm, könnte man damit wieder anfangen. Ein bisschen Fitness war immer gut und sollte gesund sein, wenn man der landläufigen Meinung folgte.

Doch es fiel ihm schwer, den inneren Schweinehund zu besiegen. War es unbedingt nötig zu trainieren? Er sah doch gut aus und hatte Muskeln. Könnte man das Ganze dann nicht auf morgen verschieben? Klar, morgen war seine Bereitschaft bestimmt auch nicht größer, eher kleiner. Aber wenn er die Laufschuhe benutzte, würde er wieder schwitzen, und er hatte gerade geduscht. Das wäre danach wieder nötig. Und noch während er sich immer neue Ausreden ausdachte, warum die ganze Sache gerade jetzt ungünstig war, verging die Zeit bis seine Mutter die Tür aufsperrte. Sie war vom Einkaufen zurückgekehrt.

„Me puedes ayudar con las bolsas pesadas por favor?" („Kannst du mir mal bitte mit den schweren Tüten helfen?") fragte sie.

Wenn du nicht immer gleich für drei Wochen Sachen besorgen würdest, wären die Tüten auch nicht so schwer, meine liebe Mutter, dachte Juan, half ihr dann aber doch, den Einkauf in die Wohnung zu tragen. Ihm fiel auf, dass seine Schuhe ziemlich dreckig waren. Die letzte Stunde war er doch nur im Haus gewesen. Wahrscheinlich stammte der Schmutz von gestern.

Die Sonne brannte auf seinem Oberkörper. Warum musste ausgerechnet er, Jay Underwood, an diesem Tag allein auf der Baustelle arbeiten. Es gab dafür noch nicht einmal mehr Geld und gegen die Arbeitsschutzvorschriften verstieß es auch. Auch wenn, wie hier, nur die Baugrube ausgehoben werden sollte, niemand durfte die Baustelle ohne Begleitung betreten. Auch kein Arbeiter. Doch den Chef schien das nicht zu interessieren. Hauptsache die Kosten blieben niedrig. Zum Teufel mit irgendwelchen bürokratischen Vorschriften, die ohnehin kaum jemand ernst nahm. Jay war immer gerne Bauarbeiter gewesen und war es auch jetzt noch, aber bei so hohen Temperaturen und in der prallen Sonne, sorgte sein Job nicht gerade für Begeisterung. Es grenzte vielmehr an eine elende Plackerei.

Also stand er allein im Dreck und betete darum, dass dieser Tag schnell zu Ende ging. Schon seit Tagen schien ein Infekt in ihm zu lauern, und er fühlte sich nicht wirklich gut.

Und das leichte Ziehen in seinen Schläfen wurde auch immer stärker. Gerade eben hatte es angefangen und nahm schnell an Intensität zu. Ignorieren ging auch nicht, dafür waren die Schmerzen inzwischen zu intensiv.

Es blieb einem aber auch nichts erspart. Vielleicht würde ihm eine kleine Pause Erleichterung verschaffen. Ein paar Minuten in den Schatten, raus aus der glühenden Sommersonne, und er würde sich besser fühlen.

Doch so weit kam es nicht. Die Schmerzexplosion in seinem Kopf zwang ihn augenblicklich in die Knie.

Was zur Hölle ist das, dachte er. Wie ein schweres Gewitter hinter der Stirn. Seine letzten Gedanken galten seiner Familie.

Leblos lag er im Staub der Baustelle.

Jeffs Anruf kam früher als Juan ihn erwartete. Eigentlich waren sie erst um 15.00 Uhr verabredet gewesen, aber schon kurz nach dem Mittagessen klingelte das Telefon.

„Hey", sagte Jeff ganz aufgeregt, " du musst sofort herkommen. Ich will dir was Irres zeigen."

„Um was geht's denn?"

„Nicht so schnell, Juan. Ich kann das am Telefon nicht erklären, du musst es schon selbst sehen."

„Na gut, ich komm gleich bei dir vorbei. Bin mal gespannt, warum du so aufgekratzt bist."

„Wenn du weißt, um was es sich handelt, wirst du mich verstehen. Das verspreche ich dir. Ganz sicher."

Juans Neugier war tatsächlich geweckt worden. Selten hatte er seinen Freund so nervös und geheimnisvoll erlebt. Nun gut, in wenigen Minuten würde er es wissen. Auf dem Weg zu ihm wählte er immer eine etwas längere Route. Der Ausblick, der sich dann die ganze Zeit über die Bucht von Seattle bot, beeindruckte ihn jedes Mal, obwohl er ja schon Jahre hier im Westen wohnte. Dort, wo sich eigentlich kaum ein Puerto Ricaner hin verirrte, und wo er sich doch heimischer fühlte, als irgendwo sonst. Im Viertel Rainier Valley hätte es mehr seiner Landsleute gegeben, aber es war dort nicht ganz sicher. Die ein oder andere zwielichtige Bande trieb ihr Unwesen.

Zu seiner Linken erhob sich aus dem Hochhäusermeer die Space Needle, die das Stadtbild beherrschte und zum Wahrzeichen Seattles geworden war.

Auch wenn ihm und seiner Mutter das Geld für große Reisen fehlte, eine solch wunderbare Stadt musste man gar nicht verlassen.

Jeff erwartete ihn schon vor der Haustür

„Gut, dass du so schnell gekommen bist", begrüßte er Juan. „Es wird dich garantiert umhauen."

„Was ist los? So kenn ich dich gar nicht. Habt ihr 100 Millionen im Lotto gewonnen?"

„Quatsch, natürlich nicht. Es ist viel... na ja, wie soll ich sagen... spannender."

„Na, dann lass mal hören:"

„Wie gesagt, man kann das Ganze nicht beschreiben. Du musst es dir ansehen. Es spüren, sonst verstehst du es nicht."

„Du machst mich wirklich neugierig."

„Deine Neugier wird gleich befriedigt werden. Es hat sich gelohnt, dass du gleich gekommen bist."

„Also, was willst du mir nun zeigen?"

„Kennst du die kleine Baugrube am Südende der Stadt. In der Nähe des Bahnhofs."

„Ich denke, da gibt's wohl mehrere."

„Ja, aber ich meine eine ganz besondere. Am besten, wir fahren mit dem Bus dorthin."

„Wir können auch mein Auto nehmen."

„Nein, lieber nicht. Vertrau mir, Juan. Es wird besser sein, wir nutzen öffentliche Verkehrsmittel."

„Dein Verhalten wird langsam merkwürdig."

„Es wird weniger merkwürdig erscheinen, wenn du weißt, um was es geht."

„Na gut, ich hoffe du ziehst hier nicht nur eine Show ab, um mich dann reinzulegen."

„Eine Show? Oh , ganz sicher nicht!"

Die Fahrt mit dem Bus dauerte etwa 20 Minuten. Ohne den üblichen Verkehrsstau wären beide noch schneller am Ziel gewesen.

Jeff führte seinen Freund direkt zu einer der zahlreichen Baustellen in diesem Bereich, die aber dennoch etwas abseits der großen befahrenen Straßen lag.

Als sie am Rand des ausgehobenen Fundaments standen, fragte Juan:" Also, was ist so außergewöhnlich an dieser Grube? Sie sieht genauso aus wie jede andere."

„Es geht nicht um die Grube selbst. Was ich dir zeigen will, liegt in dem Gebüsch dort drüben am Rand."

Jeff deutete auf eine kleine Hecke aus verwahrlosten Sträuchern.

„Da drin?"

„Ja, da drin. Geh einfach hin und sieh es dir an."

„Und du willst mich sicher nicht auf den Arm nehmen?"

„Nein, ich schwör's dir. Jetzt geh endlich hin und sieh es dir an. Bitte."

Also gut, dachte Juan, mal sehen, was sich dort befand. Als er jedoch die ersten Zweige anhob, blieb ihm vor Schreck beinahe der Atem stehen. Denn in dieser kleinen Hecke lag ein toter Bauarbeiter. Er hatte vieles erwartet, aber so etwas nicht. Langsam wurde klar, warum Jeff so aufgeregt reagierte. Schließlich entdeckte man nicht jeden Tag eine Leiche. Dem Zustand des Toten nach zu urteilen, war der Mann erst vor kurzer Zeit gestorben. Höchstens einige Stunden.

„Wann hast du ihn gefunden?"

„Heute Morgen."

„Wir sollten die Polizei informieren. Oder hast du das schon getan?"

"Nein Juan, hab ich nicht und ich hab nicht vor, es zu tun."

„Wieso, einen Leichenfund muss man melden. Die ganzen Umstände könnten auf ein Verbrechen hindeuten, auch wenn ich direkt keine Verletzungen an dem Kerl erkennen kann."

„Natürlich nicht. Er hat keine."

„Hast du ihn schon untersucht?"

„Ja. Du wirst nichts finden."

„Das hättest du nicht tun sollen. Wenn tatsächlich ein Mord vorliegt und deine Fingerabdrücke hier gefunden werden, zieht das nur unnötige Fragen nach sich. Wenn die Bullen da sind, sollten wir ihnen sofort alles erzählen, um nicht verdächtigt zu werden."

„Du hörst mir nicht richtig zu. Ich werde die Polizei nicht benachrichtigen und du auch nicht."

„Wieso nicht?"

„Denk mal nach mein Freund. Versuch mal zu rekonstruieren, was hier vorgefallen ist."

Juan hatte momentan Schwierigkeiten eins und eins zusammen zu zählen. Das lag einerseits an der Tatsache, dass dies die erste Leiche war, die er sah. Als sein Vater damals gestorben war, hatte er ihn nach dessen Tod nie wirklich gesehen. Das hier war aber anders. Der Mann war unbekannt, aber die Unmittelbarkeit, mit der er nun mit dem Tod eines Menschen konfrontiert wurde, schockierte ihn.

Der zweite Grund für die Blockade seiner Gedanken war das Offensichtliche, aber eigentlich Unvorstellbare. Es konnte und durfte nicht sein. Es war schlichtweg absurd. Denn eine Erkenntnis drängte sich ihm auf, wenn auch nur langsam.

Jeffs Aufforderung, die Vorgänge, die zu dem Tod des Mannes führten, zu rekonstruieren, bedeutete zuerst einmal eins: Jeff wusste, was vorgefallen war. Und warum wusste er es?

Weil... nein, das war lächerlich. Zumindest unwahrscheinlich und doch auf erschreckende Weise die einzige logische Erklärung.

„Also gut", begann Juan, „ ich weiß nicht genau was passiert ist, aber bitte erzähl mir alles. In jeder Einzelheit. In wieweit hast du mit dem Vorfall hier zu tun? Du hast ihn doch beobachtet."

Die Antwort musste Ja lauten. Jeff hatte alles beobachtet. Hoffentlich war da wirklich nichts anderes.

„Ich habe seinen Tod mehr als nur beobachtet"

„Wie meinst du das? Hör mal, wenn du mir erzählen willst, du hättest ihn umgebracht und dass das ein Witz sein soll, kann ich darüber nicht lachen."

„Es ist kein Witz. Oder glaubst du, ich hab einen so schlechten Geschmack, was Humor angeht?"

Juan schloss die Augen. Sein Verstand versuchte krampfhaft das, was er eben gehört hatte, zu akzeptieren.

„Geht es dir nicht gut?", fragte Jeff.

„Ob es mir nicht gut geht? Stellst du wirklich diese Frage? Oh natürlich, es geht mir sehr gut. Mein Freund erzählt mir gerade, er hätte jemanden umgebracht, warum sollte es mir da nicht gut gehen."

„Du brauchst dich nicht aufzuregen. Gib mir Gelegenheit es zu erklären."

„Du willst mir einen Mord erklären. Dann bin ich aber mal gespannt."

„Meine Gedanken. Ich kann durch meine Gedanken töten."

„Du hast zu viele Horrorfilme gesehen. Erzähl mir jetzt bitte die Wahrheit. Wie hast du den Kerl getötet, und warum um alles in der Welt."

„Du glaubst mir nicht? Ich verspreche dir, dass ich nicht gelogen hab."

„Hey, was macht ihr beiden da?" Eine dritte Stimme, die keiner von beiden kannte. Sie gehörte einem jungen Polizisten, der sich mit gezogener Waffe ihnen näherte. Juan fühlte sich immer unwohler. Die Situation gefiel ihm nicht. Denn der Polizei das hier zu erklären, ohne dass es erfunden klang, war nicht leicht. In den letzten Minuten hatte sich der Tag nicht gerade nach seinem Geschmack entwickelt, und es schien nicht so, als würde sich das in nächster Zeit ändern.

„Officer, ich muss ihnen da was erklären", sagte Juan.

„Das glaub ich auch. Ihr beide müsst mir wirklich was erklären, und wenn ihr versucht wegzulaufen, dann knall ich euch ab. Also ich warte. Was habt ihr mit dieser Leiche hier zu schaffen?"

Jeffs Antwort ließ sowohl den Cop wie auch Juan beinahe in Ohnmacht fallen.

„Och, ich hab den Kerl da mal einfach umgebracht. Mir war grad danach."

Der Polizist kam gar nicht mehr dazu zu reagieren. Die Schmerzexplosion in seinem Kopf warf ihn zu Boden.

Es ging noch schneller als bei dem Bauarbeiter. Der Polizist brach sofort leblos zusammen. Es fiel Jeff irgendwie leichter. Nach der ersten Tötung war auch seine Hemmschwelle gesunken. Was machte ein Opfer mehr oder weniger schon aus. Für ihn war es wie eine Art Droge. Einen Mord, als Mittel zur reinen nervlichen Stimulans. Um sich gut, machtvoll und unbesiegbar zu fühlen. Das anfängliche Grauen, das die neuen Fähigkeiten in ihm ausgelöst hatten, war seit heute Vormittag fast verschwunden. Es war einem Gefühl der Unbezwingbarkeit gewichen. Denn wer war schon in der Lage, sich ihm entgegenzustellen? Eine einzige Bewegung, und er konnte jeden Feind hinwegfegen. Der neue Jeff konnte alles erreichen. Die Welt stand ihm offen.

„Na Juan, mein Freund, glaubst du mir jetzt?"

„Ich weiß nicht, was ich noch glauben soll. Aber du hast gerade einen Bullen kaltgemacht. Dafür wird man hingerichtet, verdammt noch mal. Hast du denn vollkommen den Verstand verloren?"

„Nur, wenn man erwischt wird."

„Bist du tatsächlich der Meinung, du würdest auch nur einen Tag mit so was durchkommen. Zwei Menschen am selben Ort in nur ein paar Stunden. Sie werden nicht ruhen, bis der Täter gefasst ist. Ich werde zur Polizei gehen und dem ein Ende bereiten."

„Nein, das wirst du nicht. Zwing mich nicht, auch dich zu töten. Du bist immer noch mein Freund, also bitte zwing mich nicht."

„Wenn ich noch dein Freund bin, dann hör damit auf, Jeff."

„Warum sollte ich?"

Seelisch war Juan sozusagen am Ende. Die ganze Sache träumte er doch nur. Das konnte nicht die Wirklichkeit sein. Alles war zu absurd. Was war aus seinem Freund geworden. Ein wahnsinniger Mörder mit übermenschlichen Fähigkeiten, wie in einem schlechten Mysterystreifen. Er fühlte sich wirklich wie im falschen Film. Und dieser Film war noch lange nicht zu Ende.

Auch wenn Jeff ihn jetzt nicht getötet hatte, Juan fühlte sich dennoch bedroht. Man musste diese Bedrohung ausschalten. Sie war zu gefährlich.

Dann fiel sein Blick auf die Waffe in der Hand des leblosen Polizisten. Ohne zu überlegen, in welch prekäre Lage er sich manövrierte, schnappte er die Waffe und richtete sie auf seinen Freund, oder besser auf das Monster, in das dieser sich verwandelt hatte oder vielleicht immer noch verwandelte. Im Moment war ihm keine bessere Idee gekommen, um sich zu schützen, auch wenn klar war, dass eine Kugel Jeff nicht aufhalten konnte. Der war immer noch in der Lage, ihn in Sekundenschnelle zu töten, aber wenn er sofort schießen würde, dann bestand zumindest eine kleine Überlebenschance.

„Komm mir bloß nicht zu nahe, du Psycho", warnte Juan.

„Was willst du tun? Mich erschießen? Bitte, du glaubst doch nicht im Ernst, das eine Kugel mich aufhalten könnte."

„An deiner Stelle würde ich das Risiko nicht eingehen. Bleib, wo du bist, oder ich schwör dir, ich drücke ab."

„Das wirst du nicht. Ich kenne dich. Du bist kein Killer."

„Im Gegensatz zu dir."

„Nun ja, widersprechen kann man dir da nicht, aber...." Jeff stockte kurz und sprach dann in weinerlichem Ton weiter:" Bitte, erschieß mich nicht. Lass mich doch am Leben, bitte."

Von diesem plötzlichen Wechsel war Juan etwas verwirrt. Was sollte das? Warum verhielt sich Jeff so seltsam? Den Grund erfuhr er Augenblicke später.

„Fallen lassen", ertönte eine Stimme hinter ihm. Ein zweiter Polizist war eingetroffen. Der Erste musste sofort Verstärkung angefordert haben, als er die beiden entdeckt hatte. Anders war das Auftauchen des Kollegen in dieser gottverlassenen Gegend nicht zu erklären.

Doch letztendlich spielte es gar keine Rolle, warum ein weiterer Polizist gekommen war. Wichtig war nur, dass einer da war und der sah nun, wie Juan Jeff mit einer Waffe bedrohte und zwei tote Menschen.

Was sollte der Cop schon davon halten? Die Rollen von Opfer und Täter schienen klar verteilt zu sein. Es gab wohl keinen Zweifel, wer hier der Mörder war.

Die Situation lief Gefahr, außer Kontrolle zu geraten. Juan wusste nicht, wie er sich verhalten sollte. Einerseits wollte er der Aufforderung des Polizisten nachkommen, aber etwas hielt ihn zurück. Wenn er jetzt festgenommen wurde, war es vorbei. Er würde wegen Doppelmordes angeklagt werden und wahrscheinlich zum Tode verurteilt. Mit Polizistenmördern und Hispanics hatten die Geschworenen meistens kein Mitleid. Egal, wie sich alles Weitere entwickeln würde, er konnte sich nicht vorstellen, aus der Sache heil herauszukommen. Irgendwie war in den letzten Minuten etwas passiert, was ihn möglicherweise den Kopf kosten konnte. Dabei hatte er doch gar nichts getan. Und wahrscheinlich war genau das der Fehler gewesen. Nicht sofort zu regieren. Denn jetzt musste er handeln. Wenn ihm nun noch einfallen würde wie, wäre schon viel gewonnen. Denn was konnte man überhaupt noch tun, wenn einen ein nervöser Polizist mit der Waffe bedrohte?

„Fallen lassen", wiederholte der Cop, als im selben Moment ein Auto in den Streifenwagen krachte, mit dem der Polizist gekommen war. Kein schwerer Unfall; beide Fahrzeuge hatten nur kleine Beulen und Kratzer, aber allein das Geräusch des Zusammenstoßes lenkte alle Beteiligten kurzfristig ab. Nur für Sekunden, aber Juan sah darin eine Chance zu entkommen. Die Handlung, zu der er sich jedoch hinreißen ließ, konnte katastrophale Auswirkungen haben. Sie war einerseits hoch riskant und würde die Sichtweise des Polizisten bestätigen. In einem unbeobachteten Moment, nämlich genau in dem Augenblick, als der Cop seinen Kopf zu dem Geräusch des Zusammenstoßes drehte, sprang Juan blitzschnell hinter Jeff und drückte ihm die Pistole an die Schläfe. Fast zeitgleich wurde ihm klar, welche bodenlose Dummheit er eigentlich beging, aber im Moment schien es die einzige Möglichkeit zu sein, der Festnahme zu entgehen. Und solange er nicht beweisen konnte, dass die beiden Morde nicht auf sein Konto gingen, musste er auf freiem Fuß bleiben. Aber da gab es noch etwas, was seine Reaktion auslöste. Irgendetwas in seinem Kopf, in seinen Gedanken. Eine Art Ahnung, was zu tun war. Aber diese Ahnung schien nicht aus ihm selbst zu kommen.

„Und jetzt lassen Sie gefälligst Ihre Waffe fallen, sonst schieße ich", sagte Juan zu dem Polizisten, während er Jeff wie einen Schutzschild vor sich hielt.

„Junge, ganz ruhig, mach es doch nicht noch schlimmer, als es schon ist", versuchte der Cop ihn zu beruhigen.

„Eins sag ich dir, Bulle, ich werde nicht ins Gefängnis gehen."

„Klar, ich versteh schon. Wir können die Situation klären, aber du musst die Waffe weglegen und deine Geisel loslassen."

„Für wie bescheuert halten Sie mich eigentlich?" Wahrscheinlich für sehr bescheuert, bei dem was Juan hier gerade abzog und obwohl ihm das bewusst war, konnte er sich nicht gegen den Drang wehren, weiterzumachen.

„Ich halte dich nicht für bescheuert, nur gerade etwas verwirrt. Das versteh ich. Aber wie gesagt, wir können über alles reden."

„Jetzt legen Sie endlich Ihre Waffe auf den Boden und gehen ein paar Schritte zurück, oder wir haben drei Opfer und für eines wären dann Sie selbst verantwortlich. Los, weg mit der Waffe" befahl Juan, dem inzwischen vor Hitze und Anspannung der Schweiß in Strömen vom Körper lief.

„Wenn ich meine Pistole weglege, würdest du dann die Geisel freilassen?"

„Ich werde darüber nachdenken."

Der Fahrer des Autos, welches gerade mit dem Streifenwagen kollidiert war, hatte inzwischen seinen Gurt gelöst und war ausgestiegen. Voll Unglauben und einer gewissen Faszination beobachtete er die Situation, die ihn schon beim Vorbeifahren so abgelenkt hatte, dass es zu dem Unfall gekommen war. Es war wie im Fernsehen. Natürlich er hatte sich allein schon durch das Verlassen seines Wagens in Lebensgefahr gebracht, denn vielleicht wurde er erschossen. Aber die Neugier und das Verlangen von diesem Schauspiel nichts zu verpassen, siegten über Angst und Vernunft.

Der Polizist hatte sich inzwischen dazu entschlossen, tatsächlich seine Waffe niederzulegen. Denn vorrangig für ihn war, das Leben der Geisel zu retten. Die Wahrscheinlichkeit, dass Juan schoss, bestand zumindest. Immerhin hatte dieser junge Hispanic nach Meinung des Cops schon zwei Menschen getötet. Und wer zwei Morde beging, hatte sicherlich wenig Skrupel, auch noch einen dritten umzubringen. Zwar könnte es sein, dass der Täter nun entkam, aber er würde bestimmt bald gefasst werden.

Dennoch war die Situation gerade noch gefährlicher geworden. Denn neben Juan, Jeff und dem Polizisten war noch eine vierte Person in die Sache verwickelt worden.

Ted Foster, der Fahrer des Unfallwagens, wurde Zeuge des Vorfalls und lief somit Gefahr ebenfalls ins Visier des scheinbaren Mörders zu geraten. Das machte die ganze Sache nicht gerade leichter. Hoffentlich führte die Entscheidung des Polizisten, seine Waffe abzulegen, nicht zu noch mehr Unheil.

Auch Juan war nervös. Einerseits wunderte er sich über Jeff, der seine überlegenen Kräfte nicht einsetzte, um ihn oder auch den Polizisten zu töten. Und ein weiteres Problem tauchte auf. Wie sollte es ihm eigentlich gelingen, hier schnell fortzukommen? Da fiel sein Blick auf den Streifenwagen und Fosters Auto.

Beide Wagen schienen nur leicht beschädigt und noch fahrtüchtig zu sein.

Wenn es ihm gelänge, eines der beiden Fahrzeuge zu erreichen, könnte seine Flucht gelingen. Zumindest gewann er Zeit, um zu beweisen, dass Jeff der Täter war.

„Okay, und jetzt machen Sie keine falsche Bewegung und bleiben ganz ruhig da stehen, bis ich hier weg bin. Verstanden?", sagte Juan zu dem Polizisten.

„Verstanden, aber ich beschwöre dich noch einmal. Beende das, bevor du dich in eine unangenehme Situation bringst."

Na toll. Eine unangenehme Situation? Er war längst in solch einer Situation. Und zu diesem Zeitpunkt war es ihm nicht möglich, aufzuhören. Er war schon viel zu weit gegangen.

Weiterhin Jeff als Schutzschild benutzend, näherte sich Juan den beiden Wagen. Ted Foster stand immer noch da, wie erstarrt. Jetzt kam der riskanteste Teil. Er musste die Geisel wechseln.

„Hey, du da, komm sofort her;" rief Juan Foster zu, der darauf aber nicht reagierte.

Na gut, wenn dieser Arsch nicht zu ihm kam, musste er eben zu ihm gehen.

Kaum hatte er Foster und dessen Wagen erreicht, ließ Juan Jeff los und hielt Ted die Pistole vor die Nase. Erst jetzt schien dieser aus seiner Erstarrung aufzuwachen.

„Hey, schon gut, was soll das", wimmerte er.

„Einsteigen und Motor starten, aber dalli. Los" befahl Juan, während er den Polizisten nicht aus den Augen ließ. Der blieb aber stehen und machte keine Anstalten einzugreifen. Gott sei Dank. Auch Jeff blieb untätig. Trotz seiner übersinnlichen Fähigkeiten schien er nicht willens, diese jetzt einzusetzen.

Während dessen stieg Ted mit Juan in den Wagen und startete den Motor.

„Fahr los. Auf dem schnellsten Weg aus der Stadt und keine Sperenzien."

Ted gehorchte ohne Widerworte. Er war kaum älter als Juan. Beide kannten sich zumindest vom Sehen, denn sie gingen in dieselbe Schule, besuchten jedoch verschiedene Klassen.

Die ersten paar Minuten der Fahrt verliefen schweigend. Beide hingen ihren eigenen Gedanken nach. Vor allem Juan konnte nicht glauben, was gerade eben passiert war. Insbesondere der genaue Ablauf der Ereignisse erschien ihm unvorstellbar. Es gab zu viele Ungereimtheiten. Wenn man einen Menschen umbrachte, hielt man doch das Maul und prahlte nicht mit seiner Tat. Das Eintreffen des ersten Cops war wohl kaum ein Zufall. Er musste informiert worden sein, und zwar von jemandem, der genau wusste, wann und wo und es gab nur eine Person, die dafür in Frage kam: Jeff.

War das wirklich denkbar? Versuchte Juan nicht gerade, die Schuld für seine Situation jemandem anderen in die Schuhe zu schieben? Klar, er hatte zwar keinen Menschen umgebracht, aber mit der idiotischen Geiselnahme sich natürlich verdächtig gemacht. Auch die Idee, Jeff die beiden Morde nachzuweisen, hörte sich oberflächlich betrachtet gut an. Nur wie wollte er das eigentlich anstellen, wenn er vor den Bullen flüchtete?

Für einen Augenblick dachte er daran, alles abzubrechen, doch irgendetwas hielt ihn zurück. Noch war es nicht soweit, obwohl ihm klar war, dass jede weitere Minute ihn immer tiefer in diesen Wahnsinn riss.

„Ich kenne dich", sagte Ted plötzlich. „Ich glaub, wir gehen ich in dieselbe Schule. Du heißt Jose. Nicht wahr?"

„Nein, tu ich nicht. Aber mit einer Sache hast du Recht. Wir gehen in dieselbe Schule. Aber deinen Namen kenne ich nicht."

„Mein Name ist Ted. Und wie heißt du jetzt richtig, wenn nicht Jose?"

„Mein Name braucht dich im Moment nicht zu interessieren. Es reicht, wenn du nicht vergisst, wer hier das Sagen hat."

„Ich wüsste aber gerne, von wem ich entführt werde."

„Von   mir."
"Ja klar, aber deinen Namen… ."

„Du redest zu viel", unterbrach Juan Ted, der anscheinend noch nicht begriffen hatte, in welch gefährlicher Lage er sich befand.

Bald schon überquerten sie die Stadtgrenze von Seattle Richtung Süden. Bestimmt war von der Polizei schon eine Fahndung ausgelöst worden. Schwer würden sie nicht zu finden sein. Immerhin hatte das Auto durch die Kollision mit dem Streifenwagen einen Schaden am Frontflügel und der Polizist hat sich vermutlich das Kennzeichen gemerkt.

Um nicht schon nach wenigen Stunden im Knast zu landen, musste das Fluchtfahrzeug gewechselt werden. Das war gar nicht so leicht mit einer Geisel im Schlepptau. Er musste also diesen Ted dazu bringen, ihm zu helfen. Irgendwie. Das Geschickteste wäre vielleicht, ihm die Wahrheit zu erzählen. Denn auch wenn er diesen Jungen eigentlich nur sehr flüchtig kannte, schien der nicht besonders helle zu sein. Denn es war keine Spur Angst oder auch nur Verständnis für die Realität in ihm zu erkennen. Er sah das Ganze anscheinend als spannendes Abenteuer. Kein Wunder, wenn man in Betracht zog, dass Ted kurz vor dem Unfall Gras geraucht hatte und sein Verstand etwas vernebelt war. Nun gut, wenn Ted ein Abenteuer wollte, konnte Juan ihm eines liefern. Eines, was er sein Lebtag nicht vergessen würde.

Den Gedanken, die Wahrheit zu erzählen, verwarf Juan gleich wieder. Irgendwann würde er es vielleicht tun, aber noch nicht.

WASHINGTON: Tacoma

Seattles Nachbarstadt stellte beide vor erste Probleme. Denn niemand von ihnen kannte sich hier wirklich gut aus. Und die Beschilderung war auch nicht gerade das Gelbe vom Ei. Die anfängliche Idee sofort auf die Interstate 5 zu gehen, um so schnell wie möglich den Staat Washington zu verlassen, wurde schnell verworfen. Sie brauchten dringender als alles andere einen neuen Wagen. Für einen solchen Diebstahl eignete sich die Peripherie der quirligen Metropole am besten. Ein Auto der guten Mittelklasse wäre wohl am unauffälligsten.

Ted trat plötzlich wie ein Geistesgestörter auf die Bremse. Juan wurde nach vorne geschleudert. Seine rechte Hand prallte schmerzhaft gegen das Armaturenbrett und ihm entglitt die Waffe. Seine Geisel versuchte zu fliehen. Ted riss die Tür auf und wäre tatsächlich entwischt, wenn Juan ihn nicht gerade noch am Hemd erwischt und zurück ins Auto gezogen hätte. Glücklicherweise waren sie gerade auf einer ziemlich wenig befahrenen Nebenstraße. Hätte Ted die Aktion auf einer der pulsierenden Hauptverkehrsadern durchgeführt, dann...man dachte lieber nicht über die Folgen nach.

So bekam jedoch keiner etwas von dem Fluchtversuch mit.

„Jetzt hör mir gut zu. Wenn du das noch ein einziges Mal probierst, jag ich dir eine Kugel in den Kopf. Also es liegt ganz bei dir. Entweder du bleibst bei mir und überlebst möglicherweise, oder du versuchst abzuhauen und stirbst mit Sicherheit. Es ist ganz allein deine Entscheidung," sagte Juan, wobei er Ted mit der linken Hand ins Gesicht schlug, während er mit der rechten nach der verlorenen Waffe tastete, die in den Fußraum des Beifahrersitzes gefallen war. Recht schnell fühlte er den kalten Stahl der Pistole, und es ging ihm gleich besser.

„Und jetzt fahr weiter. In die kleinen Vororte der Stadt. Und benutze bloß keine Hauptstraße. Na los, sonst werde ich erst richtig ungemütlich."

Eingeschüchtert gehorchte Ted. Was blieb ihm auch anderes übrig. Eine der ruhigsten und auch luxuriösesten Gegenden war Yakima Hill, im Nordteil der Stadt gelegen und nicht weit von der Commencement Bay entfernt. Der Stadtteil bestand hauptsächlich aus Einfamilienhäusern. Ein neues Auto sollte dort einfach zu finden sein. Aber noch war es zu hell. Erst am Abend, wenn die Dunkelheit einsetzte, wollte er einen Versuch wagen.

Ohnehin brauchte Juan eine Pause. Obwohl sie gerade mal etwa 30-35 Meilen zurückgelegt hatten, war er hundemüde. Die Ereignisse des heutigen Tages, der leider noch nicht zu Ende war, hatten ihm schon arg zugesetzt.

Er und auch seine Geisel brauchten dringend eine Pause.

Doch wie sollte Juan überhaupt Ruhe finden, wo doch das Adrenalin in seinen Adern brannte und ihm dennoch fast die Augen zufielen. An einige Momente Schlaf wagte er nicht zu denken. Wie auch? Er musste ja seine Geisel bewachen, die sich widerspenstiger zeigte als erwartet.

„Ted, fahr in die Sackgasse da rein, und versuch so zu parken, dass man uns von der Straße so gut wie nicht sieht."

„Was hast du vor?"

„Hier zu warten, bis es dunkel genug ist, um unseren neuen Fluchtwagen zu stehlen. Am helllichten Tag können wir das nicht machen."

„Wir? Du glaubst doch nicht im Ernst, dass ich dir dabei helfe."

„Oh, doch mein Lieber. Du hilfst mir dabei. Wenn nicht, geht's dir dreckig. Dann leg ich dich um."

„Du kannst mich nicht zwingen."

„Wir werden sehen, ob ich das wirklich nicht kann. Und jetzt halt dein Maul. Ich kann dein Geschwätz nicht mehr hören."

„Nein, das werde ich nicht. Du kannst..."

Der Schlag, den Juan Ted auf den Kopf versetzte, kam so unerwartet und heftig, dass Ted sofort sein Bewusstsein verlor. Dann zog Juan seinen Gürtel aus und fesselte damit die Hände seiner Geisel auf dem Rücken. So verschnürt war sie gut gesichert. Er konnte sich nun tatsächlich etwas ausruhen. Nicht einschlafen, aber zumindest mal die Augen schließen, um von dem ganzen Stress wieder runterzukommen.

Das hätte er besser nicht getan. Denn er glitt, kaum dass seine Augen geschlossen waren, unbemerkt in einen leichten Schlaf hinüber.

Lange konnte dieser Schlaf nicht gedauert haben, denn plötzlich wurde er von einem Klopfen an der Scheibe geweckt. Der letzte Schleier der Müdigkeit kurz nach dem Aufwachen verschwand schlagartig, als er sah, wer dort an die Scheibe klopfte. Es war ein Polizist. So, damit war die Flucht wohl zu Ende. Die einzige Chance bestand in der Hoffnung, dass dieser Cop aus Tacoma noch nicht mitbekommen hatte, dass Juan gesucht wurde, obwohl wahrscheinlich eine landesweite Fahndung von Seattle ausgelöst worden war.

Er kurbelte die Scheibe runter und fragte so unschuldig wie er konnte:" Was gibt es, Officer?"

„Sie und ihr Freund sollten mit dem Wagen in die Werkstatt fahren. Die Beule am vorderen Kotflügel ist ziemlich groß. Hattet ihr beide einen Unfall?"

„Ja, aber das ist schon ein paar Tage her. War nichts Schlimmes."

„Aha. Gebt mir mal Führerschein und Papiere."

Ted, der inzwischen aus seiner Ohnmacht aufgewacht war, reichte dem Polizisten wortlos die angeforderten Dokumente. Er traute sich im Moment ohnehin kaum ein Wort zu sagen, da er Juans Pistole in der Hüfte spürte.

„Wo wollt ihr eigentlich hin?"

„Es sind gerade Sommerferien, Officer. Wir hatten vor, nach Kalifornien zu fahren."

„Mit einem beschädigten Auto?"

„Wie gesagt, es war nur ein kleiner Unfall und die Karre funktioniert ja noch klaglos."

„Steigt mal beide aus dem Wagen."

Nun begann die Situation gefährlich zu werden. Denn wenn sie beide der Aufforderung folgen würden, konnte Juan Ted nicht mehr mit der Waffe bedrohen und in dem Fall bestand für diesen kein Grund mehr, dem Polizisten nicht alles zu erzählen.

Welche Optionen blieben eigentlich übrig? Man könnte natürlich den Bullen umlegen. Klar, aber das kam nicht in Frage. Juan war kein Killer und würde sicherlich zu keinem werden. Die ganze Flucht diente ja nur dazu, seine Unschuld zu beweisen. Wenn es dabei aber Tote geben würde, wäre er nicht mehr unschuldig. Dies würde alles verändern und verschlimmern. Sollte es tatsächlich jetzt oder später Opfer geben, für die er verantwortlich war, dann wäre die Katastrophe perfekt.

„Steigen Sie bitte aus dem Wagen", wiederholte der Polizist jetzt ganz förmlich und legte seine Hand an die Dienstwaffe. Er schien zu ahnen, dass bei den beiden Jugendlichen vor ihm irgendwas nicht stimmte. Und genau so war es ja auch.

„Legen sie beide ihre Hände auf das Armaturenbrett, so dass ich sie sehen kann", sprach der Cop weiter.

Es war soweit. Die Stunde der Wahrheit. Entweder Juan ergab sich, oder er müsste versuchen den Polizisten außer Gefecht zu setzen. Die Entscheidung war schnell gefallen und in der Kürze der Zeit war es genau die Falsche. Er wollte dem Ordnungshüter in die Beine schießen und riss die Waffe empor. Doch viel zu langsam. Im gleichen Moment, in dem das Mündungsfeuer an der Waffe des Polizisten aufblitzte, spürte er auch einen explodierenden Schmerz in der Brust und…

Juan wachte schweißgebadet auf. Gott sei Dank, es war nur ein Traum gewesen. Doch dieser Traum war sehr realistisch, auch wenn es einige Ungereimtheiten gegeben hatte. Ted gab dem Cop die Autopapiere. Da dieser aber in Wirklichkeit immer noch gefesselt neben ihm lag, hätte er schon in dieser Szene merken müssen, dass etwas nicht stimmte.

Hoffentlich wurde so was nie Realität.

Inzwischen war die Sonne gesunken und die Schatten länger geworden. Bald sollte es düster genug sein, um einen Autodiebstahl zu wagen. Ted hatte bis jetzt sein Bewusstsein noch nicht wieder erlangt, aber gleich würde auch dieser aufwachen. Bestimmt mit einem brummenden Schädel, aber auf solche Kleinigkeiten konnte man in dieser speziellen Situation keine Rücksicht nehmen.

Neben einem neuen Fluchtfahrzeug gab es noch eine weitere Notwendigkeit! Vorräte. Ohne Essen und Trinken konnten sie nicht lange durchhalten. Insbesondere brauchten sie viel Flüssigkeit in diesem heißen Sommer, der seit Tagen ungewöhnlich hohe Temperaturen in den Nordwesten der USA brachte. Die Idee, auch dieses Problem durch Diebstahl zu lösen, barg Risiken. Egal, ob er nun selbst die Nahrungsmittel stahl oder Ted dazu gezwungen werden konnte, ihre Gesichter waren bestimmt schon in den Nachrichten gezeigt worden. Die Fahndung lief mit fast hundertprozentiger Sicherheit schon. Wahrscheinlich landesweit, wenn sich auch die Suche nach ihm vermutlich immer noch auf die nähere Umgebung von Seattle konzentrierte.

Doch wie sonst ließen sich Vorräte beschaffen? Anscheinend gab es keine Alternative zum Stehlen. Eine unangenehme Erkenntnis. Bei dem Versuch, seine Unschuld zu beweisen, übertrat Juan ein Gesetz nach dem anderen. Aber was war schon ein Laden-oder Autodiebstahl gegen einen Mord.

Nun ja, vorrangig ging es um das neue Fluchtauto. Die Sonne versank langsam im Ozean und die Dämmerung brach über Tacoma herein. Noch waren am Himmel keine Sterne erkennbar, aber lange konnte es nicht mehr dauern, bis es richtig dunkel werden würde.

Der richtige Zeitpunkt kam. Die perfekte Zeit für die Beschaffung eines Autos. Eines Autos, das der Polizei nicht bekannt war und das ihre Chancen, weiter unentdeckt zu bleiben, erhöhte.

Erst jetzt, in den Abendstunden, erwachte Ted aus seiner Ohnmacht. Noch waren nicht alle Schleier der Bewusstlosigkeit von ihm abgefallen, als Juan ihn anherrschte.

„So, werd gefälligst wach. Es liegt Arbeit vor uns. Wir benötigen dringend einen neuen Wagen."

„Das wird wohl nicht so einfach sein."

„Natürlich, du Idiot."

„Und wie, heutzutage haben die meisten Fahrzeuge eine Diebstahlsicherung und kaufen willst du ja wohl keins."

„Quatsch, natürlich nicht. Aber über eine Alarmanlage oder Wegfahrsperre mache ich mir keine Gedanken."

Juan löste Teds Fesseln und die Fahrt ging weiter. In eine der abgelegenen und ruhigsten Straßen von Yakima Hill.

„Hier willst du ein Auto klauen? Gerade hier? Aber die haben bestimmt alle Alarmanlagen. In so einer Gegend..."

„Ich hab dir gerade eben gesagt, dass ich mir darüber keine Gedanken mache, weil es keine Rolle spielen wird."

„Wieso?"

„Frag nicht so dämlich. Das wirst du noch früh genug erfahren."

Gehalten wurde vor einem recht neu wirkenden Haus der gehobenen Preisklasse mit einer großen Doppelgarage. Die Wahrscheinlichkeit, dass es hier ein geeignetes Auto für sie gab, war recht groß.

Das Einfamilienhaus, welches Juan ausgesucht hatte, besaß eine mir Kies gestreute Einfahrt. Die Haustüre selbst lag etwa 100 m von der Straße entfernt und war von dort nicht einsehbar. Perfekt, besser konnte es doch gar nicht sein.

„Willst du etwa eine Villa überfallen?"

„Kluges Bürschchen. Und du hilfst mir dabei. Wenn du kneifst, knall ich dich ab, kapiert!!"

„Nee, du ziehst mich da nicht mit hinein. Da mach ich nicht mit."

„Oh doch, du wirst keine andere Wahl haben. Wir beide gehen nämlich jetzt da hoch zu diesem schmucken Heim und klingeln an der Tür."

„Und dann, willst du die Besitzer so einfach mir nichts dir nichts um ihre Autoschlüssel bitten?"

„So ähnlich. Ich werde meiner Forderung allerdings mit der Waffe etwas Nachdruck verleihen."

„Ich wusste es. Du bist ein Verbrecher, aber mich machst du zu keinem. Geh doch alleine."

Juan schlug Ted zweimal hintereinander mit der flachen Hand ins Gesicht und rammte ihm den Lauf der Pistole in den Rücken. „Jetzt hör mir mal zu, du Arsch. Ich sagte, wir gehen beide da hoch. Los!"

Sie näherten sich über die kiesbedeckte Einfahrt der Tür. Bei vielen Häusern glich der Eingangsbereich eher einem Burgtor, so dass jeder gut erkennen konnte, die Bewohner hatten Geld. Hier war es anders. Ein eleganter aber einfacher Hauseingang mittlerer Preisklasse. Ted war schweißgebadet. Er fühlte schmerzhaft den Lauf der Waffe in seinem Rücken und wartete jeden Moment auf den tödlichen Schuss. Doch noch passierte nichts. Und solange Jose, oder wie sein Kidnapper auch immer hieß, ihn brauchte, würde sein Leben gesichert sein. Aber in dem Moment, indem eine Geisel entweder nicht mehr notwendig oder lästig wurde, wäre er tot. Denn Ted hegte keine Zweifel an Juans Kaltblütigkeit. Jemand, der einmal tötete, würde es auch noch mal tun War man erst mal ein Mörder, spielte die Zahl der Opfer keine Rolle mehr.

Sie hatten den Eingang erreicht und Juan klingelte. Auch er war ziemlich aufgeregt; schließlich überfiel man nicht jeden Tag irgendwelche Leute, um an einen Wagen zu kommen. Aber was sollte man tun? Er hatte keine Ahnung, wie ein Wagen aufzubrechen und die Zündung kurzzuschließen war, also brauchte er einen Schlüssel. Und den konnte man nur von den Besitzern bekommen.

Aus der Sprechanlage tönte die verzerrte Stimme einer alten Frau:" Ja, bitte?"

„Die Post. Ein Paket für Mister," Juan sah kurz auf das Namensschild auf der Türklingel und sagte weiter," Steward."

„Um diese Zeit?"

„Ich entschuldige mich für die späte Stunde aber wir hatten heute viel zu tun."

„Einen Moment."

Die alte Frau hängte den Hörer der Gegensprechanlage auf und öffnete die Tür. Ein Fehler.

Ohne sich auf ein Gespräch einzulassen setzte Juan der Dame sofort den Lauf der Pistole auf die Stirn.

„Überraschung", sagte er und drängte sie zurück ins Haus.

Ted stand immer noch draußen und wollte gerade seine Chance zur Flucht wahrnehmen, als er Juans Stimme hörte: „Denk nicht mal dran. Wenn du türmst, leg ich dich um und die Alte auch. Dann wärst du für ihren Tod verantwortlich."

Aufgrund der Drohung musste Ted sich fügen. Es blieb ihm keine andere Wahl.

„Was wollen Sie?" fragte die Frau mit Zittern in der Stimme, welches wohl nicht nur auf ihr Alter, sondern auch auf die Situation, in der sie sich befand, zurückzuführen war.

„Kriegen Sie noch früh genug gesagt. Wo ist Ihr Mann?"

„Der kommt erst in zwei Tagen zurück. Er besucht unsere Tochter in Florida."

„Ich hoffe, Sie haben mir die Wahrheit gesagt. Ich bringe ungern alte Frauen um, habe aber auch keine Probleme damit, wenn diese mich anlügen. Verstanden!?"

„Ich schwöre Ihnen, das ist die volle Wahrheit. Bitte töten Sie mich nicht. Ich bin nur eine alte Frau."

„Eben, dann haben Sie nichts mehr zu verlieren, wenn ich Sie abknalle. Aber ob ich das tue, hängt ganz allein von Ihrer Kooperation ab."

„Ich verspreche Ihnen, ich tue alles, was Sie sagen."

„Schön, dass wir uns verstehen. Sie sagten, Ihr Mann würde Ihre Tochter besuchen. Ist er mit dem Auto dahingefahren?"

„Nein, das war ihm zu weit, deshalb ist er geflogen." "Also steht Ihr Wagen noch in der Garage?"

„Ja."

„Die Schlüssel, geben Sie mir die Schlüssel."

„Ich hole sie."

Bisher lief alles nach Plan. Doch plötzlich fiel Juan ein kleines Problem auf. Das Auto mit dem sie hergekommen waren, stand immer noch gut sichtbar am Straßenrand. Aufgrund der Beschädigung am Kotflügel war es unverkennbar. Sollte der unwahrscheinliche Fall eintreten, dass die Polizei zufällig hier vorbei kam, war er geliefert.

„Ted, fahr das Auto der Lady bitte aus der Garage an den Straßenrand vor dem Haus und stell unser Auto stattdessen da rein. Wir müssen unser bisheriges Fluchtauto verstecken."

„Das ist ja wohl nicht dein Ernst. Ich hab dir schon gesagt, dass ich nicht..."

„Jetzt fang bloß nicht mit der Leier an, du wärst kein Verbrecher. Tu, was ich dir gesagt hab. Ich geb dir drei Minuten. Wenn du bis dahin nicht wieder hier bist, oder auf die Idee kommst, Hilfe zu rufen, ist diese Alte mausetot. Ist das klar. Ich warne dich, versuch nicht, mich reinzulegen, du würdest es bereuen."

Ted gehorchte widerwillig, denn er wollte um jeden Preis das Leben der alten Dame retten, obwohl sie ihm völlig fremd war.

So gelang es ihm, dem Wunsch zu fliehen, nicht nachzugeben. Nach knapp zweieinhalb Minuten war er wieder zurück.

„Und jetzt?"

„Jetzt mein lieber Ted, sollten wir uns zuerst mal kurz ausruhen."

„Wie bitte?"

„Was ist? Ich zumindest bin etwas groggy. Und außerdem, solange wir hier in diesem Haus sind, ist es sicher."

„Und was ist mit der Frau?"

„Ach, ja. Misses Steward. Am besten, du suchst dir hier irgendwo ein Seil und fesselst sie an einen Stuhl. Wenn nicht, dann, na du weißt schon."

„Ja ich weiß, dann erschießt du uns beide."

„Du lernst schnell. Also, mach dich an die Arbeit."

Jede Minute länger in diesem Haus machte die Situation für Ted unerträglicher. Am Anfang war es für ihn nur ein Abenteuer gewesen, aber jetzt ging es um Leben und Tod. Und im Moment fühlte er sich dem Tod näher als dem Leben.

Wenn diese Flucht nicht bald endete, würde die Sache schlimm ausgehen. Schon jetzt war die Situation so verfahren, dass eine Katastrophe unausweichlich schien.

Nachdem er Misses Steward gefesselt und mit einem Küchenhandtuch sanft geknebelt hatte, ging er zu Juan. Vielleicht konnte er ihm ausreden so weiterzumachen.

„Kann ich dir mal was sagen?" fragte Ted.

„Probier es mal."

„Du musst damit aufhören. Das kann nicht funktionieren. Die Bullen werden dich jagen, und sie werden nicht aufhören, bis sie dich gefangen oder getötet haben. Deine Flucht ist Wahnsinn. Bitte. Wenn du dich stellst, bekommst du bestimmt mildernde Umstände."

„Mach dich nicht lächerlich. Mir werden zwei Morde zur Last gelegt, wie soll man da mildernde Umstände bekommen."

Doch Ted hatte Recht. Diese Flucht war Wahnsinn. Totaler Wahnsinn, aber Juans einzige Chance, zu überleben. Bei Doppelmord gab es garantiert die Todesstrafe, erst recht, wenn eines der Opfer ein Polizist gewesen war. Inzwischen war er zwar zum Geiselnehmer und Räuber geworden, aber das brachte ihn wenigstens nicht gleich ins Grab, auch wenn einige Jahre Knast wohl nicht zu umgehen waren. Aber seine Unschuld bei den Morden, die Jeff begangen hatte, musste bewiesen werden. Und solange ihm das nicht gelungen war, konnte er die Flucht nicht abbrechen. Wäre er nur ein Jahr jünger gewesen, hätte Washington ihn nicht zum Tode verurteilen können, aber bei einem 18-jährigen kannte das Gesetz keine Gnade.

Dann geschah etwas, was eigentlich normal war, aber im Moment beinahe bizarr erschien. Juan bekam Hunger. Er hatte außer dem Müsli von heute Vormittag nichts mehr gegessen, aber dass ausgerechnet jetzt ihn nach etwas zum Essen gelüstete, war zumindest ungewöhnlich. Gab es nicht andere Probleme? Eines der ernstesten stellte Misses Steward dar. Wie sollte es mit der Alten weitergehen? Man könnte sie natürlich erschießen, aber er war kein Mörder. Schließlich versuchte er ja gerade, seine Unschuld an Morden zu beweisen, auch wenn er sich inzwischen fragte, wie man das eigentlich anstellen sollte. Es war nicht das erste Mal, dass ihm diese Frage im Kopf herumspukte. Bisher konnte man immer sagen, dass man flüchtete, um Zeit zu gewinnen, aber inzwischen hatte sich die Flucht verselbstständigt. Wenn schon nach wenigen Stunden alles so schlimm geworden war, was würden dann die nächsten Tage bringen? Juan wagte kaum, weit in die Zukunft denken, denn was er dort zu finden glaubte, würde ihm mit Sicherheit nicht gefallen. Also schob er solche Gedanken von sich weg, ignorierte das Unausweichliche, solange es noch ging.

Der Hunger wurde immer größer, und er beschloss, ihm nachzugeben. Was nützte es schon, nur deshalb nicht zu essen, weil die Situation nicht gerade ideal war. Denn insbesondere in solchen Lagen brauchte der Körper Nahrung. Und Flüssigkeit. Sein Durst war fast noch quälender als der Hunger.

Es musste in diesem Haus doch bestimmt einen Kühlschrank geben, in dem der ein oder andere Happen zu holen war. Also wollte er die Küche aufsuchen. Um seine Geisel nicht die ganze Zeit mit der Knarre bedrohen zu müssen, beschloss er, Ted, genau wie die alte Frau, an einen Stuhl zu fesseln. So konnte wenigstens keiner der beiden irgendwelchen Unfug anstellen.

„Ted, meine Lieblingsgeisel, ich muss dich jetzt leider auch fesseln. Ich habe nämlich vor, was zu essen und verspüre keine Lust, dich gleichzeitig die ganze Zeit zu beobachten, ob du flüchtest oder nicht."

„Ich werde nicht fliehen. Sonst legst du die Lady doch um, und das will ich nicht."

„Kann sein. Mir wär's egal, ob mein Geiselnehmer irgendjemand abknallt. Deshalb geh ich auf Nummer sicher."

„Hab ich gerade richtig gehört, du willst jetzt tatsächlich was essen?"

„Ja, hast du etwa auch Hunger?"

„Nein, aber das soll doch wohl ein Witz sein. Wie kannst du jetzt, wo wir gerade in ein Haus eingebrochen sind, an Essen denken."

„Ganz einfach: ich habe Hunger."

„Das glaub ich jetzt aber nicht. Ich bin wirklich sprachlos."

„Gut, dein dauerndes Gerede geht mir nämlich arg auf die Nerven. Wenn du weiter so laberst, verpass ich dir, genau wie unserer guten Misses Steward, einen Knebel. Also halt besser dein Maul."

Ted wurde gefesselt, schon zum zweiten Mal an diesem Tag, und Juan holte sich in der Küche ein paar Scheiben Brot sowie Butter und etwas Fleischwurst. Als Getränk wählte er eine Pepsi. Coca Cola schmeckte ihm eigentlich besser, aber die Stewards schienen nur eine Sorte dieser koffeinhaltigen Limonade im Haus zu haben.

„Eines interessiert mich aber... „ begann Ted, wurde aber von Juan sofort unterbrochen.

„Ich hab gesagt, du sollst dein Maul halten. Hast du was an den Ohren?"

„Verdammt noch mal, ich lasse mir nicht den Mund verbieten und zu drohen brauchst du mir auch nicht, denn ... „ Ted stockte. Juan hob die Pistole und spannte den Hahn.

„Noch ein Wort, und du bist tot. An deiner Stelle würde ich es nicht drauf anlegen."

Endlich war es mal wenigstens für einige Minuten still. Draußen wurde es immer dunkler. Bald müssten sie Licht anmachen. Vorher war es jedoch nötig, die Läden zu schließen, damit niemand von außen erkennen konnte, was in diesem Haus vor sich ging.

Nach dem Essen ließ Juan sich erschöpft aufs Sofa fallen, die beiden Gefesselten immer im Blick, obwohl die im Moment total handlungsunfähig waren. Seine Müdigkeit kehrte zurück. Der Drang zu schlafen war noch schlimmer als heute Nachmittag, denn infolge des Alptraumes war es nicht wirklich erholsam gewesen. Ihm fielen fast die Augen zu, doch er musste wach bleiben. Auch wenn Ted und die alte Frau gefesselt waren, wäre es gefährlich gewesen sich einfach hinzulegen und sie komplett aus den Augen zu lassen. Wer wusste schon, auf welch dumme Ideen die beiden kommen würden. Um nicht unbemerkt in den Schlaf zu gleiten, hielt er sich mit Überlegungen wach, wie es morgen weitergehen würde. Juan musste den Staat Washington verlassen und zwar so schnell wie möglich. Über die Interstate 5 wäre das für morgen kein Problem, aber man sollte vielleicht nicht gerade die Hauptverkehrsstraße nehmen. Dort drohten Kontrollen und gerade an der Grenze zu Oregon wurde be-stimmt viel kontrolliert. Auch die Polizei war natürlich nicht dumm und würde ebenfalls davon ausgehen, dass der Gesuchte entweder Richtung Kanada oder Richtung Süden floh.

Aus einer reinen Laune heraus hatte Juan sich für Süden ent-schlossen. Hoffentlich kein Fehler. Noch waren es einige Meilen bis zur Staatsgrenze. Die mussten erst mal ohne Festnahme ge-schafft werden. Erst dann lohnte es sich, Gedanken darüber zu machen, wie man mit dem Auto am besten ungesehen Oregon erreichen konnte.

Was in einer oder zwei Wochen sein könnte, wagte er sich nicht vorzustellen. Und wäre auch reine Spekulation gewesen, denn wie sich die Situation entwickeln würde, war unmöglich vorauszusagen. Aller Wahrscheinlichkeit nach würde es jedoch nicht unbedingt gut ausgehen. Für diese Option war es schon in dieser frühen Phase zu spät.

Noch heute Morgen war Juan M. Martinez ein unbescholtener Bürger gewesen. Nur wenige Stunden später wurde er zum Gei-selnehmer und Räuber. Alles nur wegen einer unheimlichen und grauenvollen Veränderung seines Freundes.

Zum ersten Mal hatte er Zeit, sich darüber wirklich Gedanken zu machen. Was war eigentlich letztendlich passiert? Jeff hatte anscheinend die Möglichkeit, mittels seiner Gedanken zu töten. In verschiedenen Mystery-Thrillern wäre diese Idee nicht unbedingt neu, aber in der Wirklichkeit konnte es so was doch nicht geben.

Es widersprach jeglicher Lebenserfahrung und dem gesunden Menschenverstand. Mord durch eine simple Konzentrationsübung. Das ist lächerlich. Wenn Juan es nicht mit eigenen Augen gesehen hätte, würde er es selber nicht glauben. Aber genau durch dieses, eigentlich Unmögliche, war er in die Situation gekommen, in der er jetzt war. Und ehrlich gesagt, schien die auch nicht viel weniger bizarr.

Trotz dieser Gedanken kostete es ihn immer mehr Willenskraft, die Augen offen zuhalten. Immer öfter fielen sie ihm zu und jedes Mal wurde es schwerer, sie wieder zu öffnen.

Die ganze Nacht konnte man dies unmöglich durchhalten. Denn die Sonne war noch nicht lange untergegangen.

Die Minuten der Nacht krochen dahin. Jede erschien ihm länger als die vorherige.

WASHINGTON: Seattle

Für den Polizisten Corin Manheimer war der Tag ähnlich anstrengend gewesen.

Es widerstrebte ihm, dass ein Verbrecher entkommen war. Natürlich, heute Nachmittag war das Leben der Geisel das Wichtigste gewesen, aber jetzt ging es vorrangig darum, den Geiselnehmer Juan Martinez zu fangen. Die meisten Informationen hatte er von Jeff Clark bekommen, der bereitwillig Auskunft über den Flüchtigen gab.

Auch die sofort ausgelöste Fahndung sollte die Chancen eines schnellen Abschlusses dieses Falls erhöhen. Nur der Erfolg war bisher ausgeblieben. Corin vermutete, dass Juan sich immer noch im Staat Washington aufhielt und versuchen würde, die

Grenze nach Kanada zu überqueren. Für die Variante, dass die Flucht nach Süden ging, waren auch die Einsatzkräfte an der Grenze zu Oregon informiert worden. Die Hauptsuche beschränke sich aber auf den Norden. Da der Fluchtwagen durch die Kollision mit dem Streifenwagen beschädigt worden war, konnte es wohl kaum ein Problem darstellen, diesen recht zügig aufzuspüren. Wo auch immer sich dieser verbrecherische Hispanic Martinez aufhielt, Corin würde ihn finden und festnehmen. Oder töten, sollte dieser sich widersetzen.

So saß er am späten Abend in seinem Wohnzimmer und brannte schon darauf, morgen früh den Fall wieder aufzunehmen. Vor allem war er auf den gerichtsmedizinischen Bericht gespannt. Auch dieser Jeff Clark konnte ihm keine Informationen dazu geben, da dieser angeblich erst nach den beiden Morden am Tatort eingetroffen war. Dies bezweifelte Corin zwar aus gutem Grund, konnte jedoch nicht das Gegenteil beweisen.

WASHINGTON: Tacoma

Juan war trotz aller Anstrengungen eingenickt. Die letzten Ereignisse dieses furchtbaren Tages hatten ihm doch schwer zugesetzt. Ganz so einfach war dies nicht wegzustecken. Auch die Alpträume kamen wieder. Wirrer und leichter enttarnbar als noch am Nachmittag, aber nicht weniger quälend. Einen erholsamen Tiefschlaf erreichte er nicht.

Deshalb nahm auch seine Müdigkeit trotz der kurzen Schlafphasen nicht ab, sondern verstärkte sich nur. Die Eintönigkeit des Dasitzens und Bewachens seiner inzwischen zwei Geiseln machten alles nicht gerade leichter. So sehnte er den Tag herbei, auch wenn man nicht sagen konnte, was dieser mit sich bringen würde. Aber schlechter konnte es kaum noch kommen. Trotzdem, die ein oder andere problematische Situation würde schon auf sie zukommen und ob und wie eine solche gemeistert werden konnte, war nicht abzusehen. Also kam es wohl auf Improvisationstalent an. Genau dies gefiel Juan überhaupt nicht. Es irritierte ihn, nicht zu wissen, was kommen würde. Ein Hineinleben in einen Tag voller Unwägbarkeiten konnte er nur schwer ertragen. Eine Frage stellte sich schon seit einiger Zeit: was sollte mit der alten Misses Steward passieren? Sie mussten verhindern, dass diese gleich nach ihrem Weggehen die Bullen anrief und erzählte, mit welchem Auto Juan und Ted unterwegs waren. In diesem Fall wäre nämlich nichts gewonnen. Es ging ja gerade darum, mit einem der Polizei unbekannten Auto zu fliehen.

Eine Tötung der alten Dame kam nicht in Frage. Insoweit war die Entscheidung gefallen, aber ansonsten wusste er nicht, wie man am geschicktesten weiter handeln sollte.

„Wie lang soll ich denn hier noch so rumsitzen? Das Seil, mit dem du mich gefesselt hast, schneidet mir langsam in die Handgelenke. Es tut weh, " wimmerte Ted plötzlich und rettete Juan so vor der nächsten kurzen Schlafphase.

„Du bleibst dort angebunden, solange ich will. Und stell dich nicht so an, nur weil die Fesseln etwas stramm sitzen."

„Ich helfe dir ein neues Fluchtauto bereitzustellen und trotzdem vertraust du mir nicht."

„Natürlich nicht. Du bist und bleibst meine Lebensversicherung. Was den Wagen anbelangt, hattest du wohl keine andere Wahl."

„Ich hätte fliehen können."

„Und die arme Misses Steward zum Teufel gehen lassen? Ja, das hättest du tun können, aber ein solches Verhalten liegt nicht in deiner Natur. Das hab ich schon nach wenigen Minuten erkannt. Dein Herz ist zu weich. Du bist einfach nicht der Typ für eine gewisse Art von Kaltblütigkeit."

„Du schon, Jose."

„Verdammt noch mal. Mein Name ist nicht Jose."

„Klar, weiß ich, aber solange du mir nicht sagst, wie du richtig heißt, nenn ich dich so."

„Meinetwegen." Die Antwort überraschte Ted. Warum wehrte sich sein Geiselnehmer so vehement, seinen richtigen Vornamen zu nennen? Die nächsten Tage würden sie wohl zusammenbleiben, und da wäre es besser gewesen sich wenigsten namentlich ansprechen zu können.

„Hast du dir schon überlegt, wie's weitergeht?"

„Ja, hab ich."

„Und, sagst du's mir?"

„Jetzt, wo die Alte auch zuhören kann? Quatsch, selbstverständlich nicht. Du wirst es noch rechtzeitig erfahren."

Misses Steward versuchte irgendetwas zu sagen. Ihr Knebel machte ihre Äußerung jedoch unverständlich. Juan richtete die Pistole auf sie. „Halt den Mund!"

Doch sie hörte nicht auf ihn und versuchte es wieder.

„Ich sagte Maul halten." Er stand auf und drückte ihr den Lauf der Waffe an die Schläfe. „Noch ein Wort, und ich jage dir eine Kugel in den Kopf, du alte vertrocknete Fotze. War das jetzt klar genug?"

„Du bringst sie doch ohnehin um, nicht wahr?", schaltete sich Ted wieder ein.

„Möglich, mal sehen, was sich so noch ergibt. Bis zum Sonnenaufgang ist's ja noch ein bisschen."

Ein Blick auf die große Wanduhr in einer Ecke des großzügigen Wohnzimmers bestätigte diese Aussage. Obwohl schon lange nach Mitternacht, würden noch mindestens 2 Stunden bis Tagesanbruch vergehen.

„Ich bin der Meinung, du solltest die alte Frau vielleicht sprechen lassen. Möglicherweise ist es wichtig", meinte Ted.

„Ich soll ihr den Knebel abnehmen? Und was ist, wenn sie dann die ganze Nachbarschaft zusammenbrüllt?"

„Das wird sie nicht tun. Du würdest sie doch sofort erschießen."

„Klar, würde ich."

„Dann brauchst du dir ja keine Sorgen zu machen."

„Na gut, ich wollte das Weib ohnehin noch so einiges fragen, bevor wir von hier verschwinden."

Juan riss ihr mit einer Bewegung das Handtuch aus dem Mund und fragte sofort:" Wie viel Geld hast du im Haus?"

„Ich weiß nicht so genau", wimmerte Misses Steward.

„Verkauf mich nicht für blöd. Sag schon, wie viel?"

„Nicht besonders. Ich und mein Mann bewahren nur wenig Bargeld im Haus auf. Die meisten Rechnungen bezahlen wir mit unserer Kreditkarte."

Im ersten Moment dachte Juan daran, die Karte herauszuverlangen, aber relativ schnell verwarf er den Gedanken wieder. Sie konnte ohnehin nicht eingesetzt werden. Denn beim ersten Zahlungsvorgang mit dieser Karte könnten die Bullen ihn orten. Und das musste ja nicht unbedingt sein. Er brauchte also Bargeld.

„Ich möchte nicht wissen, wie Sie ihre Rechnungen bezahlen, sondern wo das verdammte Geld ist. Wenn Sie so weitermachen, verliere ich sehr schnell meine Geduld. Das hätte äußerst unangenehme Folgen für Sie."

„Ich hab ein bisschen was im Geldbeutel."

„Wo ist der, verdammt noch mal. Lassen Sie mich gefälligst nicht so viel fragen."

„In meiner Handtasche. Sie steht im Schlafzimmer. Den Gang geradeaus, die erste Tür links. Sie können alles haben."

„Na bitte, geht doch. Und noch ein Frage, Alte. Wo ist die Zulassung für das Auto?"

„Steckt auch im Geldbeutel."

„Na großartig. Dann werd ich mal gucken, wie viel Dollar Sie uns freundlicherweise überlassen."

Juan holte die Handtasche der alten Dame aus dem Schlafzimmer, suchte das Portemonnaie und zählte die Scheine.

„Na ja, 70 Dollar. Nicht viel, aber besser als gar nichts. Und sonst liegt nicht noch irgendwo Bares?"

„Nein, ich schwöre. Bitte tun Sie mir nichts. Ich hab Ihnen alles gegeben, was ich habe."

„Das wage ich doch zu bezweifeln. Zumindest haben Sie noch ihr Leben. Wenn Sie weiter kooperativ sind, dürfen Sie es vielleicht sogar behalten."

Misses Steward schluckte. Angst beherrschte ihre Gedanken. Würde dieser anscheinend kaltblütige Hispanic sie am Leben lassen? Würde ihr Überleben nicht ein unkalkulierbares Risiko darstellen? Sie befürchtete das Schlimmste.

„Wir brauchen auch neue Kleider."

„Wieso denn das?", fragte Ted.

„Na denk mal nach, du Idiot. Die Polizei fahndet garantiert nach uns. Und sie wird auch wissen, was wir gestern, als unsere Flucht begann, getragen haben. Also sollten wir alles tun, um uns so weit wie möglich zu verändern. Neue Kleider wären da mal ein Anfang."

„Die Kleider von meinem Mann hängen im Schrank. Sie könnten Ihnen sogar passen", gab Misses Steward bereitwillig Auskunft, bevor Juan überhaupt die Frage gestellt hatte. Der Hinweis, dass er ihr nicht jede einzelne Information aus der Nase ziehen wollte, schien Wirkung zu zeigen.

Die Hosen waren zu weit. Anscheinend war Mister Steward etwas korpulenter. Auch die Hemden und T-Shirts passten nicht so ganz. Doch man konnte sie benutzen.

„Wir sollten gleich ein paar mitnehmen, zum Wechseln. Möglicherweise sind wir noch ein paar Tage auf der Flucht und zurzeit ist es ja ziemlich warm."

„Wir? Wir sind schon mal gar nicht auf der Flucht, Jose. Wenn hier jemand vor den Bullen wegläuft, dann du, und ich bin nur die Geisel, die notgedrungen mit dir kommt."

„Na gut, wie du willst. Dann bin eben nur ich auf der Flucht. Letztendlich ist das aber auch egal, denn wir beide müssen unser Aussehen so radikal wie möglich ändern. Ich will nicht, dass du als Geisel erkannt wirst. Deine Beschreibung liegt der Polizei vermutlich auch vor."

„Möglich, aber wenn dir so viel daran liegt, nicht erkannt zu werden, reichen ein paar neue Shirts wohl kaum aus."

„Nein, natürlich nicht. Aber mir fällt gerade was ein", und an Misses Steward gewandt fragte er: "Haben Sie eine Haartönung im Haus? Vielleicht blond, oder so?"

„Im Bad steht noch eine, aber ich habe sie schon einige Zeit nicht mehr benutzt. Wenn man so alt ist wie ich, färbt man seine Harre kaum noch."

„Na, ich hoffe sie funktioniert noch."

„Willst du dir die Haare blond färben?", fragte Ted.

„Nein, das würde künstlich aussehen, oder hast du schon mal einen Puerto Ricaner mit hellblonden Haaren gesehen? Aber du mein lieber Ted wirst deine Haarfarbe verändern. Los, ab ins Bad." Juan stopfte Misses Steward wieder das Küchenhandtuch in den Mund und beaufsichtigte dann seine von den Fesseln befreite Geisel, wie die sich mit dem Färbemittel abmühte, obwohl die Anwendung recht einfach war. Für eine besonders gründliche Blondierung blieb wenig Zeit. Ted besaß hellbraunes Haar, aber das Wasserstoffsuperoxid, welches eine Aufhellung hervorrufen sollte, brauchte bei einer Konzentration von 6 % in dem Färbemittel laut Gebrauchsanweisung etwa eine halbe Stunde.

Das Ergebnis gefiel zumindest Ted überhaupt nicht.

„Ich seh furchtbar aus", jammerte dieser.

„Stell dich nicht so an, Blondie, du hast schon vorher scheiße ausgesehen, also hat sich nicht viel verändert."

„Sehr nett."

„Gern geschehen, Ted. Was brauchen wir noch für unsere weitere Flucht? Geld haben wir, neue Kleider, deine Haare sind gefärbt und natürlich der neue Wagen. Nicht zu vergessen das einzige, was sich vielleicht noch lohnen würde, wären ein paar Vorräte als Wegzehrung. Wenn wir es vermeiden können, sollten wir keinen Supermarkt aufsuchen."

„Irgendwann werden wir das aber müssen."

„Ja, nur wäre es mit lieber, wir hätten die Möglichkeit, das noch ein wenig hinauszuzögern."

„Auf die Gefahr hin, dass du jetzt nicht erfreut bist: der Tank unseres neuen Fluchtwagens ist nur noch ein viertel voll. Mit dem Sprit kommen wir wohl kaum bis zur Grenze von… ."

Juan hielt Ted den Mund zu. „Bist du noch ganz dicht? Was ist, wenn die Steward hört, wo wir hinwollen? Wenn ja, muss ich die zwangläufig umbringen. Willst du das etwa?"

„Nein, und hör endlich auf von „uns" zu sprechen. Du bist der Verbrecher. Ich hab mit den ganzen Sachen nichts zu schaffen."

„Wir werden zusammenbleiben so lange es für mich vorteilhaft ist. Danach kannst du machen, was du willst, aber bis dahin wirst du tun und lassen, was ich sage. Vergiss niemals, wer von uns beiden die Waffe hat."

Besonders viel fanden sie im Kühlschrank nicht, aber für etwa zwei Tage sollte es reichen. Mein Gott, dachte Juan, zwei Tage. Würde er dann überhaupt noch am Leben sein? Hoffentlich. Nur, in dem Moment, in dem sie beide dieses Haus verließen, stieg die Gefahr gefasst zu werden. Dagegen wurde die Gefahr auch nicht geringer, wenn man länger hier blieb, als unbedingt nötig.

Kurz vor Sonnenaufgang war die beste Zeit, um loszufahren.

„Was wird denn nun mit der Frau?" fragte Ted.

„Die bleibt hier gefesselt. Ihr Mann kann sie dann ja übermorgen befreien."

„Aber Jose, sie wird bis dahin verdurstet sein."

„Blödsinn, es sind doch nur zwei Tage. Vielleicht findet sie ja jemand auch vorher, obwohl ich es nicht hoffe. Je länger sie hier bleibt, ohne Hilfe zu holen, desto weiter sind wir schon weg."

„Ja, aber trotzdem."

„Nichts trotzdem. Schon vergessen? Ich bestimme, wo es langgeht. Du hast hier gar nichts zu melden. Sei froh, dass ich der Alten nicht gleich eine Kugel in den Kopf jage."

Ted widersprach nicht mehr. Als Geisel war er kaum in der Lage, sich gegen diesen Jose, oder wie der Hispanic auch immer heißen mochte, zu stellen. Ihn plagten dieselben Gedanken wie Juan. Was würden die nächsten Stunden und Tage bringen? Wahrscheinlich verschlimmerte jede weitere Minute ihre Lage. Und damit stieg natürlich auch die Gefahr, diesen Irrsinn nicht zu überleben.

Noch ein paar Stunden blieben sie im Haus von Misses Steward. Es wurde kaum gesprochen. Dann kam die Zeit zum Aufbruch. Über den Bergen im Osten stieg schon die Morgendämmerung herauf.

2.Tag

Die Straßen von Yakima Hill waren noch verlassen, als Juan und Ted das Haus verließen. Und bevor Tacoma im Berufsverkehr erstickte, sollten sie die Interstate 5 erreicht haben, die direkt Richtung Süden führte. Die schnellste Möglichkeit, Seattle weit hinter sich zu lassen.

Auch wenn es nicht im Detail klar war, welche Probleme heute auf beide zukommen würden, eines wussten sie schon. Die Überquerung der Grenze nach Oregon machte Juan am meisten Sorgen. Er rechnete mit einer Polizeikontrolle, und bisher war ihm noch keine gute Möglichkeit eingefallen, eine solche zu umgehen. Sicher, sie würden die Hauptstraße verlassen, aber eine Garantie für eine problemlose Grenzüberschreitung war dies noch lange nicht.

Ihr bei den Stewards erbeuteter BMW 525 i besaß glücklicherweise eine Klimaanlage. Sie würde etwas Erleichterung verschaffen und die Temperatur innerhalb des Autos auf erträglichem Maß halten. Bei den hohen Temperaturen, die in diesem Sommer selbst im Norden der Westküste herrschten, konnte der Wert einer solchen Kühlung gar nicht hoch genug eingeschätzt werden. Außerdem handelte es sich bei dem Wagen um ein deutsches Fabrikat. Juan kannte sich zwar nicht wirklich gut in solchen Sachen aus, aber Autos made in Germany galten als zuverlässig und stabil. Noch ein Umstand, der für ihre Flucht nur von Vorteil sein konnte.

Trotz der seelischen Anspannung fuhr Ted bis jetzt erstaunlich ruhig und sicher, auch wenn er wie Juan ziemlich müde war. Es waren nicht mal 124 Meilen bis zur Grenze nach Oregon, aber der Schlaf, den beide eigentlich dringend brauchten, sollte so schnell wie möglich nachgeholt werden. Ein Unfall wegen Übermüdung wäre fatal. Mal abgesehen von der Gefahr, schwere Verletzungen davonzutragen, wäre Juans Festnahme eine sichere Folge davon gewesen. Und gerade die sollte ja verhindert oder zumindest hinausgezögert werden. Ob dies letztendlich gelang, würde die Zukunft zeigen. Eine Zukunft, die im Dunkeln lag. Die Gedankenspiele über das weitere planbare Vorgehen während ihrer Flucht waren verführerisch, aber letztendlich nur störend. Sie konnten nichts planen. Es gab zu viele unkalkulierbare Faktoren, die jeden Plan, war er auch noch so gut durchdacht, zu Fall bringen konnten.

Die Analyse ihrer Situation war nicht gerade ermutigend, aber so lagen die Fakten nun mal. Damit galt es sich abzufinden, ob man nun wollte oder nicht.

Und während die Sonne immer höher stieg, führte sie die Interstate zuerst nach Westen an Washingtons Hauptstadt Olympia vorbei und dann direkt Richtung Süden. Dorthin, wo viele Leute jetzt Urlaub machten. Wären sie doch auch auf einer Urlaubsfahrt. Stattdessen führte diese wahnsinnige Flucht beide wahrscheinlich direkt ins Verderben. Juan wurde langsam klar, dass die nächsten Tage ihn vermutliche das Leben kosten würde. Er versuchte, diese Erkenntnis von sich weg zu schieben, sie aus seinen Gedanken zu verbannen, schaffte es aber nicht. So verschlechterte sich seine seelische Verfassung durch die Angst vor einem baldigen Tod noch mehr. Wie lange war es einem Menschen möglich, so weiter zu leben, bevor der Zusammenbruch folgte? Eine Art Seeleninfarkt.

Dass ihm so etwas bevorstand, schien klar, die entscheidende Frage lautete aber: wann? Schon jetzt drückte ihn die Last, die auf seinen Schultern lag, zu Boden. Vor allem, weil er allein stand. Niemand würde zu ihm halten. Der einzige andere Mensch in seiner Nähe war Ted, eine Geisel. Ansonsten gab es da nichts und niemanden. Dagegen jagte ihn eine Staatsmacht, die alle Trümpfe in der Hand hielt. Früher oder später würden sie ihn fangen.

WASHINGTON: Seattle: Rechtsmedizinisches Institut

Seit dem Aufstehen war Detective Corin Manheimer nervös gewesen. Er brannte geradezu auf den Bericht des Gerichtsmediziners. Daher führte ihn sein erster Weg direkt in die Rechtsmedizin, um aus erster Hand Informationen zu erhalten, die vielleicht hilfreich bei der Jagd auf den Geiselnehmer und Doppelmörder Martinez waren. Trotz der frühen Stunde gab es möglicherweise schon erste Ergebnisse der Obduktion.

Noch vor Erreichen des sterilen Sektionsraumes stieg ihm dieser widerliche Geruch in die Nase. Eine Mischung aus süßlichem Leichengestank und ammoniakhaltigem Desinfektionsmittel. Nichts Neues, aber jedes Mal musste Corin eine gewisse Übelkeit unterdrücken. Doch in der momentanen Situation war es ihm egal. Er musste hier herkommen, um seine Neugierde zu befriedigen. Ansonsten hätte er sich heute nicht konzentrieren können. Und auf der Jagd nach einem Mörder war Konzentration von entscheidender Bedeutung.

Als er schließlich den Obduktionsraum erreichte, war der Gestank kaum noch zu ertragen. Dem Doktor selbst fiel der Leichengeruch gar nicht auf. Er arbeitete jeden Tag hier. Tatsächlich gab es schon die ersten interessanten Ergebnisse.

„Hallo Doc", begrüßte Corin den Arzt. „Ich weiß, es ist noch früh, aber gibt es schon was Neues?"

„Sie können wohl meinen Bericht nicht abwarten?"

„Richtig! Der getötete Polizist war ein guter Bekannter, und der Täter bedrohte mich mit der Waffe. Der Fall geht mir ziemlich nahe, auch wenn ich eine professionelle Distanz aufbauen muss. Also, was haben Sie herausgefunden?"

„Nun, beide Opfer sind tot."

„Toll, aber das ist nichts Neues. Bitte Doc, lassen Sie ihre üblichen Scherze."

„In Ordnung, Detective. Aber machen Sie sich auf was gefasst."

„Glauben Sie mir, ich hab schon fast alles gehört."

„Na gut. Also, beide Opfer sind an einer Gehirnblutung gestorben. Wie nach einem Schlag mit einem schweren Gegenstand."

„Sie sind erschlagen worden?" Eigentlich hatte Corin mit der Diagnose Tod durch Erschießen gerechnet.

„Vielleicht. Das Ganze ist seltsam. Wenn jemand so schwer am Kopf getroffen wird, dass er Blutungen im Gehirn bekommt, sieht man meistens genau, wo er getroffen wurde. Aber hier hab ich noch nicht mal einen blauen Fleck gefunden."

„Aber Sie sind sicher, dass ein Mord vorliegt, oder?"

„Abwarten, es kommt noch besser. Bei beiden Toten ist die Blutung an genau derselben Stelle aufgetreten. Das ist der verrückteste Zufall, den ich je erlebt habe. Die Wahrscheinlichkeit für so was ist denkbar gering."

„Wie gering?"

„So gut wie ausgeschlossen. Hätte ich nicht selbst die Untersuchung durchgeführt, würde ich es nicht glauben."

„Was denken Sie? Wie könnte es noch zu den Blutungen gekommen sein?"

„Na ja, es können auch Blutungen auftreten durch bestimmte körperliche Auffälligkeiten. Veränderungen der Adern oder hoher Blutdruck, aber bei den Toten gab es darauf keine Hinweise. Im Gegenteil, ihre Körper waren gesund. Mehr kann ich ihnen leider nicht sagen. Ich wünschte es wäre anders."

„Na gut, danke für die Information, Doc."

„Ich wünschte, ich könnte Ihnen mehr sagen."

„Ja, das wünschte ich auch", sagte Corin und verabschiedete sich. Das Gespräch hatte ihn überhaupt nicht weitergebracht. Im Gegenteil, es verkomplizierte alles. Die Untersuchungsergebnisse des Arztes passten nicht zu dem, was er erwartet hatte. Aber irgendwie lauerten Zweifel in seinem Kopf. War da vielleicht noch mehr, als auf den ersten Blick zu erkennen. Die Ereignisse zwischen dem ersten Mord und seinem Eintreffen waren bisher eigentlich klar gewesen. Er hatte sich keine Gedanken darüber gemacht, weil es unwichtig schien. Juan Martinez erschoss zwei Menschen und bedrohte einen dritten mit der Waffe. Doch war dies die ganze Geschichte? Bestand die Möglichkeit, dass da vielleicht Dinge passiert waren, die die Sache nicht ganz so einfach aussehen ließen, wie es den Anschein hatte?

Wenn schon die Todesursache zwar klar war, aber die genauen Umstände, zumindest teilweise, Rätsel aufgaben, was würde man noch herausfinden? Eine Rekonstruktion der Ereignisse vor seinem Eintreffen am Tatort musste wohl akribisch durchgeführt werden. Doch wo sollte Corin anfangen? Ihm fehlte ein Anhaltspunkt. Vielleicht sollte er sich diesen Jeff Clark noch einmal vorknöpfen. Denn das Gefühl, dass der Junge ihm gestern nicht alles erzählt oder sogar gelogen hatte, war nun stärker als je zuvor. Clark war schon vor den Morden am Tatort gewesen und wusste garantiert mehr. Corin würde nicht locker lassen, bis jede Einzelheit aufgedeckt war.

Doch dabei durfte er seine wichtigste Aufgabe nicht vergessen: die Jagd auf Juan Martinez. Denn was auch immer gestern an der Baustelle vorgefallen war, Juan war ein Verbrecher. Wenigstens ein bewaffneter Geiselnehmer.

Die Rückkehr ins Polizeirevier brachte auch nichts Neues. Trotz Großfahndung blieb Martinez, inklusive seiner Geisel, unauffindbar. Aber es war noch früh am Tag. Vielleicht wussten sie am Abend schon bedeutend mehr.

Obwohl die Flüchtigen theoretisch schon lange den Staat Washington verlassen haben könnten, glaubte Corin nicht so recht daran. Sie waren noch hier. Innerhalb der Staatsgrenzen.

Irgendwie konnte er es fühlen. Außerdem wurden sämtliche Grenzübergänge nach Kanada, Idaho und Oregon überwacht.

WASHINGTON: Interstate 5 (Richtung Süden)

Auf der Straße war wenig Verkehr und so kamen die beiden gut voran. Dabei achteten sie darauf, nicht zu schnell zu fahren. Eine Polizeikontrolle wegen Geschwindigkeitsüberschreitung mussten beide vermeiden. Spätestens beim Grenzübertritt würde noch früh genug eine Konfrontation mit der Staatsmacht nicht zu umgehen sein.

Juan sah aus dem Fenster. Die Landschaft flog an ihm vorbei. Er hatte kaum Augen dafür. Zu viele Gedanken gingen ihm durch den Kopf. Unangenehme Gedanken.

„Ted, stell mal das Radio an. Vielleicht hält die Musik mich wach. Sonst schlafe ich noch ein", bat Juan.

„Nicht nur du. Ich hab die ganze letzte Nacht ja auch kaum, beziehungsweise eher gar nicht geschlafen."

„Ich weiß, das Ganze läuft im Moment nicht ganz so, wie man es gerne hätte. Aber bitte, versuch keinen Unfall zu bauen."

„Natürlich. Meinst du, ich würde das riskieren? Du wirst mich wahrscheinlich umbringen, wenn ich mit jemanden anderen zusammenstoße."

„Ist gut möglich. Hoffentlich hält dich deine Angst um dein Leben wach genug, um uns sicher weiterzubringen."

„Wohin genau soll ich uns denn bringen?"

„Bleib erst mal auf der Interstate. Danach, weiß der Geier. Und jetzt, mach endlich das Radio an."

Die Musik half nur kurzfristig. Doch dann kamen Nachrichten. Nachdem was gestern geschehen war, brachten die bestimmt etwas darüber. Doch anscheinend waren sie nicht das Hauptthema. Erst nach mehreren Lokalmeldungen kam der Nachrichtensprecher auf ihren Fall zu sprechen: „Am gestrigen Mittag wurde in Seattle ein grausames Verbrechen, ein Doppelmord verübt. Laut Polizei konnte der Täter auf frischer Tat gestellt werden, sich aber durch eine brutale Geiselnahme der Festnahme entziehen. Trotz sofort eingeleiteter Großfahndung ist der Täter wahrscheinlich mit seiner Geisel noch auf der Flucht. Die Polizei Seattle weist eindringlich darauf hin, dass der Täter namens Juan M. Martinez bewaffnet und sehr gefährlich ist. Er ist knapp 1.90 m groß, schlanke Statur, hat schwarzes kurzes Haar und stammt aus Puerto Rico. Zum Tatzeitpunkt trug er eine blaue Jeans und ein dunkelrotes T-Shirt. Seine Geisel Theodore Forster ist etwa 1.80 m groß und hat ebenfalls schwarzes Haar. Die Kleidung, die die Geisel zum Tatzeitpunkt trug, ist nicht genau bekannt. Ihr Fluchtauto ein blauer Camaro, ist an der Front leicht beschädigt. Wenn Sie Informationen über den Aufenthalt von Martinez haben oder ihn sehen, kontaktieren Sie bitte sofort die zuständige Polizeidienststelle.

Zum Wetter: Auch in den nächsten Tagen wird sich nichts ändern. Das Hoch beschert uns weiterhin für die nächsten sieben Tage Sonnenschein, die Temperaturen sind für die Jahreszeit weiterhin zu hoch und... ."

„Dein Name ist also Juan."

„Ja, jetzt weißt du es. Zufrieden?"

„Dann lag ich mit Jose gar nicht so falsch. Ist ja was Ähnliches."

„Nein, ist es nicht. Das eine ist nämlich mein Name, das andere nicht."

„In Ordnung, aber darf ich fragen, was das M. bedeutet, das der Nachrichtensprecher erwähnt hat?" "Das M. bedeutet Miguel, mein zweiter Vorname. Aber den hat nie jemand benutzt. Nicht mal meine Mutter."

„Ist das jetzt die Wahrheit?"

„Ob du mir glaubst oder nicht, geht mir ehrlich gesagt am Arsch vorbei. Tu es oder lass es."

„Unsere Beschreibung war nicht besonders ausführlich."

„Aber es reicht. Ein Puerto Ricaner und ein Weißer zusammen in einem Auto. Auch wenn wir den Wagen gewechselt haben und dein Haar nun blond ist, können wir immer noch auffallen."

„Glaubst du wirklich?"

„Klar, die Bullen sind ja nicht total bescheuert, auch wenn ich mir das wünsche. Sie werden damit rechen, dass der Fluchtwagen gewechselt wird und wir versuchen, unser Aussehen zu verändern. Auch wenn keiner aus der Bevölkerung uns erkennt, wir sollten kein Gefühl der Sicherheit aufkommen lassen. Dadurch werden wir nachlässig, und das sollte keiner von uns beiden tun."

„Du redest immer noch so, als würden wir beide vor den Cops fliehen."

„Genau das tun wir doch auch. Ob als Täter oder Geisel."

„Aber das ist nicht das gleiche. Ich werde zu dieser wahnsinnigen Flucht von dir gezwungen. Du tust das mehr oder weniger freiwillig."

„Also erstens tue ich das ganz und gar nicht freiwillig und zweitens ist es vollkommen schnuppe, zu was ich dich zwinge.

Wir sind beide zusammen, nur das zählt. In welcher Beziehung wir zueinander stehen, spielt keine Rolle. Nur eines solltest du beherzigen. Ich treffe alle Entscheidungen und du folgst ohne Widerrede. Verstanden?"

„Ich hab bisher immer getan, was du gesagt hast."

„Ja Ted, und es wäre gut, wenn das so bleiben würde."

„Ich hab ja keine andere Wahl."

„Genau, du hast keine andere Wahl."

„Wir sollten bald tanken", wechselte Ted abrupt das Thema.

Juan sah auf die Tankuhr. Seine Geisel hatte nicht ganz Unrecht. Bis Oregon würde der Sprit garantiert nicht reichen, wie Ted schon bei ihrer Abfahrt in Tacoma vermutet hatte. Je weiter weg von der Grenze entfernt sie nachfüllen konnten, desto besser. Also begannen sie eine Tankmöglichkeit aufzusuchen.

Dabei war es wichtig, nicht gleich die nächst beste zu nehmen. Es ging darum, eine möglichst kleine Tankstelle auszuwählen, die nicht mit einem großen Einkaufszentrum verbunden war. In ihrer momentanen Situation war es essentiell, nicht aufzufallen. Denn wenn schon im Autoradio eine Beschreibung von beiden verlesen worden war, konnte man mit Sicherheit davon ausgehen, dass ihr Bild zumindest schon in den Lokalnachrichten gezeigt wurde. Je mehr Leuten sie also begegneten, umso höher lag die Wahrscheinlichkeit, erkannt zu werden.

Und für Juan stellte dies nicht das einzige Problem dar. Noch gefährlicher konnte Ted werden. Dieser hatte zwar gerade eben zugesagt, dass er gehorchen würde, aber ob das Versprechen gehalten werden würde, durfte in Zweifel gezogen werden. Während des Tankens ergab sich mit ziemlicher Sicherheit eine gute Möglichkeit zur Flucht. Welche Geisel würde nicht jede Möglichkeit, ihrem Geiselnehmer zu entkommen, nutzen? Außerdem, trat sogar eine dritte Gefahr auf. Sollte der Tankwart auch nur den kleinsten Verdacht hegen, würde er sich garantiert ihren Wagen merken. Damit gäbe es jemanden, der wissen würde, welches neue Fluchtauto beide fuhren. Zumal ihr BMW nicht gerade besonders unauffällig war.

Fast schien es lächerlich, welche enormen Schwierigkeiten bei einem so banalen Vorgang wie tanken auftreten konnten. Wenigstens besaßen sie Geld. Ansonsten hätte man das Benzin auch noch stehlen müssen. Nun gut, es half ja alles nichts. Sie brauchten Treibstoff. Denn ohne zu tanken, würden sie die Grenze zu Oregon nicht erreichen können. Bis dahin war es einfach noch zu weit.

„Ted, halt sofort an;" sagte Juan plötzlich.

„Wieso?"

„Hast du die Anhalterin nicht gesehen?"

„Doch, aber du willst sie doch wohl nicht mitnehmen?"

„Genau das hab ich vor."

„Bitte, warum willst du eine völlig unbeteiligte Person in deinen Wahnsinn hereinziehen?"

„Zerbrich dir darüber mal nicht dein blondes Köpfchen. Ich hab dafür schon meine Gründe."

Ted lenkte den Wagen auf den Seitenstreifen und hielt an. Im Rückspiegel konnte er erkennen, wie das höchstens 16-jährige Mädchen auf ihr Auto zulief. Freudestrahlend und glücklich, dass jemand angehalten hatte. Spätestens wenn sie herausfindet, wer wir sind, wird ihr das Lachen vergehen, dachte Ted. Damit würde er wohl Recht behalten.

„Danke, dass Sie angehalten haben. Fahren Sie nach Kalifornien?" fragte das Mädchen.

„Ja", sagte Juan, " wenn Sie wollen, können wir sie mitnehmen. Steigen Sie hinten ein."

„Danke. Super, ich dachte schon, es bleibt keine Sau stehen. In der Hitze da draußen kommt man ganz schön ins Schwitzen."

Die hohen Temperaturen Anfang August waren wirklich heftig. Aber nicht weniger heftig, als dass ein so junges Ding an der Interstate 5 Anhalterin spielt. So was war zumindest hochgradig leichtsinnig.

„Mein Name ist Lynn. Wie heißt ihr beiden denn?" plapperte die Anhalterin los, kaum dass sie, mit einem kleinen Rucksack bepackt, eingestiegen war.

Gute Frage, dachte Juan. Ihre echten Namen durfte sie nicht erfahren. Zumindest noch nicht. Um zu verhindern, dass Ted eine unbedachte Äußerung losließ, antwortete er sofort: „Ich bin Jose und mein Freund hier heißt Andreas, aber du kannst ihn Andi nennen."

„Gut, fahrt ihr in den Urlaub?"

„Ja, tun wir. Aber sag mal, findest du es nicht leichtsinnig, in deinem Alter als Anhalterin unterwegs zu sein? Es hätten ja auch perverse Typen anhalten können."

„Stimmt schon. Seid ihr pervers?" Die Frage war natürlich nicht ernst gemeint, machte Juan aber dennoch nervös. Nein, pervers war er nicht, nur ein von der Polizei gesuchter Verbrecher, dem zwei Morde zur Last gelegt wurden. Das war noch schlimmer.

„Klar, wir sind hoch pervers", gab Juan ironisch zurück. Sie lachte. Das Wichtigste war, Vertrauen aufzubauen. Natürlich, ein Mädchen dabei zu haben, konnte sich nur als vorteilhaft erweisen. Trotzdem hoffte Juan, sie so lange wie möglich im Unklaren über die Flucht zu lassen. Sie mit Waffengewalt festhalten zu müssen, wurde hoffentlich nicht nötig. Doch dieser Wunsch musste fast zwangsläufig unerfüllt bleiben. Irgendwann würde Lynn misstrauisch werden und merken, dass hier etwas nicht stimmte. Dies war kaum zu vermeiden, aber man könnte versuchen, den Zeitpunkt so lange wie nur irgend möglich hinauszuzögern.

Lynn für eine gewisse Zeit hinters Licht zu führen und ihr Märchen zu erzählen, erwies sich bald als recht leicht. Sie war, selbst für ihr Alter, recht unbedarft und vertrauensselig. Nicht dumm, aber naiv, wenn es um den Blick auf die Wirklichkeit ging. Einem aufmerksamen Beobachter wäre sehr schnell klar geworden, dass Ted und Juan sich zumindest seltsam verhielten.

Während Ted kaum ein Wort sagte, wirkte Juan nervös. Größtenteils wegen der Lügen, die er Lynn erzählte. Jeder Satz musste genau überlegt sein, um in der erfundenen Geschichte vom Sommerurlaub keine Logikmängel einzubauen.

Wobei die Situation, in der sie sich tatsächlich befanden, unglaublich war.

Kein Wunder. Ein Mensch, der mit Gedanken töten konnte, eine im Rückblick blödsinnige Geiselnahme, der Raub bei den Stewards, alles hörte sich an den Haaren herbeigezogen an, entsprach aber leider der Realität. Eine Realität, die für Ted, Juan und sogar Lynn verheerend sein könnte. Alles hing von den folgenden Ereignissen ab und wie auf bestimmte Situationen reagiert wurde.

„Ich werde die nächste Tankstelle anfahren, sonst bleiben wir noch mitten auf der Interstate stehen", sagte Ted.

„Sieh zu, dass sie möglichst klein ist. An denen ist meist weniger Betrieb und wir können etwas Zeit sparen", entgegnete Juan.

In der Nähe von Winlock, direkt neben der vierspurigen Interstate, fanden sie eine geeignete Tankstelle. Gerade rechtzeitig, denn der Spritvorrat war so gut wie aufgebraucht.

Der Umstand, dass Lynn inzwischen mit an Bord war und erst bei der Ausfahrt an einem Kassenhäuschen bezahlt werden musste, erwies sich als äußert hilfreich. Es vereinfachte die Situation insofern, dass Ted einfacher zu kontrollieren war. Juan brauchte nichts zu sagen. Es war klar, wie die Dinge lagen. Ted musste tanken und auch bezahlen. Sollte er einen Versuch unternehmen zu fliehen oder dem Tankwart Informationen zukommen zu lassen, wäre Lynn in Lebensgefahr, genau wie einige Stunden zuvor bei den Stewards. Ted würde gehorchen, und niemand verletzt werden. Wenn er aber Juans Anweisungen keine Folge leisten sollte, musste das Mädchen sterben.

Vor diesem Hintergrund verlief die ganze Tankaktion so gut wie problemlos. Aber eine Sache belastete die beiden Jungen schon den ganzen Morgen: ihre Müdigkeit. Die letzte Nacht war nicht gerade erholsam verlaufen. Also entschloss sich Juan, Abhilfe zu schaffen.

„Lynn", fragte er kurz vor der Abfahrt von der Tankstelle, " hast du einen Führerschein?"

„Ja, wieso?"

„Hör mal, Andi und ich sind todmüde, da wir letzte Nacht erst ziemlich spät ins Bett gekommen sind. Würde es dir etwas ausmachen, ein kleines Stück zu fahren?"

„Na ja, ich hab wenig Praxis."

„Das ist nicht schlimm. Also fährst du ein Stück. Sonst müssen wir eine Pause machen. Und jede Stunde, die wir hier verbringen, geht von unserer Urlaubszeit in Kalifornien ab."

„In Ordnung, ein kleines Stück aber nur. Ich fühl mich hinter dem Steuer immer ein bisschen unsicher und gestresst."

„Das brauchst du nicht. Wir sind doch nur auf der Interstate. Da ist es leicht zu fahren."

„Na gut, Jose, wenn du mich so lieb bittest, tu ich dir den Gefallen. Du könntest mir allerdings während der Fahrt etwas über dich und deinen Freund erzählen. Ich weiß ja gar nichts über euch und bin in solchen Dingen furchtbar neugierig. Natürlich nur, wenn es dir nichts ausmacht."

Na toll. Lynn wollte Geschichten hören. Wer waren die beiden, die sie mitgenommen hatten? Wo kamen sie her und so weiter.

Einen Moment dachte Juan darüber nach, nichts zu erzählen, dann aber beschloss er, dieser Anhalterin irgendein Märchen aufzutischen. Dies barg zwar die Gefahr, einen Widerspruch in seinen Ausführungen zu erzeugen, aber die Wahrheit schied selbstverständlich aus. Während- dessen nahm Lynn auf dem Fahrersitz Platz, Ted benutzte den Beifahrersitz und Juan setzte sich auf den Rücksitz. Aus dieser Position konnte er die beiden vorne am besten überwachen.

„Was willst du denn hören?", fragte er.

„Na, wo du zum Beispiel herkommst."

„Wir kommen beide aus Tacoma. Ich kenne Andi aus der Schule."

„Tacoma? Wirklich. Da wohnt meine Großmutter. In der Martin-Luther-King Jr. Straße. Die kennst du bestimmt."

Verflixt, schon gab es das erste Problem. Er hatte nicht die geringste Ahnung, wo diese Straße lag. Woher auch. Schließlich war er in seinem ganzen Leben höchsten drei Mal in der Stadt gewesen, inklusive der letzten Nacht. Und es hatte andere Probleme gegeben, als sich irgendwelche Straßennamen zu merken.

Seine Hand umklammerte die Waffe, die er seit Lynns Einsteigen unter dem Hemd verborgen hielt. Doch es widerstrebte ihm, sie zu benutzen, oder auch nur hervorzuholen. Es war ja seine Absicht, das Mädchen, zumindest vorerst, noch im Unklaren über den wahren Charakter ihrer Fahrt zu lassen. Mal abgesehen davon, dass Juan hoffte, niemals die Pistole einsetzen zu müssen. Denn der erste Schuss würde allem eine ganz neue, fürchterliche Dimension verleihen.

„Ja, kenne ich, bin aber schon lange nicht mehr durchgefahren, also frag mich bitte nicht nach Einzelheiten", sagte er schließlich. Hoffentlich bohrte Lynn nicht weiter. Denn je mehr er erzählte, umso unübersichtlicher wurde die Lüge.

„In welchem Stadtteil wohnst du denn?"

Schon wieder eine Frage, die ins Detail ging. Das Gespräch musste in eine andere Richtung gehen. Denn das Mädchen schien sich in Tacoma deutlich besser auszukennen als Juan oder Ted.

„Ich komme aus", er dachte einen kurzen Moment nach und sprach dann weiter, "Yakima Hill. Andi wohnt nur ein paar Häuser weiter." So, und jetzt bitte keine Frage über den Straßennamen, denn spätestens an diesem Punkt müsste er sich etwas aus den Fingern saugen. „Du willst mir wohl nicht genau sagen, wo du wohnst?"

„Nein, wieso?"

„Ganz einfach, Jose. Als ich dich nach dem Stadtteil fragte, hast du gezögert, als würdest du überlegen, ob du mir die Wahrheit sagen sollst." Verflixt, sie hatte es bemerkt.

„Es stimmt aber. Wir beide kommen tatsächlich aus Yakima Hill."

Lynn glaubte Juan. Zumindest das Auto der beiden Jungen passte in die Villengegend von Tacoma. Auch ahnte das Mädchen selbstverständlich nicht im Entferntesten, wer sie da mitgenommen hatte.

„Lynn, " sagte Juan", bitte, ich bin todmüde, lass uns später weiterreden."

„In Ordnung, ich kann mich ja auch mit deinem Freund unterhalten."

Es wäre mir lieber, du hältst endlich mal deine Klappe und konzentrierst dich aufs Fahren, dachte er. Außerdem war an Schlaf nicht zu denken. Er schloss zwar die Augen, hörte allerdings dem Gespräch der Beiden vorne genau zu. Hoffentlich machte Ted keine unbedachten Bemerkungen. Ansonsten müsste er die Waffe einsetzen. Und genau das galt es ja, falls möglich, zu vermeiden.

Langsam näherten die drei sich der Grenze nach Oregon. Sie wollten die Interstate verlassen, um einer möglichen Polizeikontrolle zu entgehen. Sollten jedoch an allen Übergängen Straßensperren eingerichtete worden sein, würde ihnen die Aktion wenig bringen. Lynns Anwesenheit konnte sich aber als sehr nützlich erweisen. Mit ihrer Hilfe war es sogar möglich, eine Kontrolle zu überstehen. Nach ihr wurde nicht gesucht und auch Ted erkannte man aufgrund seiner geänderten Haarfarbe nicht sofort. Es bestand also Grund zur Hoffnung.

Als sie schließlich 24 Meilen hinter der Tankstelle die Ausfahrt Longview erreichten, sagte Juan: „Lynn, fahr bitte hier ab."

„Wieso das denn?"

„Frag nicht so viel. Auf der Interstate gibt es vor allem in der Ferienzeit dauernd Staus, was zwangsläufig zu Verzögerungen führt. Das möchte ich vermeiden. Außerdem können wir so Portland umfahren."

„In Ordnung", sagte Lynn und verließ den inzwischen 6-spurigen Highway.

Der Verkehr nahm deutlich ab. Linker Hand erhob sich ein großes Einkaufszentrum. Danach erwarteten sie die Wohngebiete der Kleinstadt Kelso. Lynn fühlte sich zunehmend unwohl am Steuer des Wagens. Sie fuhr aufgrund mangelnder Praxis sehr ungern.

Juan wurde ebenfalls nervös, obwohl sie sich inzwischen 125 Meilen südlich von Seattle befanden. Aber der Grenzübergang rückte unaufhaltsam näher und damit die Gefahr, in eine Kontrolle zu kommen. Natürlich machte das Mädchen Lynn einen unschuldigen Eindruck und bot so einen gewissen Schutz, aber er traute dem Frieden nicht.

„Wie soll ich weiter fahren?", fragte Lynn.

„Bleib einfach auf der Hauptstraße direkt nach Longview", antwortete Juan. Schon sehr bald würden sie die Cowlitz River Brücke erreichen. Der Fluss trennte Longview von Kelso. Kaum war das Gewässer überquert, ging es wieder Richtung Süden über die 1st. Avenue, die 3rd. Avenue, den Industriell Way und schließlich bogen sie rechts auf den Oregon Way ab. Vor ihnen lag nun die Lewis und Clark Brücke über den Columbia River, der die Grenze zwischen Washington und Oregon darstellte.

Der Verkehr über die Brücke wurde kontrolliert. Juan schluckte. Angst schnürte ihm die Kehle zu. Die erste hoch gefährliche Situation für heute, und es war gerade mal Mittagszeit.

„Da vorne sind Polizisten, was soll ich tun?"

„Fahr einfach weiter, Lynn. Ganz ruhig," sagte Juan, in der Hoffnung nicht angehalten zu werden. Schon glaubte er Glück gehabt zu haben, als er die Stimme eines Cops hörte, die „Anhalten!" rief.

Lynn stoppte den Wagen. Juans Hand umklammerte die Waffe fester als je zuvor. Seine Knöchel waren schon weiß und der Schweiß trat ihm aus den Poren. Er zitterte fast vor Aufregung und Furcht. Vielleicht hätte man doch lieber nach Norden flüchten sollen, Richtung Kanada. Inzwischen wäre es dort wahrscheinlich sicher. Aber war eine solche Alternative überhaupt wünschenswert? Ohne große finanzielle Rücklagen konnte es Probleme geben, sich in einem fremden Land eine Existenz zu schaffen. Erschwerend kam hinzu, dass er ein gesuchter Straftäter war. Auch in Kanada sollte eine gewisse Vorsicht nicht fehlen, denn auch dort könnte eine Festnahme drohen. Die USA würden in diesem Fall garantiert einen Auslieferungsantrag stellen, dem aller Wahrscheinlichkeit nach auch stattgegeben werden würde. Von Sicherheit konnte man also, auch bei der Kanada-Alternative, nicht sprechen. Dennoch, unangenehmer als das hier, konnte es nicht sein.

Juan kam zu dem Schluss, dass er sich zu viel Gedanken um Dinge machte, die sein könnten, es aber nicht waren. Die Entscheidung nach Süden zu fliehen war nun mal gefallen und konnte nicht mehr rückgängig gemacht werden. Mit den Konsequenzen dieser Entscheidung musste er jetzt fertig werden. Hoffentlich war seine Flucht nicht schon nach weniger als 24 Stunden beendet. Denn noch war er nicht bereit, aufzugeben. Irgendwann vielleicht, wenn es gar nicht mehr weiter ging, aber nicht jetzt. Noch gab es die Möglichkeit, seine Unschuld zu beweisen. Zumindest konnte Juan sich das einreden, auch wenn ihm immer noch keine Idee gekommen war, wie man das anstellen sollte. In den Filmen ging so was immer gut aus. Der echte Mörder wurde enttarnt und bestraft und der unschuldig verfolgte Held lebte glücklich weiter. Nun, zumindest die Möglichkeit glücklich weiter zu leben, hatte er sich durch bodenlose Dummheit selbst verbaut. Den Schaden, der bis jetzt angerichtet wurde, konnte man kaum wieder gutmachen. Geiselnahme und Raub machten sich nicht besonders gut im Lebenslauf.

Inzwischen hatte Lynn das Fenster runtergekurbelt und sprach mit dem Polizisten.

„Guten Tag, Miss", sagte dieser „allgemeine Verkehrskontrolle. Könnte ich bitte ihren Führerschein und die Fahrzeugpapiere sehen."

Allgemeine Verkehrskontrolle? Suchten die Cops, die an dieser Brücke einige Fahrzeuge rauswinkten, vielleicht gar nicht nach ihm? Ein kleiner Funken Hoffnung keimte in Juan auf. Vielleicht würde das Ganze glimpflich ausgehen.

„Jose, gibst du mir mal bitte meinen Rucksack, da ist mein Führerschein drin", sagte Lynn zu Juan. Dies tat er nur ungern, denn er musste sich nach vorn beugen und kam so in das Sichtfeld des Polizisten. Denn auch wenn nicht direkt nach ihm gesucht wurde, die meisten Cops kannten wahrscheinlich sein Fahndungsfoto.

Er reichte ihr den Rucksack und vermied es, dem Polizisten direkt ins Gesicht zu sehen. Die Möglichkeit erkannt zu werden, sollte man tunlichst vermeiden.

Lynn kramte derweil in ihrem Gepäckstück nach dem Führerschein. Es dauerte fast eine Minute, bis sie das geforderte Dokument gefunden hatte.

„Hier bitte, Officer."

„Ich brauche auch die Fahrzeugpapiere."

„Ich weiß nicht genau, wo die sind. Weißt du es Andi?", wandte sich Lynn an Ted.

Ted öffnete das Handschuhfach und gab ihr die Zulassung, die sie von Mrs. Steward gestohlen hatten.

„Mr. Mortimer Steward. Ist das ihr Vater, Miss?", fragte der Cop.

„Nein, ich kenn den eigentlich gar nicht."

„Es ist mein Großvater. Er hat uns sein Auto für eine Urlaubsfahrt nach Kalifornien geliehen", übernahm Ted das Wort. Juan war überrascht. Soviel Geistesgegenwart hätte er seiner Geisel gar nicht zugetraut.

„Sie fahren also in den Urlaub?"

„Ja, das tun wir."

„In Ordnung", sagte der Polizist und gab Lynn die Papiere wieder zurück. „Sie können weiterfahren."

Gott sei Dank. Das ging gerade noch mal gut. Eigentlich war sogar alles problemloser abgelaufen als gedacht.

Gerade als die Fahrt weitergehen sollte, kam ein zweiter Officer angerannt und rief: "Stopp, fahren sie bitte noch nicht. Ich hab da noch eine Frage."

Juan stockte zum zweiten Mal innerhalb von wenigen Minuten der Atem. Anscheinend hatte er sich zu früh gefreut. Die Situation wurde wieder gefährlich. Hätte er seine Waffe noch fester umklammern können als jetzt, hätte er es getan.

„Könnten Sie mir die Zulassung noch einmal geben, bitte. Ich würde da gerne etwas prüfen." sagte der Polizist. Ihm kam es seltsam vor, dass drei junge Leute mit einem 5-er BMW unterwegs waren. Ein so teures Auto einfach seinem Enkel und zwei seiner Freunde auszuleihen, erschien ihm zumindest ungewöhnlich. Vielleicht ging es hier nicht mit rechten Dingen zu. Der Cop nahm die Zulassung mit zum Polizeifahrzeug und überprüfte mit dem Computer das Kennzeichen, ob es möglicherweise als gestohlen gemeldet worden war. Im System befand sich jedoch kein Eintrag. Der Diebstahl bei den Stewards war also noch nicht bekannt geworden. Wahrscheinlich saß die Alte immer noch gefesselt auf ihrem Stuhl.

Als Lynn die Dokumente wieder zurückbekam, fragte sie:" Dürfen wir jetzt fahren?"

„Noch nicht. Ich möchte noch gerne ihre Ausweise sehen."

So, damit war die Flucht wohl beendet. Der ganze Schwindel würde auffliegen.

„Neil", rief plötzlich der erste Polizist, „lass die drei doch fahren. Verdirb ihnen nicht schon am ersten Tag ihren Urlaub mit deiner Fragerei. Es sind ja keine Serienkiller."

Der Cop ahnte gar nicht, dass zumindest einem der drei ein Doppelmord zur Last gelegt wurde. Und doch rettete er die Situation. Der als Neil bezeichnete Polizist verzichtete auf die Kontrolle ihrer Ausweise und ließ sie ohne weiteres über die Grenze. Juans Griff um die Waffe entspannte sich.

Endlich konnten die drei den Columbia River überqueren und befanden sich in Oregon.

Juans Nerven beruhigten sich langsam wieder. Das Adrenalin, welches ihm eben durch die Adern gejagt worden war, hatte wenigstens für einige Zeit seine Müdigkeit vertrieben.

Ihm war klar, dass die Flucht natürlich nicht beendet war. Es konnte noch viel passieren, aber vielleicht bestand nun die Möglichkeit, etwas auszuruhen und Kraft zu schöpfen für die nächsten Tage.

Der Gedanke an die Zukunft erzeugte wieder Angst. Angst vor dem, was nicht vorhersehbar und nicht kalkulierbar sein würde. Denn eigentlich schon jetzt in diesem Stadium schien alles zum Scheitern verurteilt zu sein. Das Einzige, was Juan noch blieb, war das Hinauszögern des Unvermeidlichen. Doch an das Ende wagte er nicht zu denken. Die Vorstellung, wie es sein würde oder zumindest könnte, war zu furchteinflößend. Wieder stellte er sich die Frage, ob ein Aufgeben nicht doch die beste Alternative darstellte, aber wie schon viele Male vorher, verwarf er den Gedanken. Während sie der Highway 30 entlang weiter am Fluss Richtung Süden führte, stieg die Temperatur immer weiter. Wahrscheinlich wurde in den nächsten Stunden die 30°C Marke überschritten.

Nur ihre Klimaanlage im Wagen würde ihnen dann noch Erfrischung verschaffen.

Ted knurrte inzwischen gehörig der Magen. Immerhin hatte er schon seit vielen Stunden nichts mehr gegessen und auch Juan bekam langsam wieder Hunger. Auch wenn die Anspannung jeglichen Appetit vertrieben hatte, sie mussten etwas zu sich nehmen. Ohne Nahrung würden die Kräfte schnell schwinden. Das konnte man sich jedoch nicht leisten.

Glücklicherweise hatten sie von den Stewards etwas zum Essen mitgenommen. Ursprünglich hätte es für volle zwei Tage gereicht, aber da sie jetzt drei statt nur zwei Personen waren, müssten spätestens morgen neue Nahrungsmittel und ganz wichtig, Getränke gekauft werden.

Schließlich sagte Ted: „Können wir demnächst mal anhalten und eine Kleinigkeit essen? Ich verhungere sonst noch.

„Ich hab auch Hunger, aber warte noch ein bisschen, bis wir wieder auf der Interstate sind. Wir suchen uns dann einen Rastplatz", antwortete Juan, der sich so schnell wie möglich von der Staatengrenze entfernen wollte, zu der sie im Moment immer noch parallel fuhren.

„Du willst wieder auf die Interstate?"

„Ja, es ist die schnellste Möglichkeit, um nach Kalifornien zu kommen."

„Muss ich noch lange fahren?", fragte plötzlich Lynn.

„Nur noch bis zum Rastplatz bitte. Dann lösen Andi oder ich dich ab", sagte Juan.

Ihre Route führte sie noch einige Meilen am Fluss entlang, bis der Highway 30 in die Interstate 405 überging, die sie schnell durch den Nordteil von Portland führte. Auf Höhe der Marquam Bridge wechselten sie auf die Interstate 5. Damit waren alle wieder auf direktem Kurs Richtung Süden. Dorthin, wo, so glaubte Lynn, ihr gemeinsamer Urlaub stattfinden sollte.

„Hoffentlich kommt bald eine Haltemöglichkeit."

„Ich denke schon. Wir halten so schnell wie möglich."

„Dein Wort in Gottes Ohr, Jose." Ted überraschte Juan immer wieder. Bis jetzt spielte er wunderbar mit. Er benutzte sogar Juans falschen Namen mit einer Selbstsicherheit, die keine Zweifel aufkommen ließ. Wenn das weiter so blieb, umso besser. Zwar war die Gefahr eines Fluchtversuchs seiner Geisel nicht völlig gebannt, aber doch gesunken. Erstens war Lynn mit an Bord und zweitens schien sich Ted langsam mit seiner Situation abzufinden. Eine Kurzschlussreaktion war somit unwahrscheinlicher als noch heute Morgen.

Dennoch wagte Juan nicht, die Hand von der Waffe unter dem Hemd zu nehmen. Der Stress vom Grenzübergang steckte ihm noch zu sehr in den Knochen.

Direkt an der Schnellstraße gab es aber keine Raststätte, so dass Juan schließlich Lynn anwies, die Straße kurz vor Wilsonville zu verlassen. Wenige Meter hinter der Ausfahrt lag am Waldrand ein Wohnmobilpark, mit einer guten Möglichkeit eine Pause einzulegen. Um diese Zeit war der Park gut besetzt. Dies hatte Vor- und Nachteile. Juan könnte erkannt werden, auch wenn es nicht sehr wahrscheinlich war. Vielmehr würden die drei unauffällig sein und nur als eine ganz normale Gruppe angesehen, die eben, wie so viele auf dem Weg in die Sommerferien, kurz mal anhielten, um auszuruhen. Man durfte sich nur nicht verdächtig verhalten, dann wäre alles gut. Trotzdem wählten sie einen Picknickplatz etwas abseits vom großen Trubel.

Die Sachen von Misses Steward hatten sie bei ihrer Abfahrt heute Morgen im Kofferraum verstaut.

Ein paar Konservendosen sowie Brot und einige Scheiben Wurst. Die drei bereiteten damit Sandwiches zu und setzten sich in den Schatten der Bäume ganz in der Nähe. Als Getränk diente eine Dose Cola, ebenfalls aus den Kühlschrankbeständen der Stewards.

Hier könnte ich stundenlang sitzen bleiben, dachte Juan. Die Müdigkeit überkam ihn immer stärker. Er würde irgendwann heute noch einschlafen. Dies war so gut wie sicher. Denn bis heute Abend vergingen noch viele Stunden. Wobei man sich natürlich fragen musste, wie und vor allem wo sie die nächste Nacht verbringen sollten.

„Sag mal, Lynn", begann Juan ein Gespräch, „wissen deine Eltern eigentlich, dass du per Anhalterin unterwegs bist?"

„Nun ja", entgegnete sie", sie wissen, dass ich in Kalifornien Urlaub mache."

„Aber nicht mit wem."

„Sie glauben, ich fahre bei einem Freund mit."

„Aha, und warum tust du das dann nicht?"

„Weil es keinen Freund gibt."

„Deine Eltern haben keine Ahnung von deinem Freundeskreis?"

„Nein, überhaupt nicht. Sie müssen beide arbeiten und interessieren sich ausschließlich für meine Schulnoten. Alles, was darüber hinausgeht, ist ihnen ziemlich egal. Sie sagen, es wäre ja mein Privatbereich, und da wollen sie mir nicht reinreden."

„Das klingt doch vernünftig."

„Ja, das tut es vielleicht. Aber in Wirklichkeit ist es doch nur eine Ausrede. Ich soll ihnen mit meinen persönlichen Problemen nicht auf den Wecker fallen."

„Deine Eltern machen sich also überhaupt keine Sorgen um dich?"

„So extrem würde ich es nicht ausdrücken. Ich soll sie auch sofort anrufen, wenn ich angekommen bin."

Na, dann können deine Eltern aber lang warten, dachte Juan. Denn egal, wie sich ihre Situation entwickeln würde, einen Sommerurlaub in L.A. oder sonst wo würde es mit Sicherheit nicht geben.

„Heute kommen wir da aber nicht mehr an. Wahrscheinlich erst morgen im Laufe des Tages."

„Das reicht völlig, Jose. Vorher erwarten die meinen Anruf sowieso nicht."

Na, wenigstes heute wurde dieses Problem nicht akut. Aber morgen. Ach ja, morgen. Wer wusste schon, was morgen war. Und auch nicht, wo sie sein würden.

Nur eins war klar, nämlich wo sie nicht sein würden. Sie würden nicht am Strand von Los Angeles liegen.

„Darf ich dich mal fragen, wie alt du bist?", sagte Lynn zu Juan.

„Klar, darfst du." Sie wartete weiter auf eine Antwort, bekam aber keine. Die Männer waren doch alle gleich. Zwar hatte sie nicht explizit gefragt, wie alt er nun war, sondern nur darum gebeten, die Frage stellen zu dürfen, aber jeder normale Mensch nennt doch gleich sein Alter. Aber da ging sie wohl von falschen Voraussetzungen aus. Immerhin sprach sie mit einem Mann. Normale Reaktionen waren in diesem Fall nicht zu erwarten. Ihr Vater war da ähnlich. Ein Verhalten, welches ihre Mutter regelmäßig auf die Palme brachte.

Deshalb fragte sie weiter:" Und wie alt bist du jetzt?"

„Rate mal."

Auch diese Antwort war ihrer Meinung nach wieder typisch männlich. War es denn nicht möglich, dass die Kerle mal einfach auf eine Frage antworten konnten, ohne irgendwelche Spielchen? Aber so was schien wohl zu viel verlangt. Na gut, dann riet sie eben.

„Siebzehn, oder vielleicht auch 18."

„Die zweite Möglichkeit."

„Also Achtzehn."

„Bingo. Und wie alt bist du Lynn?" Am liebsten hätte sie auch ‚Rate mal' gesagt, aber dann würde sie sich auf männliches Niveau runterlassen. Deshalb antwortete sie sofort: "Ich bin sechzehn."

„Warst du schon mal in Kalifornien?"

„Nein, bisher noch nicht. Du schon mal?"

„Eigentlich ist dies mein erster richtiger Urlaub."

„Du bist noch nie verreist?"

„Nicht wirklich. Von meinem Heimatland Puerto Rico sind meine Mutter und ich zuerst nach New York und später erst nach Seattle gezogen."

„Aber ich dachte du wohnst in Tacoma", sagte Lynn.

Juan hatte sich tatsächlich verplappert. Die erste Lüge war schon mal aufgeflogen und wenn er nicht aufpasste, würde auch alles andere bald ans Tageslicht kommen. Trotzdem musste man versuchen, zu retten, was noch zu retten war.

„Ja, du lässt mich nicht ausreden. Inzwischen lebe ich in Tacoma, aber erst seit kurzem. Der Umzug von Seattle ist noch nicht lang her." Ob sie diese Erklärung nun für die Wahrheit hielt, oder nicht, sie gab sich damit zufrieden. Noch lagen keine

Anhaltspunkte vor, den zwei Jungs, zu denen sie ins Auto gestiegen war, zu misstrauen.

„Wenn du aus Puerto Rico kommst, Jose, kannst du doch bestimmt auch spanisch", sprach Lynn weiter.

„Klar. Spanisch ist meine Muttersprache. Englisch musste ich erst später zwangsläufig lernen."

„Dafür ist dein Englisch aber sehr gut. Man hört überhaupt keinen Akzent."

„Danke, aber Spanisch rede ich höchstens noch mit meiner Mutter, ansonsten eigentlich überhaupt nicht mehr."

„Sag mal, wie ist es denn in Puerto Rico so? Eine Freundin von mir war dort letztes Jahr im Urlaub. Sie sagte, es wäre wunderschön gewesen."

„Wunderschön? Ich denke, das kommt auf den Blickwinkel an."

„Wieso? Ich habe von traumhaften Wasserfällen im Urwald gehört. Und die Hauptstadt soll eine quirlige Metropole sein."

„San Juan hat mehr als genug Schattenseiten. Und deine Urwaldwasserfälle gibt es zwar, aber meistens hat man andere Sorgen."

„Hast du dich in deiner Heimat nicht wohlgefühlt?"

„Nein, hab ich überhaupt nicht. In der Hauptstadt, in der meine Familie auch lebte, gibt es große Gebiete, die im Gegensatz zu hier katastrophale Zustände aufweisen. Und wenn dein Vater dann auch noch früh stirbt und als Ernährer ausfällt, prägen Hunger und Durst deinen Alltag. Wie traumhaft euch Amerikanern auch die Natur gefallen mag, wenn man ums Überleben kämpfen muss, hat man für so was keine Augen. Mein eigener Bruder ist gerade mal ein paar Wochen alt geworden, bevor die schlimmen Zustände ihn umbrachten. Für mich war meine

Heimat ein Albtraum, denn auch die Kriminalität ist ein großes Problem in den sozialen Brennpunkten. Soll ich noch genauer werden, oder ist das genug Leid für dich?"

„Es tut mir leid. Ich konnte das ja nicht wissen."

„Ja, ich weiß, ist schon gut. Ich wollte dich nicht anschreien, aber die Erinnerungen an früher sind immer noch schmerzhaft. Der Tod meines Bruders und meines Vaters sind mir sehr nahe gegangen. Ich rede bis heute ungern darüber." Und in der jetzigen Situation schon mal gar nicht, setzte Juan in Gedanken hinzu.

„Aber hier geht es dir jetzt doch besser."

„Ja Lynn, das tut es." Natürlich war das eine glatte Lüge, die bis vor zwei Tagen allerdings der Wahrheit entsprochen hätte.

„Siehst du dich eigentlich jetzt als Amerikaner?"

„Warum fragst du?"

„Na ja, du hast eben von ,euch Amerikanern' gesprochen, als würdest du selbst nicht dazugehören."

„Na ja, ich will es mal so ausdrücken. Da wir Puerto Ricaner nicht wählen dürfen, fällt es mir nicht besonders leicht, ein Verbundenheitsgefühl mit den Vereinigten Staaten aufzubauen."

„Ihr dürft nicht wählen?"

„Nur, wenn wir den einzigen Wohnsitz in den USA selbst haben. Das ist zwar bei mir und meiner Mutter inzwischen der Fall, aber das ändert nichts daran. Wäre ich nicht gezwungen gewesen, meine Heimat zu verlassen und wäre das Leben dort erträglicher gewesen, hätte ich der Insel wohl nie den Rücken gekehrt. Irgendwie fühlt man sich hier als Mensch zweiter Klasse."

„Für mich bist du das nicht, Jose. Ich finde, jeder Mensch ist gleich viel wert."

Ob du das auch sagen würdest, wenn du wüsstest, wer Ted und ich wirklich sind, dachte Juan. Wahrscheinlich nicht. Die meisten Leute waren der Ansicht, Straftäter seien der Abschaum der Gesellschaft, womit sie eigentlich auch nicht ganz falsch lagen. Er musste ja in den letzten Stunden mehrere Gesetze brechen, auch wenn die Ausgangslage ein bisschen seltsam anmutete. Jeff, der Leute tötete und die Morde dann seinem besten Freund in die Schuhe schob, hatte ihn dazu gezwungen. Aber wieso? Warum hatte Jeff überhaupt getötet? Irgendeinen Grund musste es geben. Doch Juan fiel keiner ein. Vielleicht würde sich das Geheimnis nie lösen lassen. Es sei denn, er tat genau das, was er schon längst hätte tun sollen. Sich stellen und die Flucht rechtzeitig beenden, bevor es noch mehr Tote gab. Aber noch immer brachte er nicht den Mut dazu auf. Lieber wurde das Unvermeidliche weiter aufgeschoben, auch auf die Gefahr weiterer Opfer.

Ted hatte die ganze Zeit kein Wort gesagt und dem Gespräch nur aufmerksam zugehört. Auch er wusste vorher kaum etwas über die Vergangenheit seines Geiselnehmers. Hier war eine gute Gelegenheit gewesen, Dinge zu erfahren, die ihm vielleicht halfen, Juan besser einzuschätzen. Inwieweit hinterließ eine schwere Kindheit Spuren in der Persönlichkeit und konnten diese Umstände jemanden zum Mörder machen? Man hörte ja immer wieder von solchen Fällen. Irgendjemand macht einige Leute kalt und dann wurde versucht, dies mit einer sogenannten schlimmen Kindheit zu entschuldigen. Für Ted konnte jedoch nichts einen Mord entschuldigen, egal um was es sich auch immer handelte.

„Andi", wandte sich Lynn an Ted, „gibst du mir mal bitte noch eine Dose Cola. Ich hab grad unheimlich Durst."

„Hier bitte."

„Lynn", schaltete sich Juan in die Unterhaltung ein, „deine Cola musste du auf der Fahrt trinken. Wir sollten weiterfahren.

Je mehr wir heute an Strecke schaffen, desto weniger haben wir morgen noch."

„Dann   kann   ich   aber   nicht   fahren."
"Egal, du machst das doch ohnehin nicht gerne. Ich denke, Andi fährt bestimmt. Nicht wahr?"

„Natürlich, ich fahr. Was bleibt mir schon anderes übrig, obwohl ich recht müde bin."

„Wie wär's, Jose, wenn du mal ein paar Meilen fährst. Dann kann sich dein Freund ein bisschen ausruhen", unterbreitete Lynn ihren Vorschlag Juan.

„Das geht leider nicht. Ich bin noch müder. Außerdem hab ich meinen Führerschein leider zu Hause vergessen." Das war zwar gelogen. Er hatte seinen Führerschein dabei, aber es gab mehrere Gründe für seine Weigerung, zu fahren. Erstens war er tatsächlich todmüde. Zweitens konnte man als Fahrer seine Geiseln nur schlecht bis gar nicht bewachen und drittens bestand jederzeit die Gefahr einer Verkehrskontrolle.

„Schon gut. Ich fahr. Es wird schon gehen", sagte Ted, obwohl auch er seit mehr als vierundzwanzig Stunden keinen richtigen Schlaf mehr bekommen hatte.

Ihr Picknick war zu Ende und nur wenige Minuten später befanden sie sich schon wieder auf der Interstate 5.

Im Gegensatz zu heute Morgen war der Verkehr etwas stärker geworden. Auch die Temperatur stieg mit der Zeit. Bis es wieder erträglicher wurde, sollten noch einige Stunden vergehen. Erst in der Nacht konnte man dann richtig durchatmen. Und wenn es heute Abend dunkel wurde, mussten sie endlich schlafen. Ob sie nun wollten oder nicht. Denn je länger die beiden Jungen wach blieben, umso schwerer fiel es, die Gedanken beisammen zu halten. Genau dies war jedoch in der momentanen Situation besonders wichtig.

WASHINGTON: Seattle

Obwohl die Fahndung nach Juan auf Hochtouren lief, tappte die Polizei noch immer im Dunkeln. Sie hatte nichts. Der Wagen, mit dem Martinez und seine Geisel vom Tatort geflohen war, blieb bis jetzt unauffindbar. Einzig und allein die Tatsache, dass von den Grenzkontrollen nach Oregon bisher keine Meldung gekommen war, nährte den Verdacht, Juan und Ted könnten sich noch in der Nähe aufhalten.

Corin zumindest vertrat diese Meinung. Wie schon geplant, hatte er heute Vormittag Jeff Clark besucht, um ihm wichtige Informationen zu entlocken. Immerhin bestand die Chance, möglicherweise wichtige, relevante Details zu erfahren.

„Sage mal Jeff, ich darf dich doch Jeff nennen?" hatte Corin das Gespräch begonnen. Solange der Befragte nicht 18 Jahre alt war, versuchte er immer den Vornamen zu verwenden. Das Verhör wurde dann persönlicher und die Distanz zwischen beiden Partnern geringer.

„Sie dürfen", antwortete Jeff.

„Gut, also Jeff, wie du dir denken kannst, geht es um den Vorfall von gestern. Es gibt da noch einige ungeklärte Fragen."

„Fragen Sie."

„Also erstens, hast du eine Idee, warum dein Freund das erste Opfer getötet hat? Bisher konnte noch kein Motiv ermittelt werden."

„Ich kann Ihnen da nicht sehr viel weiterhelfen. Sie haben Recht. Ich und Juan sind seit langem befreundet. Warum er plötzlich tötet, weiß ich auch nicht. Es war ein Schock für mich als ich es erfuhr."

„Er hat Ihnen also davon erzählt?"

„Ja, den ersten Mord hab ich sozusagen gar nicht mitbekommen. Aber als er den Polizisten getötet hat, war ich natürlich dabei."

„Gut, das ist einer der wichtigsten Punkte. Wie genau hat den Martinez den Polizisten umgebracht?"

Eine Frage, deren Antwort gut überlegt sein musste. Sie könnte Jeff in Schwierigkeiten bringen, aber eine solche Frage hatte er erwartet..

„Er hat ihn erschossen, als ihr Kollege kurz unaufmerksam war."

„Erschossen? Mit welcher Waffe?"

„Wie meinen Sie das?"

„Der tote Polizist starb nicht an einer Schusswunde und die Spurensicherung hat keine Patronenhülse gefunden. Bist du sicher, dass dein Freund geschossen hat? Vielleicht denkst du noch mal genau nach."

„Ich weiß nicht so genau. Möglicherweise hat er ihn auch erschlagen."

„Einfach so? Ohne, dass der Polizist sich gewehrt hat? Das klingt nicht besonders glaubwürdig."

„So war es aber. Ich meine, als ihr Kollege eintraf, konnte Juan sich von hinten an ihn heranschleichen und hat dann zugeschlagen."

„Womit? Mit einem Stein?"

„Ja. Glaub ich zumindest."

„Hör mal zu, du musst mir schon genau erzählen, was passiert ist. Mit so einem Rumgeeiere kann ich nichts anfangen."

„Officer..."

„Ich bin Detective."

„Oh ja, Entschuldigung. Detective, ich war gestern ziemlich fertig und hab vielleicht nicht alles noch genau in Erinnerung. Sie verstehen."

„Ich verstehe. Du warst in einer Ausnahmesituation. Dennoch es ist enorm wichtig."

„Wie gesagt, ich bin immer noch ziemlich fertig."

Corin gab auf. Aus diesem Jeff war kaum etwas Brauchbares herauszukriegen. Obwohl das mit dem Erschlagen ja den Obduktionsergebnissen entsprach.

„Sag mal, weißt du noch, welches Hemd du gestern angehabt hast?"

„Ja, wieso?"

„Nun, wir würden es gerne untersuchen. Manchmal findet man Spuren genau dort, wo man sie am wenigsten erwartet."

„Was erwarten sie da zu finden?"

„Das wird sich zeigen."

„Na gut, in Ordnung. Es liegt oben in meinem Zimmer, soll ich's holen?"

„Ja bitte."

Jeff holte sein Hemd und gab es Corin. „Hier ist es."

„Danke. Nun gut, kannst du mir vielleicht noch etwas über deinen Freund erzählen? Wie ist er so, und wie könnte er sich verhalten?"

„Da gibt es nicht viel zu erzählen. Wie gesagt, ich hätte Juan eine solche Tat nicht so ohne weiteres zugetraut. Geschockt hat mich vor allem die Kaltblütigkeit, einfach jemanden zu töten, ohne ein nachvollziehbares Motiv."

„Er hat dir also nicht gesagt, warum er den Bauarbeiter ermordet hat?"

"Nein, ich hab ihn zwar gefragt, aber keine richtige Antwort erhalten. Nur so etwas wie, mir war gerade danach oder so. Aber das ist doch kein Motiv für ein solch furchtbares Verbrechen."

Du würdest dich wundern, wenn du wüsstest, wie viel Morde ohne erkennbares Motiv geschehen, mein Jüngelchen, dachte Corin.

„Es gibt eben Menschen, die einfach manchmal die Kontrolle verlieren", sprach Corin weiter.

„Ja, bestimmt, aber Juan war nicht der Typ für so was. Deshalb war ich so überrascht."

„Wie könnte dein Freund jetzt reagieren? Was denkst du? Wohin würde er fliehen?"

„Keine Ahnung. Vielleicht nach Kanada oder auch nach Süden. Wahrscheinlich versucht er, den Staat zu verlassen."

„Ja, das wäre logisch. Aber alle Grenzen wurden gesperrt. Bisher scheint er jedoch noch nirgends aufgetaucht zu sein."

„Vielleicht ist er ihnen auch entwischt."

„Möglich, aber ich glaube, dein Freund ist in der Nähe. Wo könnte er sich verstecken?"

„Ich weiß es nicht, Officer. Wirklich nicht. Fragen sie doch mal seine Mutter, die weiß bestimmt mehr."

„Das tun wir noch. Aber oft erzählt man seinen Freunden ja mehr als seinen Eltern."

„Ist richtig, aber ich kann ihnen nicht weiterhelfen."

„In Ordnung, falls dir irgendetwas einfällt, ruf mich einfach an. Hier ist meine Nummer. Wir sehen uns bestimmt wieder."

Corin brach dieses unproduktive Gespräch ab. Dieser Jeff Clark belog ihn. Fast könnte man meinen, er hätte etwas mit den Verbrechen zu tun. Gerade deshalb wollte Corin auch das Hemd untersuchen lassen, denn es könnten Spuren daran haften. In diesem Fall würde sich ein Verdacht gegen diesen Clark ergeben. Aber das wäre unlogisch. Juans Flucht war ja wohl ein deutliches Schuldeingeständnis.

Trotzdem, dieser Fall barg ein dunkles Geheimnis. Und Clark kannte es, oder vermutete zumindest irgendetwas. Er hielt Informationen zurück. Die Erklärung, der Polizist wäre einfach so, ohne Gegenwehr erschlagen worden, hörte sich unglaubwürdig an, auch wenn das gerichtsmedizinische Gutachten darauf hindeutete.

Das Gespräch mit Juans Mutter hatte ebenfalls keine verwertbaren Ergebnisse gebracht.

Der Vormittag war somit ziemlich frustrierend verlaufen. Und es mussten Ergebnisse her, bevor die Presse über den ganzen Polizeiapparat herfiel und ihn der totalen Unfähigkeit bezichtigte.

Doch es war schwer, weiter zu ermitteln, wenn keine Anhaltspunkte vorhanden waren.

Das Gespräch mit dem Polizisten war nicht gut verlaufen. Dieser Cop glaubte Jeff kein Wort. Und das konnte man ihm noch nicht einmal übel nehmen. Wäre Jeff in der Rolle des Polizisten gewesen, hätte er auch Probleme gehabt, irgendwas von dem ganzen Mist ernst zu nehmen.

Vorsicht war geboten, um nicht selbst ins Fadenkreuz der Ermittlungen zu geraten. Noch gab es keine Indizien, die zu ihm führen würden, aber er fühlte sich nicht mehr so unangreifbar wie gestern. Sämtliche Untersuchungen in diesem Mordfall mussten sich auf Juan konzentrieren. Nur dann konnte der Verdacht nicht auf ihn fallen. Trotz seiner neuen Fähigkeiten fühlte Jeff sich unwohl. Er war nervös.

Wo könnte sich sein Freund Juan befinden? Dieser Polizist vermutete, dass er noch nicht den Staat verlassen hatte. Jeff bezweifelte diese Einschätzung, konnte aber auch nicht mehr sagen.

Doch es gab noch ein Problem. Ein Problem, das viel wichtiger war. Der Drang zu töten erwachte langsam wieder. Wurde dieser zu stark, musste er ihm nachgeben, um nicht den Verstand zu verlieren. Ohne die seelische Stimulans eines Mordes glaubte er, nicht mehr leben zu können. Es wirkte wie eine Droge, deren süchtigmachender Wirkung man sich nicht entziehen konnte. Doch jetzt, in der momentanen Situation einen weiteren Mord zu begehen, der den anderen beiden von gestern glich, war hochgefährlich. Die Gerichtsmedizin würde feststellen, dass die Ursache mit den Opfern von gestern identisch sein würde. Der Hauptverdächtige Juan war jedoch nicht mehr da. Zumindest nicht in der Nähe von Seattle. Wer wusste schon, wo der sich genau befand.

Der Verdacht würde auf Jeff fallen. Dies galt es zu vermeiden.

Eine Möglichkeit, sich Erleichterung zu verschaffen, könnte es sein, Tiere zu töten. Ein erbärmlicher Ersatz für Menschen, aber als Übergangslösung akzeptabel.

Den ein oder anderen streunenden Hund würde bestimmt niemand vermissen. Also begab er sich auf die Suche nach seinem nächsten Opfer.

Dies stellte ein etwas ausgemergelter Schäferhund mit verfilztem Fell dar. Den hatte Jeff in einer abgelegenen, menschenleeren Seitengasse entdeckt. In der Not musste ein solches bemitleidenswertes Lebewesen reichen.

Eine kurze Konzentrationsübung, und es wäre vorbei. Doch irgendetwas lief schief. Obwohl er alle seine Gedanken auf dieses eine Tier bündelte, reagierte es überhaupt nicht. Als wäre dort eine Barriere, die Jeff nicht durchbrechen konnte. Ein Widerstand, der bei Menschen nicht auftrat. Nun gut, musste er sich eben etwas mehr anstrengen. Wie war es möglich, dass eine solche niedere Kreatur ihm widerstand? Sie musste sterben. Aufzugeben kam nicht in Frage. Er bestimmte, wer leben durfte und wer sterben musste, unabhängig davon, ob Tier oder Mensch.

Noch einmal konzentrierte er sich auf den Hund. Und ganz langsam schien die Barriere, die wie eine Wand das Tier umgab, zu bröckeln.

Endlich schien dieser nichtsnutzige Köter etwas zu fühlen. Er wurde unruhig und begann zu hecheln.

Und dann kamen die Schmerzen, denn der Hund fing an zu winseln.

„Stirb endlich, du elendes Vieh", flüsterte Jeff, den es immer mehr Kraft kostete, dieses Tier ein für alle Mal zu töten.

Letztendlich gelang es ihm zwar, doch eine echte Befriedigung konnte er nicht daraus ziehen. Tiere zu töten schien deutlich schwieriger zu sein als Menschen. Eine neue Erkenntnis, die ihm nicht gefiel.

Er musste nach anderen Wegen suchen, seinen Drang zu bändigen. Keine leichte Aufgabe, die da vor ihm lag.

OREGON: Interstate 5 (Richtung Süden)

Die Sonne brannte erbarmungslos. Ted hatte schon die Fenster geöffnet. Die Fahrtluft verschaffte wenigsten etwas Erleichterung, obwohl auch sie heiß und stickig schmeckte. Aufgrund ihrer bisherigen Erfahrungen glaubte Juan langsam an eine längere Ruhepause. Die Chancen für einen erholsamen und ereignislosen Nachmittag standen gut, denn sie waren in Oregon noch nicht zur Fahndung ausgeschrieben. Das würden sie zwar in kurzer Zeit, aber bis die Suche angelaufen war, lag eine gewisse Sicherheit in der Luft.

Doch je ruhiger dieser Tag wurde, umso mehr sank ihre Aufmerksamkeit und umso schläfriger wurde Ted.

Eine Situation, die leicht gefährlich werden konnte.

Um nicht einzuschlafen, richtete Juan seine ganze Aufmerksamkeit auf Lynn, denn das Mädchen begann ihn zu faszinieren. Einerseits lag das an der naiven Vertrauensseligkeit, die sie zwei ihr völlig unbekannten Jungen entgegenbrachte. Wahrscheinlich war ihre Familie immer liebevoll zu ihr gewesen und sie hatte eine behütete Kindheit erlebt. Frei von Gewalt und Verbrechen. Nie gab es in ihrer Umgebung böse Menschen und Leid hatte Lynn auch noch nicht erlebt. Nun, bei ihm war das anders. Er wusste, was es bedeutete, ein trauriges Leben zu haben. Erst in den letzten Jahren wurde für Juan alles besser. Aber gerade war er dabei, dies alles zu vernichten.

Schnell lenkte er seine Gedanken wieder auf Lynn. Denn auch ihr Aussehen faszinierte, ja erregte ihn. Ein 16-jähriges Mädchen mit langem blondem Haar. Was für ein Klischee! Wenn sie jetzt auch noch super im Bett war, würden sich sämtliche Vorurteile auf Blondinen bestätigen. Aber eine Möglichkeit mit ihr zu schlafen, würde sich wohl nie bieten. Es blieb nicht die Zeit, sich so gut kennen zu lernen, ohne dass die nächste Katastrophe über sie hereinbrach. Bald sollte, musste es soweit sein.

Hoffentlich blieb ihnen noch etwas Zeit auszuruhen. Die Minuten krochen dahin.

Trotz allem wurden Juans Augenlider immer schwerer. Immer wieder fielen sie ihm zu und jedes Mal kam der Schlaf näher. Irgendwann würde Juan in einen leichten Schlaf gleiten. Damit ergab sich für Ted die erste ernsthafte Möglichkeit zur Flucht. Doch er zögerte. Wäre Lynn nicht bei ihnen gewesen, hätte es keiner Überlegung bedurft. Er hätte es versucht. Versuchen müssen, auch auf die Gefahr hin, doch noch von Juan erschossen zu werden. Aber jetzt? War es die Sache wert, auch Lynns Leben zu riskieren? Gab es überhaupt die Möglichkeit, erfolgreich zu entkommen? Zusammen mit einem Mädchen, das bisher völlig ahnungslos war? Die Abwägung des Für und Wider einer Flucht hielt Ted in einer Art Erregung, die sein eigenes Einschlafen verhinderte oder wenigstens hinauszögerte. Die Aufmerksamkeit, die ein Teilnehmen am Straßenverkehr erforderte, steigerte sie jedoch nicht. Im Gegenteil, Ted wurde nur noch mehr abgelenkt.

Das Unvermeidliche geschah, gerade als Juan endgültig in den Schlaf wegdämmerte. Die Vollbremsung und der darauf folgende Aufprall führten jedoch dazu, dass er wieder hellwach wurde. Lange würde das zwar nicht anhalten (die Müdigkeit würde später umso mächtiger zurückkehren), aber für den Moment pumpte der unerwartete Unfall genug Adrenalin in seinen Körper, um jeden Schleier der Erschöpfung wegzublasen.

In einer normalen Situation, wenn sie wirklich nur auf einer banalen Urlaubsreise nach Kalifornien gewesen wären, hätte ein solch leichter Auffahrunfall nicht mehr als einen ärgerlichen Zwischenfall dargestellt. Die Polizei würde den Schaden aufnehmen, die Versicherungen beider Teilnehmer ausgetauscht und damit wäre der Fall vorerst erledigt gewesen. Doch hier war es anders.

Der Schaden an ihrem BMW war nicht allzu groß und noch war das Auto fahrbereit.

Welche Möglichkeiten boten sich also? Entweder sie warteten wirklich auf das Eintreffen der Cops... Nein, Blödsinn, dann könnte man sich auch gleich im Gefängnis anmelden.

Auch Fahrerflucht war eine Alternative. Sie würde eine Festnahme zumindest ein wenig hinauszögern. Diese kleine Zeitspanne konnte genutzt werden, um sich zu überlegen, wie sie aus dieser misslichen Lage herauskommen konnten. Mal abgesehen davon, dass Juan bisher nicht den leisten Schimmer hatte, wie man das bewerkstelligen sollte, ergab sich noch ein viel dringenderes Problem. Würden die drei einfach weiterfahren, war es unmöglich, Lynn aus der ganzen Sache rauszuhalten. Eigentlich wollte Juan sie solange irgend möglich nicht in die Flucht miteinbeziehen. Das hatte er zwar schon zu dem Zeitpunkt getan, als man sie mitnahm, aber bis jetzt war das Mädchen ahnungslos gewesen. Die Lüge von einer Urlaubsfahrt nach Los Angeles, oder an irgendeinen anderen Ort des Sunshine Staates, konnte unmöglich aufrechterhalten werden.

Juan sagte: „Fahr weiter."

Lynn war überrascht. Warum sollten sie abhauen und Ärger mit der Polizei riskieren? Bei dem unbedeutenden Crash war kaum etwas passiert. Die Schäden an beiden Wagen waren minimal.

„Ich finde, wir sollten anhalten. Einfach wegzufahren ist nicht schlau. Damit provozieren wir nur Schwierigkeiten", äußerte sie deshalb ihre Bedenken.

Schwierigkeiten!? Wenn die wüsste, in was sie hier hineingeraten ist, dachte Juan

„Egal, wir dürfen nicht anhalten."

„Warum nicht, José? Bitte halt sofort an."

„Hör zu Lynn, das geht nicht. Vertrau mir einfach."

„Wieso sollte ich ausgerechnet euch vertrauen?"

„Jetzt hör auf. Schließlich warst du die Anhalterin."

„Ja, aber irgendwie bekomme ich gerade das Gefühl, das etwas ganz und gar nicht in Ordnung ist." Wie Recht sie damit hatte.

„Bleib bitte ruhig und fang nicht an hier rumzuzicken. Das kann ich im Moment wirklich nicht gebrauchen. Also halt gefälligst deine Klappe und führ dich nicht auf wie ne Pussy."

„Andi", schrie Lynn, „halt sofort an! Ich möchte aussteigen. Ihr beiden habt doch wohl einen an der Klatsche."

Auch damit traf sie schon wieder voll ins Schwarze. Zwei Jungs, die eine vollkommen absurde Flucht vor der Polizei abzogen, wobei der eine auch noch die Geisel des anderen war, konnte man nur als total bescheuert bezeichnen.

„Hör zu mein Mädchen", begann Juan, wurde aber sogleich von Lynn unterbrochen.

„Ich bin nicht dein Mädchen und will aussteigen. Jetzt! Also halt endlich das Auto an."

„Wir werden weiterfahren und wenn du dich hier weiter so aufführst, könnte es sehr unangenehm werden."

„Du drohst mir, Jose? Das lass ich mir nicht gefallen."

„Ich droh dir nicht, sondern gebe nur einen guten Ratschlag. Den solltest du bitte befolgen."

„Ich befolge hier gar nichts."

Lynn wurde zum Problem. Sie musste zum Schweigen gebracht werden, bevor dieses Mädchen sie alle zur Weißglut trieb. Juans Hemmschwelle war im Moment ziemlich niedrig, und das Gekreische einer beinahe hysterischen Tussy trug nicht gerade dazu bei, ihre Situation zu verbessern. Obwohl es ihm immer noch widerstrebte, die Waffe gegen Lynn einzusetzen, blieb ihm wohl keine andere Möglichkeit. Denn wenn er sich dazu entschloss, musste die Entscheidung jetzt fallen. Je länger man es hinausschob, desto größer wurde die Gefahr einer Kurzschluss-reaktion seitens des Mädchens. Denn die steigerte sich langsam in einen Schreianfall hinein.

„Halt den Mund", sagte Juan und drückte Lynn gleichzeitig den kalten Lauf der Waffe an die Schläfe.

Augenblicklich war es still im Auto. Ted fürchtete, dass sein Geiselnehmer einfach abdrücken würde und fuhr stur einfach die Interstate hinunter. Lynn war zu verschreckt, um irgendei-nen Ton herauszubringen. Juans Hand zitterte leicht. Er konnte die Waffe kaum ruhig halten.

„So, werden wir jetzt lieb sein und alles tun, was ich sage?"

„Ja. Bitte …bitte. Nicht wehtun, „winselte sie leise.

„Ob ich abdrücke oder nicht, liegt ganz bei dir. Ich möchte dich nicht erschießen, aber wenn du Dummheiten machst, wer-de ich es ohne zu zögern tun. Verstanden!!?"

„Ich mach alles, was Sie wollen."

Wunderbar, schon benutzte Lynn das Wort „Sie". Man konn-te es ihr auch nicht übel nehmen. Immerhin war gerade etwas passiert, was diese Anhalterin nicht im Entferntesten erwartet hatte. Natürlich hörte man immer wieder Geschichten von nai-ven Girls, die bei irgendeinem Perversen einstiegen und im Ext-remfall die Sache nicht überlebten, aber das ihr selbst mal so etwas passieren könnte, daran hatte Lynn nicht gedacht. Was sollte nun passieren? Sie merkte, dass Juan zitterte, konnte es aber nicht richtig interpretieren. Rührte das Zittern von der rei-nen Anspannung her und musste sich dieser Puerto Ricaner nur sehr zusammenreißen, um sie nicht gleich umzulegen? Ihr ka-men die Tränen, weil sie befürchtete, diesen Tag nicht zu überle-ben. Ihre Angst war nicht unberechtigt, denn mit einem Schlag wurde Lynn zu einem ärgerlichen Hindernis. Ein verschüchter-tes Mädchen störte nur bei den anstehenden Aufgaben. Denn der Unfall veränderte natürlich alles. Sie mussten schon wieder den Wagen wechseln. Ein 5-er BMW war nicht gerade besonders häufig und leicht zu finden, bestimmt wurde ihr Auto bald zur Fahndung ausgeschrieben. Die relative Sicherheit in Oregon war plötzlich weg. Nun suchte man auch in diesem Staat nach ihnen und es würde wahrscheinlich nicht lange dauern, bis die Polizisten merkten, wen sie eigentlich hier jagten. Einen mutmaßlichen Doppelmörder.

Die vorherrschende Frage war nun, wo es am sichersten war. Juan wäre es lieber gewesen, weiter südlich zu sein, denn im Moment hatten die drei gerade mal Salem hinter sich gelassen. Verließen sie die Interstate, würde man in unbekanntes Gebiet kommen. Ohne Karte wäre es schwer, sich zurechtzufinden. Anderseits sank aber die Wahrscheinlichkeit ihrer Entdeckung und lange konnte es nicht mehr dauern, bis die Polizei vermehrt Kontrollen hier auf der Schnellstraße durchführte. Sie suchten einen grünen BMW und von denen gab es garantiert sehr wenige. Ein leichtes Spiel für die Cops. Also blieb ihnen tatsächlich nur eine einzige Option: runter von der Interstate und zwar so schnell wie möglich. In irgendeinem Kaff konnte man sich dann auch einen neuen Wagen besorgen und vielleicht ergab sich auch die Chance, Lynn loszuwerden, ohne sie zu verletzten oder gar umzubringen. Leider wusste das Mädchen aber gefährlich viel über sie, auch wenn Ted und Juan falsche Namen benutzt hatten. Zumindest diese Lüge musste bis zum Ende aufrechterhalten werden.

„Andi, runter von der Interstate. Bei der nächsten Möglichkeit", sagte Juan.

Diese Möglichkeit würde sich in etwa 3 Meilen ergeben, an der Ausfahrt 168, wo die drei vorerst auf den Jefferson Highway wechseln konnten Wie die Reise dann weiterging, stand in den Sternen, falls ihre Flucht überhaupt weiterging und sie nicht in den nächsten Minuten von übereifrigen Polizisten gestoppt wurden.

Ted gehorchte. Was blieb ihm auch anderes übrig. Sein Geiselnehmer bedrohte das Mädchen immer noch mit der Waffe, wenn auch nicht mehr so verkrampft wie noch vor ein paar Augenblicken. Glücklicherweise wurden sie auch nicht von dem Unfallgegner verfolgt. Der war sofort stehen geblieben und schaute ihnen teils überrascht und teils verärgert nach. Sicherheitshalber hatte er sich auch das Autokennzeichen gemerkt, denn wenn die Polizei erst mal hier war, würden sie bestimmt einige Fragen über den Flüchtigen haben. Ein Autokennzeichen war immer ein guter Anhaltspunkt, jemanden zu finden.

Bis zur Ausfahrt sagte keiner ein Wort. Lynn war aus Angst schweißgebadet. Sie fühlte sich im Moment dem Tod näher als dem Leben.

Auch Juan schwitzte. Bei ihm war die Angst jedoch von anderer Natur. Er fürchtete, die Waffe einsetzen zu müssen, konnte sich aber eigentlich nicht vorstellen, jemanden aktiv zu ermorden. Es entsprach nicht seinem Naturell. Aber es entsprach ebenso wenig seinem Naturell, jemanden zu kidnappen und mit der Geisel eine wahnwitzige Hetzjagd quer durch zwei Bundesstaaten zu veranstalten. Dennoch hatte er es getan. Was war nur in ihn gefahren? Unter diesem Gesichtspunkt schien auch ein Mord nicht mehr im Bereich des Unmöglichen zu liegen. Eine durchaus beängstigende Vorstellung.

Kaum hatten die drei die Interstate verlassen, durchquerten sie kleine ländliche Siedlungen, ganz nah bei der Schnellstraße. Nach nur wenigen Meilen erreichten sie die verschlafene Kleinstadt Jefferson. Dennoch beherbergte sie eine Highschool direkt am Ortsrand. Es war kaum etwas los in den Straßen. Die drückende Hitze des Spätnachmittags hatte jegliches geschäftige Treiben lahmgelegt. Ein Hauch angenehmer Lethargie lag in der Luft. Die perfekte Atmosphäre, um einen neuen Fluchtwagen zu besorgen. Wer würde schon an so einem wundervollen Sommertag mit einem Überfall rechnen. Nach dem doch recht auffälligen BMW hielt Juan nun eher Ausschau nach etwas Normalem. Ein Auto, das möglichst wenig Aufsehen erregen sollte. Vielleicht ein kleiner Ford oder so was ähnliches. Es gab genug kleine Nebenstraßen, um mit etwas Glück unbemerkt einen Wagen zu entwenden. Doch vorher musste Lynn weg. Nur wie? Am besten man ließ sie einfach gehen. Doch dann würde das Mädchen schreiend zum nächsten Cop laufen und diesen Scheißbullen alles brühwarm erzählen.

„Andi, halt an", zischte Juan. Ted fuhr an den Straßenrand und stellte den Motor ab.

„So, und jetzt? Wie soll es weitergehen? Willst du Lynn und mich mit der Waffe durch dieses Kaff jagen?"

„Noch so eine blöde Bemerkung und ich hab nur noch eine Geisel. Kapiert, Blondie?" Es gefiel Ted überhaupt nicht, dass Juan schon wieder auf seine gefärbten Haare anspielte, aber zurzeit gab es wichtigere Probleme.

„Bitte, Jose, jetzt wäre ein guter Zeitpunkt, alldem ein Ende zu setzen. Noch ist niemand zu Schaden gekommen. Aber wenn du so weitermachst, wird es früher oder später zu einer Katastrophe kommen."

„Ach, ja? Denkst du, das wäre mir noch nicht in den Sinn gekommen? Wenn ihr beide, Lynn und du, allerdings lieb seid und keinen Unsinn anstellt, könnte eine Eskalation vermieden werden."

„Daran glaubst du doch wohl selber nicht." Ted hatte Recht. Juan glaubte schon lange nicht mehr an einen guten Ausgang der Flucht. Aber das war auch nicht der springende Punkt. Vielmehr ging es um eine Beurteilung der momentanen Situation. Und die war gefährlich. Denn welche Entscheidung Juan auch immer im Hinblick auf Lynn traf, es würde die falsche sein.

Denn eine richtige Option gab es nicht. Die Zeit dafür war abgelaufen.

„Wir drei steigen jetzt aus und suchen uns ein ruhiges Plätzchen, um einen neuen Wagen zu klauen", sagte Juan.

„Oh, eine tolle Idee. Wenn's weiter nichts ist", antwortete Ted sarkastisch.

„Meine Ideen sind für dich Gesetz. Also aussteigen und keine Dummheiten." Juan spannte den Hahn seiner Pistole.

„Also gut, aber was machen wir mit Lynn? Die ist total fertig und verängstigt. Siehst du das nicht?"

„Seh ich, also kümmerst du dich um sie."

„Ich?"

„Klar, wer sonst. Wenn du nicht willst, kann ich sie aber auch abknallen."

Solche Todesdrohungen im Beisein des Mädchens auszusprechen, heizte die Situation nur unnötig an, bewog Ted aber dazu, schließlich einzulenken.

„In Ordnung ich kümmere mich um sie. Aber kannst du sie nicht einfach freilassen? Bitte Jose."

„Jetzt mach dir nicht gleich ins Hemd. Ich werde sie laufen lassen aber noch nicht gleich. Und nun raus aus dem Wagen. Hier drin werden wir bei abgeschalteter Klimaanlage sonst noch gebraten."

Die drei verließen das Auto und traten in den schwül heißen Nachmittag heraus. Ted hatte Lynn eingehängt, die vor Todesangst kaum alleine stehen konnte und ganz leise wimmerte.

Keine Wolke war am Himmel zu sehen. Es bot sich eine geradezu friedliche Szenerie.

Rechts und links der Straße standen typische Einfamilienhäuser. Eins sah aus wie jedes andere in der Nachbarschaft. Am Ortstrand gab es ein typisches Neubaugebiet. Viele kleine Sackgassen mit etwa sechs bis sieben Häuschen. Eine ruhige Gegend. Perfekt für einen unauffälligen Raub. Denn auch wenn hier viele Familien Tür an Tür ihren Traum vom Eigenheim lebten, es blieb doch eine gewisse Anonymität gewahrt.

Genau dorthin führte sie ihr Weg. In dieses Idyll, in dem Juan wie die Schlange im Garten Eden war. Ein Auto mit steckendem Schlüssel wäre natürlich ein Geschenk des Himmels gewesen, aber man fand keines, das diese Voraussetzungen erfüllte. Es blieb ihm kaum etwas anderes übrig, als eines zu rauben. Hieß im Klartext, irgendwo klingeln und unter Androhung des Todes den Zündschlüssel zu fordern. Das alles mit so wenig Aufsehen wie es nur ging. Hoffentlich gab es keinen unvorhergesehenen Zwischenfall. Etwas Ähnliches hatte man ja schon bei den Stewards durchgeführt. Und da hatte alles wunderbar funktioniert. Warum sollte jetzt etwas schief gehen?

Sie suchten sich eine der ruhigsten Straßen aus. Die Aktion „neues Fluchtauto" konnte starten. Juan wollte so schnell wie möglich hier weg. Zwei fremde Jungs und ein Mädchen, die mitten in der Nachmittagsschwüle scheinbar ziellos in dieser Kleinstadt umhersteiften, muteten für die Einwohner bestimmt etwas seltsam an. Bevor das Misstrauen zu groß wurde, sollte man wieder unterwegs sein. Zeit war ein Luxus, den sie sich nicht leisten konnten.

Eines der schmucken Häuschen stand etwas zurückgesetzt. In dessen Einfahrt ein weißer Ford. Das genaue Modell war letztlich unerheblich, Hauptsache man fiel nicht auf. Die Läden waren hochgezogen. Also waren die Einwohner zu Haus. Lynn begann lauter zu schluchzen, als die drei sich dem Gebäude näherten.

„Andi," sagte Juan, „halt Lynn ruhig, sonst sehe ich mich zu drastischen Maßnahmen gezwungen. Das will doch keiner von uns."

Ted versuchte, das Mädchen zu beruhigen, bis sie endlich wieder still war. Die Haustüre lag leider so unglücklich, dass sie von vielen Seiten einsehbar war. Nun ja man musste mit dem Vorlieb nehmen, was man hatte. Dann fiel Juan etwas auf. An einer Seitenwand, geschützt vor allzu neugierigen Nachbarn, stand eine gläserne Terrassentür einen Spalt weit offen. Mann, hatten sie ein Glück. Einfacher konnte man kaum in ein Haus einbrechen. Hoffentlich trafen sie nicht auf unangenehme Bewohner. Ein Möchte-gern-Rambo, der die ungebetenen Gäste gleich mit der Pumpgun begrüßte, konnten sie im Moment nicht gebrauchen. Denn in diesem Fall musste Juan schießen und sei es nur, um sein eigenes Leben zu retten. Hoffe auf das Beste und erwarte das Schlimmste. Diese Einstellung schien jetzt angebracht zu sein. Mit gezogener und entsicherter Waffe näherte sich Juan der offenen Tür. Ted und Lynn folgten ihm auf dem Fuße. Beide fürchteten sich vor einer Flucht. Ihr Geiselnehmer stand gerade jetzt unter starkem seelischem Stress. Wer wusste schon, zu was er dann fähig war. Ted bildete sich inzwischen zwar ein, Juan recht gut einschätzen zu können, aber eigentlich kannte er diesen Hispanic gerade mal etwas mehr als 24 Stunden. Das war eindeutig zu wenig, um die Persönlichkeit von jemandem zu beurteilen. Und da Lynn ohnehin nicht in der Lage war vernünftig zu reagieren, hielt er eine passive Verhaltensweise für angebracht.

Juan öffnete die Terrassentür und trat ein. Im Wohnzimmer befand sich nur ein Mann, der gerade fernsah. Er saß in einem riesigen, aber ziemlich abgewetzten roten Ohrensessel mit dem Rücken zur Tür. Als er hörte, dass irgendjemand gerade hereingekommen war, stand er schwerfällig auf und sah sich um.

Herrje, wie fett ist das Schwein denn, dachte Juan. Vor ihm stand ein älterer weißhaariger Mann mit einem beträchtlichen Schmierbauch, über den sich ein langes ungewaschenes Unterhemd wölbte.

„Was wollen Sie denn hier? Verlassen sie sofort mein Haus, sonst rufe ich die Polizei", nuschelte der Dicke.

Als Juan seine Waffe auf den Mann richtete, schien der erst jetzt zu merken, um was es ging und wurde kreidebleich.

„Sie können alles haben, aber ich hab ehrlich gesagt nur ganz wenig Geld im Haus."

„An deinem Geld bin ich auch nicht interessiert, Fettsack. Deine Autoschlüssel und zwar dalli, wenn ich bitten darf."

Ein Räuber, der kein Geld will? Na gut, die Autoschlüssel konnte dieser junge Verbrecher mit den zwei Komplizen haben. Sein Ford war ohnehin nicht mehr der neuste.

„Kein Problem, ich hole sie. Sie liegen in der Diele auf dem Sideboard", antwortet der Dicke.

„Sehr schön, dann beeil dich, ich folge dir." Und an Ted und Lynn gewandt, „Und ihr kommt auch mit."

Die Sache lief glatter als gedacht. Der fette Kerl händigte Juan ohne Widerworte die Wagenschlüssel aus. Wenn ein Opfer so kooperativ war, konnte auf Gewaltanwendung verzichtet werden.

„So, Fetti", sagte Juan nachdem er die Schlüssel hatte, „setz dich jetzt wieder auf deinen Sessel. Du hast doch bestimmt ein kleines Seil im Haus, um dich zu fesseln. Wo ist das?"

„In der Küche."

„Na, geht's noch etwas genauer?"

„In der Schublade unter der Spüle, aber es ist nicht viel."

„Bete, dass es reicht. Andi, hol doch mal das Seil und bring ein Handtuch mit. Wenn du dich weigerst, wird unser kleines Mädchen hier gleich ein Loch im Schädel haben. Das will keiner von uns. Also los."

Lynn war immer noch ziemlich apathisch und schien die Drohung gegen sie gar nicht wahrgenommen zu haben. Sie stand nur zusammengesunken da und harrte der Dinge, die kommen mochten. Mit ihrem Leben hatte sie schon abgeschlossen.

Ted kam schon nach wenigen Sekunden zurück.

„Andi, du fesselst jetzt seine Hände und Füße. Zieh die Seile schön fest, damit er nicht so schnell wieder loskommt."

„Und was willst du mit dem Lappen hier?"

Juan riss Ted das Handtuch aus der Hand und stopfte es dem Dicken in den Mund.

„Nur für den Fall, dass das fette Schwein auf die Idee kommt, zu schreien. Ich will kein unnötiges Risiko eingehen."

Nachdem der Mann gut verschnürt war, verließen die drei das Haus wieder, um ihre Flucht fortzusetzen. Dass man so einfach an ein neues Auto gekommen war, hätte keiner für möglich gehalten. Dieser zweite Tag verlief bis jetzt doch gar nicht mal so schlecht. Wenn Juan gewusst hätte, wie er enden würde...

Der alte Ford sprang erst beim zweiten Mal an. Ted musste trotz seiner Müdigkeit wieder fahren. Juan hatte Lynn mit dem Rest Seil gefesselt und auf den Rücksitz verfrachtet. Sie hatte keinerlei Widerstand geleistet.

„Sag mal, war es wirklich nötig, das Mädchen zu fesseln? Die ist doch völlig fertig. Außerdem hab ich gedacht, du wolltest sie freilassen", sagte Ted.

„Will ich immer noch, aber im Moment geht das nicht. Sie weiß schon zu viel."

„Was ist denn das für ein Argument! Je länger sie hier bleibt, umso mehr wird sie über dich wissen."

„Ja, schon klar. Aber was fragst du mich. Ich hab selbst keine Ahnung, wie genau es weitergehen soll."

„Aha, na endlich. Unser Geiselnehmer bekommt Zweifel. Das Ganze hätte gar nicht erst beginnen dürfen. Wie wäre es, wenn du mir mal endlich erzählen würdest, was genau da gestern in Seattle passiert ist."

„Das weißt du."

„Nein, weiß ich nicht. Ich weiß nur, dass dir vorgeworfen wird zwei Leute umgebracht zu haben. Das haben wir heute Morgen ja im Radio gehört. Soweit die offizielle Version. Aber was ist deine Geschichte?"

„Das glaubst du mir wahrscheinlich ohnehin nicht."

„Versuch's. Vielleicht glaub ich mehr als du denkst."

„Möglicherweise klär ich dich wirklich mal über alles auf. Aber nicht hier und nicht jetzt. Schon gar nicht in der Gegenwart von Lynn."

„Na gut, aber ich werde dich in nächster Zeit wieder fragen. So leicht lass ich mich nicht abspeisen." Ted hatte sich schon eine eigene Theorie zurechtgelegt. Inzwischen war er nicht mehr sicher, ob Juan tatsächlich jemanden ermordet hatte. Alles deutete zwar darauf hin. Sein Geiselnehmer war vielleicht kein gesetzestreuer Bürger, aber auch kein gnadenloser Killer. Hierzu fehlte diesem Jungen die notwendige Kaltblütigkeit.

Ihre Fahrt ging weiter nach Süden. Sie nutzten aber ausschließlich kleine Landstraßen. Die Interstate 5 blieb außen vor.

Im ländlichen Gebiet konnte ihr Fluchtfahrzeug nicht so leicht gefunden werden.

Noch suchte die Polizei in Oregon sie nur wegen Fahrerflucht, aber es konnte nicht mehr lange dauern, bis auch in diesem Bundesstaat bekannt wurde, wer sie waren und dann würde die Fandung, vor allem nach Juan, mit allen zur Verfügung stehenden Mitteln anlaufen. Das hieße Hubschrauber und so weiter.

Die Situation wurde immer gefährlicher und unübersichtlicher. Für beide Seiten. Je weiter der Tag fortschritt, desto tiefer sank die Sonne. Manchmal blendete sie Ted derart, dass er kaum noch etwas sehen konnte.

Lynn wachte langsam aus ihrer Lethargie auf. Sie sprach zwar immer noch kein Wort, schien jedoch wieder in die Realität zurückzukehren. Die war zugegebenermaßen nicht gerade erfreulich, doch eben nicht zu ändern. Zumindest nicht durch sie. Nur die beiden Jungs vorne im Wagen konnten dem hier ein Ende setzen. Ob man so was überleben würde, war jetzt nicht zusagen. Denn mit jeder Minute stieg das Risiko einer Katastrophe.

„Jose", sagte Ted, „es gibt da etwas, über das wir reden müssen und bevor du mir wieder ins Wort fällst, es geht nicht um den Grund für diesen Wahnsinn. Aber wir beide können nicht ununterbrochen so weitermachen. Ich und ganz bestimmt auch du brauchen Schlaf. Spätestens heute Nacht. Hast du schon mal darüber nachgedacht, wo wir schlafen wollen? Vielleicht im Auto?"

„Darüber mach ich mir Gedanken, wenn's soweit ist. Außerdem werd ich nicht so einfach einschlummern und dir die Möglichkeit geben, abzuhauen."

„Ich werde nicht abhauen. Damit würde ich Lynn gefährden."

„Kluger Junge. Denn wenn unser lieber Andi mir entwischt, muss das Mädel sterben."

„Eben. Also, du kannst mir vertrauen."

„Bullshit. Ich vertraue doch keiner Geisel. Für wie bescheuert hältst du mich eigentlich?"

„Die Antwort darauf würde dir bestimmt nicht gefallen."

„Probierst du gerade, witzig zu sein? Lass es lieber. Im Moment kann ich darüber nicht lachen."

„Entschuldigung, ich wollte diesen ganzen Krampf nur etwas lockern."

„Mit blöden Sprüchen kommst du da aber nicht viel weiter."

„Verstehe, aber das Schlafproblem ist damit nicht gelöst."

„Na gut, welches ist die nächst größere Stadt?"

„Was fragst du mich. Ich kenn mich in Oregon nicht aus. Aber als wir noch auf der Interstate waren, hab ich irgendwas von Eugene gelesen. Das müssten wir bald erreichen."

„Vielleicht können wir da wenigstens eine Pause einlegen, auch wenn mir davor graut. Es erhöht die Wahrscheinlichkeit, dass sie uns festnehmen."

„Uns? Du meinst wohl dich, Jose. Ich bin nur Geisel und ganz bestimmt nicht freiwillig hier."

„Du bist Geisel? Du bestehst darauf. Hör mal, für eine Geisel lass ich dir schon viele Freiheiten, aber ich kann auch anders. Also provozier mich nicht. Verstanden?"

Ted nickte nur. Er hielt es für besser, ab jetzt zu schweigen. Diese Gespräche lenkten ihn ohnehin nur vom Fahren ab und im Moment musste er seine ganze Aufmerksamkeit darauf verwenden. Die Müdigkeit allein bot schon genug Risikopotenzial.

„Sagt mal, könntet ihr mich nicht einfach gehen lassen?",
piepste Lynn plötzlich vom Rücksitz. Der Knebel war ihr
scheinbar aus dem Mund gefallen.

„Nein", sagte Juan kurz und dachte gleichzeitig: Oh Gott, ich
schlaf wirklich gleich ein.

Tatsächlich dauerte es nicht mehr lange, bis sie Eugene erreichten. Mit über 150.000 Einwohnern war es nach Portland die
zweitgrößte Stadt Oregons. Besonders schön war sie, zumindest
in den Vororten, nicht. Aber welche größere Metropole war das
schon. Je mehr die drei sich der Innenstadt näherten, desto an-
sprechender wurde die Umgebung und desto mehr Menschen
sahen sie.

Ich könnte Ted und Lynn laufen lassen und versuchen, in
dem Getümmel hier unterzutauchen, dachte Juan. Doch ihm
wurde schnell bewusst, dass dies auch keine Lösung war. Denn
wie lange könnte er unerkannt in dieser Stadt leben? Ohne Geld
und ohne Möglichkeit, welches zu verdienen. Sich als Stricher
durchzuschlagen, kam ja wohl nicht in Frage. Außerdem glaubte
er, dafür zu alt zu sein. Die perversen Freier standen wohl eher
auf kleine Jungs als auf einen 18-jährigen Puerto Ricaner, dem
die Abneigung gegen Sex mit Männern nur allzu deutlich an-
zumerken war. Schwule waren für ihn krank und Pädophile der
letzte Abschaum. Mit dieser Meinung stand er nicht alleine da.
Ein Großteil der Amerikaner dachte ähnlich.

Die Idee, irgendwo in einer solchen Stadt eine Schlafmöglich-
keit zu finden, konnten sie vergessen. Lynn lag immer noch gefesselt in ihrem Auto. Sie brauchte nur zu schreien und die Pas-
santen würden misstrauisch werden und die Bullen rufen.

„Lynn, bleib unten und halt bloß dein Maul, wenn du überleben willst", sagte Juan, damit das Mädchen nicht auf dumme
Gedanken kam. Lynns Antwort bestand aus einem zustimmen-
den Wimmern.

„Andi, ich glaub als Nachtlager sollten wir uns was außerhalb suchen. Weg von diesen Städten. Vielleicht sollten wir's mal etwas abseits Richtung Berge versuchen."

„Na gut, also nach Osten."

„Ja, je weiter wir weg von den Hauptverkehrswegen nach Süden sind, desto sicherer sind wir. Hoffentlich."

„Dein Wort in Gottes Ohr."

Juans Anweisungen folgend, bog Ted am Eugene Country Club, einem großen Golfplatz, nach links ab zum Autzen Stadium und weiter nach Springfield, das sich direkt an Eugene anschloss. Der starke Verkehr erforderte von ihm noch mehr Aufmerksamkeit, milderte aber gleichzeitig seine Müdigkeit. So lief er wenigstens nicht Gefahr, während der Fahrt einzuschlafen.

Dennoch brauchten alle drei eine Pause. Irgendwann landeten sie auf dem Mc.Kenzie Highway und erreichten Walterville. Direkt an der Hauptstraße entdeckte Juan ein Straßenrestaurant. Aunt Dings Family Restaurant stand über dem Eingang. Hier konnte man eine Kleinigkeit essen und sich gleichzeitig eine Auszeit gönnen. Die Möglichkeit, von Leuten als Verbrecher erkannt zu werden, war hier verschwindend gering.

Natürlich musste Lynn mitkommen. Man brauchte ihr nur einzuschärfen, keinen Fluchtversuch zu unternehmen. Notfalls mit Todesandrohung. Das Mädel sah zwar recht mitgenommen aus, aber Juan hoffte, dass es den Leuten nicht auffallen würde.

Und selbst wenn, niemand hätte Verdacht geschöpft, etwas könnte nicht in Ordnung sein.

Das kleine Restaurant sah schon von außen recht schäbig aus. Ein graues Blechdach hockte auf alten verschmutzten roten Backsteinen. Die teilweise trüben Fenster hatten ihre besten Zeiten auch schon hinter sich. Hoffentlich sah es drinnen besser aus, dachte Juan. Seine Hoffnung wurde enttäuscht. Das Mobiliar inklusive Theke war zwar sauber, nichtsdestotrotz wäre eine komplette Neueinrichtung kein Luxus gewesen. Die Tische sahen nicht nur alt aus, sondern waren es auch.

Lynn, inzwischen von den Fesseln befreit, schaute nicht auf, als die drei das Restaurant betraten. Auch weil Juan ihr drohte, seine Waffe zu benutzen, sollte es nötig werden. Im Gegensatz zu Ted zweifelte das Mädchen keine Sekunde an dieser Drohung. Also blieb sie ruhig und sagte kein Wort.

Das gestohlene Geld von Mrs. Steward sollte für drei kleine Mahlzeiten und Getränke reichen. Wenn nicht, hätte vielleicht auch Lynn noch ein paar Dollar gehabt. Es wäre unlogisch anzunehmen, dass dieses Mädchen ohne einen müden Cent in der Tasche Anhalterin spielen würde. Eigentlich hatten sie auch einige Vorräte mitgenommen, aber die mussten im BMW zurückgelassen werden. Ein Umladen des Proviants von einem Wagen in den anderen hätte selbst in einer kleinen Stadt wie Jefferson zu viel Aufmerksamkeit erregt. So blieb ihnen nur das Geld. Die erbeuteten 70 Dollar kamen ihnen nun zu Gute.

Ted bestellt für alle drei einen Hamburger mit Salat und Tomate sowie ein Cola. Diesmal Coca Cola und nicht dieses übersüße Pepsi. Juan hielt sich zurück, da er fürchtete sein Bild könnte in den Nachrichten gezeigt worden sein. Es war zwar kaum anzunehmen, dass wirkliche Gefahr bestand von eine einfachen Kellnerin in Oregon erkannt zu werden, aber Vorsicht war immer besser als Nachsicht.

Die Bedienung warf nur einen kurzen Blick auf Lynn, die sehr verschüchtert   wirkte.
"So, das stillt zumindest mal den Hunger. Mit vollem Bauch lässt sich leichter nachdenken. Nicht wahr?" wandte Juan sich an Ted.

„Nachdenken? Worüber denn? Wo soll uns das alles noch hinführen?"

„Ich weiß es selbst nicht so genau."

„Aber ich. In die Katastrophe." Sie sprachen sehr leise, damit die anderen Gäste nichts mitbekamen.

„Vermutlich, aber fang bitte nicht wieder mit diesem Gerede vom Beenden der Flucht an. Die Alternative ist schon lange abgelaufen."

„Ich fange an, dir zuzustimmen. Das alles kann doch nicht gut enden."

„Niemand kann in die Zukunft sehen."

„Hast du Angst?" fragte Ted.

Die Frage zwang Juan zum ersten Mal, über diesen durchaus wichtigen Punkt nachzudenken. Hatte er Angst? Bisher beherrschte vor allem Aufregung seine Gefühle, denn mit der Kontrolle der jetzigen Situation hatte er genug zu tun. Doch der Gedanke an die Zukunft jagte ihm Angst ein. Gerade deshalb versuchte er, nicht daran zu denken. Vielleicht lag aber gerade darin der Fehler. Alle Handlungen nur auf die Gegenwart zu konzentrieren, konnte fatal sein.

Wie wollte er denn so seine Unschuld beweisen? Obwohl, darum ging es doch im Moment gar nicht mehr. Dieser Gedanke, Jeff zu überführen, diente ihm nur als Schutzbehauptung, um die Flucht zu legitimieren.

Die Antwort auf Teds Frage stand aber immer noch aus.

„Ja, ich denke, das habe ich", sagte Juan schließlich.

„Ich auch. Am Anfang konnte man sich einreden, dass dies nur ein kurzzeitiges Abenteuer wird, aber ich befürchte, es wird zu einem längeren Albtraum. Nicht nur für mich als Geisel. Sondern auch und vor allem für dich."

„Vielleicht wachen wir noch rechtzeitig auf."

„Daran glaubst du doch selber nicht. Ich hab das ganz starke Gefühl, dass uns Schlimmes bevorsteht."

„Na, dann lass uns hoffen, dass dein Gefühl dich täuscht. Und nun sei ruhig und ess deinen Burger auf. Ich will hier nicht Wurzeln schlagen."

Ted schob sich die letzten Bissen in den Mund und spülte sie mit einem Schluck Cola herunter.

„So, dann können wir ja gehen." Ted bezahlte Essen und Getränke an der Bar und verließ mit Juan und Lynn das abgewrackte Lokal. Lynn war wirklich nicht auf Zack. Sie hätte nur aufspringen und weglaufen müssen und schon wäre der Entführungsalptraum für sie zu Ende gewesen.

Inzwischen begann die Dämmerung. Ein Blick auf seine Armbanduhr zeigte Juan, dass dieser kleine Imbiss mehr Zeit gekostet hatte als erwartet. Es wurde höchste Zeit weiterzufahren. Da die Straße direkt nach Osten führte, stand die tief hängende Sonne in ihrem Rücken. Eine Wohltat für Teds Augen.

Die nächste Ortschaft war Leaburg, zirka 7 Meilen entfernt. Eigentlich nur eine kleine Ansammlung von Häusern, aber die letzte ernstzunehmende Siedlung vor den großen Nadelwäldern der Kaskadenkette. Ein Gebirge, das zu den Pazifischen Kordilleren gehörte.

Der Highway würde sie immer weiter nach Osten führen. Doch langsam aber sicher wurde es dunkler. Sie mussten sich einen Schlafplatz suchen. Zwar gab es am Straßenrand genug Motels, um zu übernachten, aber Juan war dies zu gefährlich. Irgendein etwas abgelegener Parkplatz bot mehr Sicherheit.

Wie sollte die kommende Nacht nur ablaufen? Im Moment war Lynn noch nicht wieder gefesselt, aber während er schlief, konnte sie wohl kaum frei bleiben. Auch Ted war nicht zu trauen. Klar, inzwischen hatte sich ein gewisses Vertrauensverhältnis zwischen den beiden Jungs gebildet, aber darauf durfte man nicht bauen. Sie waren gerade mal 1 ½ Tage zusammen. Sich einzubilden den anderen zu kennen und richtig einzuschätzen wäre zu blauäugig gewesen. Auch wenn Ted Zweifel an Juans Schuld hegte, sie waren nicht stark genug um zu vertrauen.

Die Häuser von Leaburg zogen sich im schwindenden Tageslicht an der Strasse entlang. Ihr neues Auto ließ sich gut fahren. Trotz des Alters des Wagens machte der Motor keine Probleme. Vielleicht ein bisschen zu wenig Probleme, denn Ted überschritt die Geschwindigkeitsbegrenzung, ohne dass Juan es merkte. Ein Polizist, der am Straßenrand in seinem Wagen saß und nach Fahrern Ausschau hielt, die zu schnell fuhren, merkte es allerdings sehr wohl. Dass der Cop sich schließlich entschloss, sie zu verfolgen, um Führerschein und Fahrzeugpapiere zu überprüfen, war ausgesprochenes Pech. Abgesehen vom Beginn der Flucht stand die riskanteste Situation bevor.

Während die drei immer noch nach einem geeigneten Schlafplatz Ausschau hielten, blitzten hinter ihnen plötzlich Blaulichter auf und eine Polizeisirene heulte. Juan erschrak fast zu Tode. Es galt schnell eine Entscheidung zu treffen. Egal, was der Cop wollte, sie durften nicht anhalten. Einfach aufs Gaspedal zu treten und versuchen dem Polizeiauto zu entkommen war bestimmt nicht die beste Möglichkeit, dennoch entschloss sich Juan dazu und befahl: "Andi, los gib Gas, wir dürfen dem Bullen nicht in die Hände fallen."

Eine fatale Entscheidung. Aus hohem Stress und lähmender Angst vor der Staatsmacht geboren.

„Jose", sagte Ted, „wir sollten an den Straßenrand fahren. Jetzt noch weiter zu flüchten, das bringt doch nichts."

„Was etwas bringt und was nicht, entscheide immer noch ich. Und jetzt tritt endlich aufs Pedal, bevor ich dich erschießen muss."

Ihr Wagen beschleunigte, aber mit einer so alten Schüssel bestand wohl kaum eine Chance, einem Polizeiauto zu entkommen. Juan wünschte sich ihren alten BMW zurück. Mit dem hätten sie noch was reißen können. Doch so blieb ihnen nur eine Möglichkeit: die Festnahme so lange es ging hinauszuzögern. Jede Minute in Freiheit war kostbar, denn jede Minute könnte sich ja eine Situation ergeben, die man zum Vorteil ausnutzen konnte, auch wenn keiner eine Ahnung hatte, wie eine solche Situation eigentlich aussehen sollte. Hier war wohl der Wunsch Vater des Gedankens. Ted würde wahrscheinlich Recht behalten. Es war vorbei. Ende. Aus. Zwei Tage, die Juans Leben zerstört hatten. Wenn am Ende für ihn nur lebenslange Haft statt Todesstrafe rausprang, hätte er noch Glück gehabt.

„Ted, versuch schneller zu werden. Der Bulle holt die ganze Zeit auf." Es war passiert. Zum ersten Mal seit Lynn eingestiegen war, hatte Juan Teds richtigen Namen genannt. Doch zurzeit gab es andere Probleme.

„Ich versuch's, aber die alte Gurke gibt nicht mehr her. Wir können froh sein, wenn sie überhaupt hält." Am liebsten hätte Ted sofort angehalten, aber Juans Waffe hielt ihn davon ab. So rasten sie weiter in den Nadelwald der Kaskadenkette hinein mit einem Cop im Nacken. Der war bestimmt schon auf die Idee gekommen, dass die drei in dem Auto vor ihm etwas zu verbergen hatten. Warum sonst sollte man flüchten.

Je mehr das Tageslicht schwand, umso heller und bösartiger schienen die Blaulichter am Polizeiwagen zu werden. Zusätzlich kamen die auch immer näher. Nicht besonders schnell, aber unaufhörlich. Ihr Motor heulte fürchterlich auf und stotterte ab und an. Lange würden sie diese hohe Geschwindigkeit nicht mehr halten können.

Plötzlich fing an der Hinterachse irgendwas zu klappern an. Ihr Auto schien sich langsam aufzulösen.

„FAHREN SIE SOFORT RECHTS RAN!" dröhnte von hinten ein Megafon.

Die Straße lief schon seit geraumer Zeit am Mc. Kenzie River vorbei. Manchmal führte sie der Highway über eine Brücke. Hier und da war durch die Bäume ein Blick auf den Fluss zu erhaschen. Der hatte erstaunlich viel Wasser. Vermutlich war in den Bergen Regen gefallen und hat den Fluss anschwellen lassen. Wie viel Meilen würde man wohl schaffen, bis sie aufgeben mussten? Vielleicht nur 4-5, wenn es gut lief, aber viel länger wohl kaum. Ihr Scheitern war nicht mehr abzuwenden.

Während all dem saß Lynn auf dem Rücksitz und betete zum Herrn. Bitte Gott, oh bitte, wenn du mich hörst, rette mich, rief sie stumm zum Himmel. Doch es schien ihr niemand zuzuhören.

„Trittst du auch das Gaspedal voll durch?" fragte Juan Ted.

„So weit, wie man es verantworten kann."

„Was meinst du denn damit?"

„Na ja, wenn ich wirklich gnadenlos durchtrete, riskieren wir einen Motorschaden."

„Wieso denn das?"

„Das ist ein altes Auto."

„Und? Was hat das damit zu tun?"

„Die Karre hat keinen Drehzahlbegrenzer."

„Ich bin kein Kfz-Mechaniker. Gut, das Auto hat keinen Drehzahlbegrenzer. Das ist doch eigentlich gut. Dann riegelt der Motor wenigstens nicht irgendwann ab."

„Nein, es ist nicht gut. Wenn ich nicht aufpasse, könnte ich den Motor überdrehen."

„Und das würde dann zum Motorschaden führen?"

„Ja, Ende Gelände."

„Was würde denn dann genau passieren?"

„Da gibt es einige Möglichkeiten. Am wahrscheinlichsten wäre ein Ventilabriss. Als Folgeschaden riskiert man dann ein Loch im Motorblock und, na ja, den Rest kannst du dir denken."

„Wir bleiben stehen. Richtig?"

„Richtig!"

„Aber du könntest noch etwas schneller fahren?"

„Juan, ich hab dir doch gerade gesagt, dass uns das Ding dann um die Ohren fliegt."

„Dann fliegt es uns eben um die Ohren. Erhöhe die Geschwindigkeit. Los!!"

„Auf deine Verantwortung."

„Hier läuft alles auf meine Verantwortung."

Ted trat das Gaspedal bis zum Anschlag durch. Der Motor heulte stöhnend auf, als wolle er gegen diese Überbelastung protestieren, aber sie wurden tatsächlich etwas schneller. Doch es reichte nicht. Der Polizist war schon verdammt nahe.

„Na bitte, geht doch", sagte Juan.

„Aber bestimmt nicht mehr lange."

Ted schaltete die Scheinwerfer ein. Die Nacht brach herein. Die Bergwände ringsherum sorgten etwas früher für Dunkelheit als am Meer. Die Dämmerung machte die Raserei nicht gerade sicherer. Zumal das Klappern lauter geworden war und das Heulen des Motors in ein unerträgliches Kreischen überging.

Auch der Polizeiwagen fuhr inzwischen mit Licht. Die Lichtkegel schienen nach ihnen zu greifen.

Dann geschah es. Mit einem lauten Knall verabschiedete sich das Ventil, fiel in den Brennraum und zerstörte den Motor. Die Maschine blockierte und bevor Ted geistesgegenwärtig die Kupplung trat, drehte sich die Hinterachse weg und das Auto geriet außer Kontrolle. Es war nicht mehr abzufangen und schleuderte zuerst auf die Gegenfahrbahn und dann in den Wald. Dort prallte es seitlich gegen einen Baum. Glücklicherweise überschlugen sie sich nicht, denn das hätte garantiert schwere Verletzungen nach sich gezogen, aber auch so taten ihnen die Glieder weh. Ted verstauchte sich die rechte Hand und Lynn trug eine Platzwunde am Kopf davon, als sie mit der Stirn gegen die Rückenlehne des Beifahrersitzes schlug. Nur Juan kam gänzlich ohne Verletzungen davon. Alles in allem hatten sie Glück gehabt. Das Polizeiauto kam jetzt natürlich schnell näher.

„Los, ihr beiden, raus aus der Karre."

„Du willst zu Fuß weiter?" fragte Ted. „Mensch, gib endlich auf."

„Ich werde nie aufgeben. Nicht solange ich noch atme."

„Wenn du nicht endlich Vernunft annimmst, wird das nicht mehr lange sein. Der Cop knallt dich ab, verdammt noch mal."

„Dafür muss der Drecksbulle mich erst mal treffen und jetzt schnell; wir müssen uns im Wald verstecken."

„Nein, das tu ich jetzt nicht. Ich hab genug. Es reicht", widersprach Ted, ließ sich aber dann doch überzeugen, als Juan als Antwort den Hahn seiner Pistole spannte. Auch Lynn wurde weinend mitgeschleift.

Ein Holzschild mit einem kleinen Dach zeigte ihnen an, wo genau sie sich befanden.

Belknap Hot Springs Resort

stand darauf. Links war ein kleiner Fisch eingeschnitzt, der gerade aus dem Wasser sprang. Rechts ein fliegender Vogel. An den beiden Stämmen, die das Schild hielten, hingen kleine Holzbären. Zu den Gebäuden des Resorts konnten es höchstens ein paar hundert Meter sein. Die mussten die drei so schnell wie möglich hinter sich bringen. Und das auch leise, denn der Polizist hatte die Unfallstelle erreicht und stieg mit gezogener Waffe und einer Taschenlampe aus dem Wagen. Wenn es nicht schon so dunkel gewesen wäre, hätten sie kaum eine Chance gehabt, jetzt noch weiterzumachen. Aber nun wurde die Dunkelheit zu ihrem Verbündeten. Noch war nicht alles vorbei.

Die Straße, die zu dem Hotel führte, mieden sie, aber man konnte sich daran orientieren. Es war die einzige Richtung, die ihnen blieb.

Sie schlugen sich durch den düsteren Fichtenwald, während der Polizist ihnen dicht auf den Fersen war.

„Bleiben Sie stehen. Sie haben keine Chance. Wenn Sie jetzt aufgeben, können wir die ganze Sache noch beenden ohne dass jemand verletzt wird", versuchte dieser Juan zur Aufgabe zu überreden. Doch das kam nicht in Frage. Nicht jetzt. Denn so chancenlos, wie der Bulle meinte, waren sie gar nicht. Jedenfalls noch nicht.

Dann fiel unvermittelt der erste Schuss. Die Kugel schlug nur wenige Zentimeter neben Juan in einen Baum ein. Holz splitterte. Der Cop schien die drei entdeckt zu haben. Der Schein seiner Taschenlampe erfasste sie. Ein zweiter Schuss fiel und wieder verfehlte die Kugel nur knapp ihr Ziel. Hätte der Polizist gewusst, dass hier zwei Geiseln mit im Wald waren, würde er hier bestimmt nicht so hirnlos rumballern, dachte sich Juan.

Sehr weit konnte es bis zu diesem Ressort eigentlich nicht sein. Maximal ein paar hundert Meter. Einige Minuten würden schon draufgehen, denn man war ja nicht bei den Olympischen Spielen, wo die 400 Meter in weniger als zwei Minuten gelaufen wurden. Juan war immer ein guter Läufer gewesen (sogar einer der besten in der Schule), aber das nütze ihm nun wenig. Erstens klebten ihm die zwei Geiseln an der Backe und zweitens schlugen sie sich querfeldein.

Immer wieder glitt der Lichtkegel der Polizistentaschenlampe über sie, aber außer den beiden Schüssen von eben blieb es ruhig. Zwar brüllte der Cop unterbrochen irgendwas von aufgeben und kapitulieren hinter ihnen her, aber man konnte es nicht genau verstehen.

Die verdorrten Zweige schrammten dauernd an ihren Armen vorbei und rissen die ein oder andere kleine Schramme. Doch durch das Adrenalin in ihren Adern spürten sie den Schmerz nicht.

Für die knapp 600 m bis zum Ressort brauchten sie etwa 4 Minuten. Die längsten vier Minuten der bisherigen Flucht. Der sie verfolgende Polizist war zwar etwas zurückgefallen und schoss nicht mehr. Aber er brauchte ihnen gar nicht schnell nachzulaufen. Denn die drei saßen in der Falle. Die 42 m lange Lodge lag direkt am Mc. Kenzie River.

Als Juan, Ted und Lynn endlich den dichten Nadelwald verließen, lag das Gartengelände in Dunkelheit vor ihnen. Es bot überhaupt keine Deckung. Sie beeilten sich, es zu überqueren, bevor der Cop da war, denn der hätte freies Schussfeld und würde sie trotz der schlechten Lichtverhältnisse kaum noch einmal verfehlen. Hinter einer kleinen Reihe von Bäumen erreichten sie endlich das Gebäude. In den meisten Fenstern brannte Licht. Die Sonne war ja gerade erst untergegangen. Auch im Erdgeschoss, wo der Speisesaal lag, herrschte noch Betrieb. Nur die Außenanlagen lagen verlassen dar, obwohl es Sommer war und die Temperatur selbst in den Bergen und in der Nacht angenehm war.

Sie waren nassgeschwitzt. Einerseits durch die kurze Anstrengung beim Laufen durch den Wald, und anderseits trieb ihnen auch die Anspannung den Schweiß aus den Poren. Für Ted und Lynn bedeutete das Ganze ein mögliches Ende ihrer Geiselhaft, aber für Juan stand sein Leben auf dem Spiel. Und er hatte keine Lust zu sterben. Sein Tod würde letztendlich diesen Albtraum zwar beenden, aber irgendwie reichten ihm 18 Lebensjahre noch nicht aus. Und vielleicht gab es ja doch noch einen Ausweg aus dieser vertrackten Situation. Obwohl, daran glaubte keiner mehr ernsthaft.

„Wohin jetzt?" fragte Ted, als wäre er nicht Geisel, sondern Mittäter.

Er bekam nicht sofort eine Antwort auf seine Frage, denn Juan wusste keine. Es ging einfach nicht mehr weiter. Während er noch Überlegungen anstellte, sagte plötzlich eine Stimme hinter ihm: „Halt, bleiben Sie sofort stehen Legen Sie die Waffe auf den Boden und drehen sich ganz langsam zu mir um. Keine Spielchen, sonst muss ich schießen."

In der Stimme des Bullen lag eine große Unsicherheit. Gerade von der Polizeiakademie gekommen und schon in einen Fall verwickelt, der Waffengewalt nötig machte.

Juan hörte nicht auf ihn und trieb seine beiden Geiseln weiter nach vorn. Im selben Moment krachte der dritte Schuss. Diesmal konnte man sogar hören, wie das Projektil dicht an ihren Köpfen vorbeisauste. Es traf jedoch nur einen aus Holz geschnitzten Musiker der sogenannten Belknap Springs Band. Der spielte gerade Kontrabass. Die anderen Schlagzeug, Flügel, Tuba und

Trompete: alles aus Holz. Für diese schöne Handarbeit hatte jedoch niemand ein Auge.

Aber man könnte hier schön Urlaub machen, schoss es Lynn durch den Kopf. Im Moment erschien dieser Gedanke außerordentlich bizarr, aber für das Mädchen war es die einzige Möglichkeit, wenigstens ein paar Sekunden ihren Geist aus diesem Wahnsinn zu lösen, in den sie hineingeraten war.

Kaum war der Knall des Schusses verhallt, blitzte noch einmal das Mündungsfeuer auf.

Diese vierte Kugel entfaltete eine verheerende Wirkung.

Lynn wurde von der Gewalt des Treffers halb herumgerissen. Sie war schon tot, bevor ihr Körper auf dem Boden aufschlug.

Das Projektil hatte sie direkt am Hinterkopf getroffen.

Juan konnte für einen Moment keinen klaren Gedanken mehr fassen. Sicher, das Mädchen war seine Geisel gewesen und er hatte sie nicht gerade mit Samthandschuhen angefasst, aber dennoch, irgendwie war ihm Lynn sympathisch gewesen. Unter anderen Umständen hätten sie Freunde werden können.

Jetzt, wo diese irrwitzige Flucht ein erstes, eigentlich unschuldiges Opfer forderte, änderten sich die Dinge.

Juan wusste nicht so ganz genau, was er eigentlich fühlte. Da war Trauer über den Tod selbst, Wut über die Tatsache, dass alles nun eine neue furchtbare Dimension annahm und Verzweiflung, weil man daran nichts mehr ändern konnte. In diesem Gefühlschaos sah er nur noch eine Möglichkeit. Wenn dieser Cop ihn haben wollte, bitte schön, aber er würde ihn nicht lebend kriegen. Wenigstens ein spektakulärer Tod sollte doch für ihn rausspringen.

Auch der Polizist schien geschockt ob der Tatsache, dass er gerade einen Menschen erschossen hatte.

Diese kurze Zeitspanne nutzte Juan. Er drehte sich um und feuerte drei Schüsse auf den Beamten ab. Der sprang sofort in Deckung, wurde aber dennoch am linken Bein getroffen. Nur eine Fleischwunde, aber an eine weitere Verfolgung der Flüchtigen war nicht zu denken.

„Was sollte denn das? Bist du wahnsinnig geworden. Du hättest den Bullen töten können", kreischte Ted, den Lynns Tod ebenfalls ziemlich mitnahm.

„Hab ich aber nicht. Und jetzt sollten wir von hier verschwinden."

„Nein, nein, nein, das geht zu weit. Ich will nicht mehr."

„Jetzt hör mir ganz genau zu. Es sind noch genug Kugeln im Magazin, um dich in einen Schweizer Käse zu verwandeln. Soll ich das tun oder bist du jetzt ein folgsamer Junge?"

„Aber das Mädchen ist tot!!"

„Und du auch gleich, wenn du weiter hier rumzeterst wie ein altes Waschweib, also beweg dich gefälligst."

Inzwischen waren beide aus dem Schussfeld des verletzten Polizisten gerannt, aber die Schießerei war in der Lodge natürlich nicht unbemerkt geblieben. Schon kamen die ersten Gäste heraus, um nachzusehen, was das für ein Radau war.

Bevor die Urlauber den ganzen Ernst der Sache erfassen konnten und möglicherweise sich einer dazu bemüßigt fühlte, den Helden zu spielen, sollten die beiden Jungen hier weg sein.

In der Nähe des Ressorts, nur wenige Meter entfernt, führte eine kleine Brücke über den Mc. Kenzie Fluss. Die einzige Fluchtroute, die ihnen offen stand. Auf dem Weg dorthin passierten sie kleine Blumenrabatte, die am Tag in der Sonne bestimmt wunderbar leuchteten. Doch jetzt, in der Dunkelheit, blieben nur schwarze Umrisse übrig. Die Brücke führte aber lediglich ans andere Ufer zu einer kleinen Aussichtsplattform. Eine echte Alternative war das also nicht.

So blieb ihnen nur eines übrig: eine Strategie, geboren aus totaler Verzweiflung. Ein, nüchtern betrachtet, irrsinniger Plan.

„Ted, wir müssen in den Fluss springen."

„Was!? Willst du uns ersaufen?"

„Wieso, kannst du nicht schwimmen?"

„Doch, natürlich, aber siehst du die Stromschnellen, das überleben wir doch nicht."

„Na ja, einen Versuch ist es auf jeden Fall wert. Ich hab keine andere Möglichkeit."

„Du vielleicht, aber ich.... :"

„Du kommst mit. Mein Schicksal wird auch deines sein."

„Juan,   du   bist   ein   total   Irrer." Damit war alles gesagt. Weitere Kommentare unnötig.

„Na dann, gehen wir schwimmen." Der Gedanke, dass das Wasser die Pistole wohl unbrauchbar machte, kam ihm nicht. Im Moment, war das auch egal.

Beide kletterten über das Stahlgeländer der Brücke und sprangen ins Wasser. Die starke Strömung riss sie sofort weg. In die Dunkelheit hinein.

Es war die Hölle. Das pechschwarze Wasser schäumte. Juan hatte Ted schon längst aus den Augen verloren. In den tobenden fauchenden Stromschnellen kam er immer wieder mit dem Kopf unter Wasser und wurde herumgewirbelt. Längst war ihm die Orientierung abhanden- gekommen. Beide waren dem Fluss hilflos ausgeliefert. Juan schluckte mehr als einmal Wasser. Sein Körper schrammte über die schroffen Felsen am Grund des Gewässers, das Hemd wurde völlig zerrissen und blutige Striemen zogen sich über Brust und Bauch. Auch am Rücken erlitt er schmerzhafte Verletzungen. Es blieb kaum Zeit, sich darüber den Kopf zu zerbrechen. Man hatte genug damit zu tun, zu überleben. Aber das war einfacher gesagt als getan. Denn langsam bekam er keine Luft mehr. Zu lange war es ihm nicht mehr gelungen, an die Oberfläche zu kommen. Sein Verstand arbeitete nicht mehr richtig und die Welt wurde blind.

Rechts und links erhoben sich steile bewaldete Hänge. Die Ufer des Flusses boten keine Möglichkeit, dem Wasser zu entkommen.

Über ihnen leuchtete der Mond, und vom pechschwarzen Himmel blinkten mitleidlos millionen Sterne.

Kurz vor der totalen Bewusstlosigkeit konnte Juan doch irgendwie kurz Luft schnappen, bevor es wieder hinab in das schwarze Wasser ging. Langsam wurde der Fluss jedoch ruhiger. Es war leichter, an die Oberfläche zu kommen und dort zu bleiben. Wie weit der Mc. Kenzie sie wohl schon abgerieben hatte? Eine Schätzung schien unmöglich. Letztlich war es aber egal, denn der verletzte Polizist hatte bestimmt Hilfe angefordert und dessen Kollegen würden mit Sicherheit das Flussufer auf beiden Seiten absuchen. Vielleicht nicht jetzt, aber lange konnte es nicht dauern, bis die Jagd auf sie begann. Wahrscheinlich kamen Hunde zum Einsatz. Diesen dressierten Bestien war nicht leicht zu entkommen, wenn sie erst einmal Witterung aufnahmen. Die einzige Chance bestand darin, den Tieren erst gar nicht die Möglichkeit zu geben, sich auf ihre Spur zu setzen. Die kleine Schwimmeinlage konnte da nur hilfreich sein.

Juan erkannte eine dunkle Gestalt in seiner Nähe im Wasser treibend. Das war bestimmt Ted. Ob der auch beinahe ertrunken wäre? Vermutlich, denn beide mussten ja durch dieselben Stromschnellen gekommen sein.

Bevor er sich richtig ausruhen konnte, beschleunigte der Fluss erneut und beschrieb eine kleine Schleife. Und diese Schleife hielt die nächste Passage aus schäumenden Wellen bereit. Noch mal würde er das nicht durchstehen. Doch der Fluss war gnadenlos. Er zog unerbittlich an einem. Diesmal rissen ihm die Steine wenigstens nicht weitere blutige Striemen in den Körper, aber auch hier wurde sein Kopf für einige Zeit unter Wasser gesogen. Glücklicherweise dauerte es nicht lange, bis diese Stromschnellen aufhörten. Es war nur ein kurzes Stück gewesen. Juan tat alles weh. Die blutenden Wunden, die Prellungen und eigentlich jeder einzelne Körperteil schmerzte. Auch auf seiner Lunge lag ein quälender Druck von dem dauernden Luftanhalten.

Sie trieben unter einer kleinen Brücke durch und kurz danach an einer kleinen Insel vorbei. Das Wasser wurde wieder unruhiger. Es war höchste Zeit, diesen unseligen Fluss zu verlassen, bevor ein Wasserfall ihnen eine unangenehme Überraschung bereitete.

Endlich kam eine Stelle am Ufer, die nicht ganz so unzugänglich aussah. Doch es gab ein Problem. Der Abschnitt des Mc. Kenzie's, der an dieser Stelle vorbeifloss, war mit Stromschnellen (nicht schon wieder, nahm das denn gar kein Ende, dachte Juan) gespickt. Unter Aufbietung seiner letzten Kraftreserven schaffte Juan es, durch die zischenden Wirbel so nah ans Ufer, dass er einen kleinen Ast zu fassen bekam. Doch der konnte sein Gewicht nicht halten. Er gab nach und Juan fiel wieder ins Wasser. Er griff weiter um sich und erwischte einen Dornenstrauch. Der hielt zwar etwas länger, riss ihm aber die Hände auf. Instinktiv wollte er loslassen, aber wenn er das tat und vollends in den Fluss zurückfiel, würde es den beinahe sicheren Tod bedeuten. So krampfte sich seine Hand um diesen dornenbewehrten Strang. Der Schmerz war furchtbar. Am liebsten hätte er geschrien. Doch es ging um sein Leben. Irgendwie, er wusste selbst nicht genau wie, schaffte Juan es, sich aus diesem gottverdammten Gewässer zu ziehen. Keuchend blieb er auf der durchnässten kleinen Wiesenfläche am Ufer liegen. Etwa 2 Meilen entfernt von der Belknap Lodge. Vielleicht auch ein bisschen mehr. Ganz in der Nähe, aber außer Sichtweite, lag der Paradise Campground.

Seine Atemzüge waren tief und langsam. Diese Atemtechnik half ein bisschen gegen die Schmerzen. Deren Intensität wurde immer quälender, jetzt, wo er hier am Ufer lag.

Doch wo war Ted? Hatte er diesen Höllentrip auch überlebt? Hoffentlich, denn...

Juan verlor das Bewusstsein. Kurz vor der endgültigen Ohnmacht blitzte ein undeutliches Bild vor seinen Augen auf. So kurz, dass man es kaum erkennen konnte. Dann kam die völlige Dunkelheit. Die letzten Minuten waren einfach zu anstrengend gewesen.

Lange hielt seine Ohnmacht nicht. Denn es war immer noch tiefe Nacht, als er die Augen aufschlug. Über ihm kniete Ted, der ihn durch einen leichten Schlag auf die Wange ins Leben zurückgeholt hatte.

„Bin ich tot? Bist du ein Geist?" fragte Juan.

„Ich fühle mich ziemlich lebendig. Also bin ich kein Geist und du damit auch nicht. Aber es hätte nicht viel gefehlt."

„Was machst du hier?"

„Dir helfen. Ich will nicht, dass du stirbst."

„Warum nicht? Ich hab dich entführt und gedroht, dich zu erschießen."

„Das mit dem Erschießen könnte jetzt schwierig werden. Deine Waffe hast du nämlich im Fluss verloren."

„Und wenn schon. An deiner Stelle wäre ich abgehauen. Ich hätte dich nicht einmal davon abhalten können."

„Zugegeben, daran dachte ich auch für einen Moment."

„Aber? Warum hast du es dann nicht getan?"

„Weil ich neugierig bin."

„Worauf?"

„Stell dich bitte nicht dümmer, als du bist. Ich hab schon heute Mittag gefragt, was da gestern in Seattle tatsächlich passiert ist. Du wolltest es mir nicht sagen mit dem Argument, Lynn wäre noch da. Nun, das arme Mädchen ist jetzt tot. Übrigens trägst du eine Mitschuld an ihrem Tod. Aber zurück zum Thema. Was ist da wirklich geschehen? Hast du zwei Menschen umgebracht, wie sie im Radio erzählen oder nicht?"

„Spielt das eine Rolle für dich?"

„Ja, natürlich. Ich hab ein Recht auf die Wahrheit!"

„Die Wahrheit. Die kenn ich selber nicht vollständig."

„Dann erzähl, was du weißt."

„Ich habe keine Menschen getötet. Das würde ich nie, und ich glaube, das weißt du. Deshalb waren deine Fluchtversuche auch eher halbherzig. Du traust mir keine kaltblütigen Morde zu."

„Ich glaube dir und mit deiner Einschätzung hast du auch Recht. Ich traue dir nicht zu, irgendeinen gnadenlos umzubringen, obwohl du das bei dem Bullen von vorhin versucht hast."

„Das war eine Kurzschlussreaktion. Wegen Lynn. Ich hatte sie trotz allem doch gern."

„Ja, aber da ist doch noch mehr. Erzähl mir alles."

„Wie gesagt, das kann ich nicht. Ich hab selber Probleme, mir über die Wahrheit klar zu werden. Vielleicht hab ich auch einfach nur den Verstand verloren."

„Na ja, das mit Verstand verlieren würde ich unterschreiben. Deine Flucht war eine Schwachsinnsidee, milde ausgedrückt. Wenn du unschuldig bist, warum zur Hölle dann die ganze Scheiße?"

„Ich weiß nicht. Damals sah ich keine andere Möglichkeit zu... überleben... frei zu sein oder... ach...ich kann dir keine Antwort geben. Lass mir Zeit."

„Wie viel Zeit denn noch?"

„So viel ich brauch. Bis ich mir darüber klar geworden bin, was das alles ausgelöst hat. Ich kann das nämlich nicht glauben. Es ist total aberwitzig. Kennst du Jeff Clark?

„Ist das der andere Junge? Gestern an dem Bauplatz?"

„Ja, er ist oder besser war mal mein bester Freund. Aber irgendwas ist passiert. Er veränderte sich, ich erkannte ihn kaum wieder; so anders verhielt er sich plötzlich. Und dann fängt er plötzlich an, Leute umzubringen."

„Hat er die beiden getötet?"

„Ja, aber die Polizei glaubt, dass ich es war."

„Das kannst du ihr wohl kaum übel nehmen. Schließlich deutet alles auf dich als Täter hin."

„Leider. Aber jetzt sollten wir wieder aufbrechen. Weg von hier. Ich bin sicher, dass die Bullen den Fluss absuchen."

„Und wohin?"

„Na, da rauf", sagte Juan und zeigte auf die steile Bergflanke direkt vor ihnen, "und dann nach Norden. Da werden sie uns am wenigsten vermuten."

„Das schaff ich nicht. Ist viel zu steil."

„Stell dich nicht an, Ted. Es muss gehen."

Die beiden begannen also aus der Schlucht hinauszuklettern. Wieder ging es durch dichten Nadelwald. Ganz nach oben zu kommen, würde ein hartes Stück Arbeit werden. Von gerade mal 460 m Höhe auf über 1000 m. Juan fiel es schwerer als Ted. Er fiel des Öfteren hin, brach zusammen und litt unter seinen Schmerzen. Ohne das Mondlicht wäre es stockdunkel gewesen. Trotz des Waldes drangen einige Strahlen bis zum Boden durch und ermöglichten eine eingeschränkte Orientierung.

In der steilen Bergflanke stießen sie auf einen Felsvorsprung, der eine kleine Höhle bildete. Der ideale Platz, um sich während des Aufstiegs zu erholen und endlich mal eine Mütze Schlaf zu kriegen. Natürlich war es gefährlich. Vielleicht fand sie die Polizei hier schlafend, aber im Moment konnte keiner von ihnen weitermachen.

Juan schlief sofort ein. Ted lag noch eine Weile wach. Er dachte nach. Hatte dieser Hispanic neben ihm die Wahrheit gesagt? War Juan wirklich kein Mörder? Abgesehen davon, ergab sich hier eine gute Möglichkeit zur Flucht. Sollte er diese nicht ergreifen? Wäre das nicht logisch? Wahrscheinlich, aber irgendetwas hielt ihn zurück. Während er darüber nachgrübelte, übermannte auch ihn ein tiefer traumloser Schlaf.

OREGON: Belknap Hot Springs Resort

Scotts Bein tat höllisch weh. Dieser Wahnsinnige hatte ihn knapp oberhalb des Knies getroffen. Aber was sollte das alles eigentlich werden? Warum versuchten sie, so vehement einer normalen, unverfänglichen Verkehrskontrolle zu entgehen? Da musste mehr dahinter stecken.

Nachdem Scott die Verfolgung der drei Flüchtigen abbrechen musste, hatte er sofort über das Funkgerät Verstärkung angefordert. Denn immerhin lag auf dem Parkplatz der Lodge ein totes Mädchen. Und die zwei Jungs waren laut Zeugenaussagen von Gästen des Ressorts in den Fluss gesprungen.

Vielleicht hatten die beiden es nicht überlebt. Sie waren eventuell in den Stromschnellen ertrunken, aber man brauchte Sicherheit. Nur das Auffinden ihrer Leichen würde jeden Zweifel ausräumen. Doch damit musste bis zum nächsten Morgen gewartet werden. In der Dunkelheit hatte eine Suche keinen Sinn. Auch ein Hubschrauber mit Scheinwerfern kostete nur Geld und versprach kaum Erfolg.

Falls die Jungs jedoch überlebt hatten, stellte sich die Frage, an welcher Stelle sie den Fluss verließen und in welche Richtung sie sich dann wohl bewegten. Norden, Süden, Osten oder Westen?

Während die angeforderte Spurensicherung den Tatort absuchte und der Gerichtsmediziner Lynns Leichnam einer ersten kurzen Untersuchung am Tatort unterzog, gab Scott einem seiner Kollegen eine Personenbeschreibung der zwei Flüchtigen so gut es ging. Viel hatte er in der Dunkelheit nicht erkennen können, aber das ein oder andere war ihm aufgefallen. Die beste Beschreibung konnte er zu Juan abgeben, da er diesen für einen Moment im Schein einer Laterne auf dem Parkplatz der Lodge gesehen hatte.

„Der eine von beiden, der, der geschossen hat, war ein Latino oder so was ähnliches mit pechschwarzem Haar. Die Augenfarbe konnte ich nicht erkennen, dazu war er zu weit entfernt, aber ich vermute mal braun. Athletische Figur, etwa 1,80 bis 1,90 groß und vielleicht 18-20 Jahre," sagte Scott.

„Wenn wir dir einen Phantomzeichner schicken, denkst du, du könntest ihn dann genau beschreiben?"

„Bestimmt."

„Und der andere Kerl?"

„Da kann ich dir wenig sagen. Von dem hab ich so gut wie gar nichts gesehen. Ich glaube, er hatte blonde Haare, aber das war's auch schon."

„Schon gut, für eine Fahndung ist das zwar etwas wenig. aber ruh dich erst mal aus. Der Krankenwagen müsste jeden Moment kommen und bringt dich ins Hospital. Dort sollen sich die Ärzte mal dein Bein ansehen. Danach reden wir weiter. Wenn ich hier fertig bin, komm ich nach."

„In Ordnung. Und Tony, wir müssen sie kriegen."

„Das werden wir. Verlass dich drauf, Scotti."

Beide Polizisten konnten nicht ahnen, wen sie da eigentlich suchten. Einen angeblichen Doppelmörder und Geiselnehmer?

3.Tag

OREGON: Kaskadengebirge (ca. 93 Meilen südsüdöstlich von Portland)

Die Sonne ging als rotglühender Feuerball auf. Juans und Teds Versteck lag in den frühen Morgenstunden noch in Dunkelheit.

Beide waren schon aufgewacht. Auch wenn die kleine Höhle ein bisschen Schutz bot, sie war ziemlich unbequem. Außerdem mussten die beiden weiter. Spätestens mit der Morgendämmerung würde die Suche nach ihnen beginnen, wenn sie nicht schon im Gange war. Hier, nur wenige hundert Meter vom Ufer entfernt, stellten sie eine leichte Beute für übereifrige Cops dar.

Also hieß es, durch dichten Nadelwald und morgendliche Nebelschwaden weiter aufzusteigen.

Juan ging es nicht gut. Die Wunden, die er sich gestern Nacht im Fluss zugezogen hatte, taten fürchterlich weh. Vor allem ein blutiger Schnitzer quer über seine Brust und die Verletzungen an seiner Hand durch den Dornbusch, an dem er sich aus dem Wasser hatte ziehen können, quälten ihn. Dazu kamen noch all die Blutergüsse und kleinere Schrammen. Sein Hemd war in den Stromschnellen verloren gegangen und die Waffe lag ebenfalls irgendwo im Mc. Kenzie River. Umso erstaunlicher, dass Ted auch in der Nacht bei ihm geblieben war. Es gab natürlich Berichte, in denen das Opfer eine gewisse Beziehung zum Täter aufbaute, aber Juan bezweifelte, dass es sich hier um so etwas handelte. Es musste einen anderen Grund geben.

„Ted, warum bist du eigentlich noch hier? Und erzähl mir nicht, du wärst neugierig, das kauf ich dir nämlich nicht ab. Also, warum bleibt eine Geisel freiwillig bei ihrem Entführer?"

„Nun, wie soll ich sagen. Einerseits will ich wirklich genau wissen, was da in Seattle passiert ist und andererseits halte ich dich für unschuldig."

„Du glaubst mir?"

„Ja, das tue ich. Ich kann mich natürlich auch irren, aber meine Menschenkenntnis ist recht gut."

„Das ist kein richtiger Grund."

„Nein, ist es nicht, aber da gibt es noch mehr."

„Ich höre."

„Wenn du deine Unschuld beweisen willst, und davon gehe ich mal aus, wäre es am besten, diesen Jeff zu überführen."

„Ja, das hab ich auch vor".

„Schön und gut. Doch während wir zwei hier durch die Wälder tappen, ist es schwierig, einen Killer zu überführen, der sich unbehelligt hunderte Kilometer weit weg aufhält. Stimmst du mir zu?"

„Ja Ted, aber auf was willst du eigentlich hinaus?"

„Ganz einfach, ich möchte dir dabei helfen."

„Helfen? Du? Wobei? Etwa meine Unschuld zu beweisen?"

„Genau."

„Warum solltest du das tun? Was bringt es dir?"

„Schau, das ist doch ganz einfach zu verstehen. Du hast selbst gesagt, meine Fluchtversuche wären halbherzig gewesen. Das stimmt. Da waren mehrere Möglichkeiten, mich abzusetzen. Mein größter Fehler war, es nicht zu tun."

„Jetzt hast du eine Chance. Ich könnte dich nicht zurückhalten."

„Diese Chance hab ich vertan. Zu viele Leute haben uns zusammen gesehen. Ich war bei dir, auch ohne dass du mir deine Knarre an die Stirn gehalten hast. Natürlich bin ich, oder war ich, deine Geisel, doch es könnte bei meiner Rückkehr unangenehme Fragen geben."

„Was genau meinst du?"

„Warum sind Sie nicht geflohen, als Sie die Chance dazu hatten, Mr. Foster? So oder so ähnlich könnte ein Polizist fragen."

„Dann sagst du, ich hätte dich gezwungen, hier zu bleiben."

„Und wie? Mit deiner Waffe?"

„Zum Beispiel."

„Du verstehst mich nicht. Denk bitte nach. Die erste Möglichkeit zur Flucht wäre bei der alten Frau, dieser Mrs. Steward, gewesen."

„Wenn du mir nicht gehorchst hättest, hätte ich die Alte umgelegt."

„Blödsinn, du hast nie vorgehabt abzudrücken. Verkauf mich nicht für dumm."

„Warum   hast   du   dann   auf   mich   gehört?"
"Damals, Juan, glaubte ich noch, dass du ein Mörder bist."

„Na bitte."

„Nein, nicht na bitte. Es gab noch mehr Möglichkeiten. An der Tankstelle, bei dem Wechsel des Fluchtfahrzeuges und dann gestern an dieser Lodge. Aber was tat ich? Ich floh mit dir. Das war zwar oberdämlich, aber nun nicht mehr zu ändern."

„Das ist alles keine Antwort auf meine Frage. Warum willst du mir helfen, meine Unschuld zu beweisen?"

„Wenn ich mit jemandem geflohen bin, der unschuldig ist, kommt das irgendwie besser, als wenn ich freiwillig bei einem gnadenlosen Mörder geblieben bin. Meinst du nicht auch?"

„Du hast Angst, dass die Bullen dich als Mittäter verhaften. Das halte ich für unwahrscheinlich."

„Aber möglich. Ich hab so viel mit dir zusammen durchgezogen. Ob nun gezwungen oder nicht, es werden Fragen auftauchen. Zum Beispiel, wieso ich mich nicht verdrückt habe, als die Möglichkeit dazu bestand."

„Ich verstehe", sagte Juan. Doch das war gelogen. Er verstand überhaupt nichts. Teds Befürchtungen, als Mittäter angesehen zu werden, waren ziemlich weit hergeholt. Aber wenn seine Geisel so dachte, umso besser. Das würde die Flucht vereinfachen.

Sie mussten jetzt weiter. Noch lag viel, viel Wald vor ihnen bis … . Ja bis wann oder wohin eigentlich? Die Jungs flohen nach Norden ohne irgendein Ziel. Ein planloses Umherstreifen in den riesigen Bergwäldern brachte gar nichts. Es musste eine Entscheidung her. Aber nicht sofort.

Juan quälten im Moment andere Probleme. Ihr Weg war immer noch recht steil und bei jedem Schritt jagten ihm seine Wunden Schmerzstöße durch den Körper. Ohne Versorgung würden sich vor allem die offenen Schrammen schnell entzünden. Wenn dann auch noch eine Blutvergiftung eintrat, wäre ärztliche Hilfe notwendig, wenn er überleben wollte.

Mit der Sonne stiegen auch die Temperaturen, auch wenn der Wald etwas kühlte. Die Wanderung war schweißtreibend.

Bald überquerten sie einen kleinen Feldweg, doch danach ging es wieder steil bergauf. Ihre Geschwindigkeit verlangsamte sich mit zunehmender Höhe. Einerseits ließ Teds Kondition zu wünschen übrig und anderseits behinderten Juans Verletzungen ihn immer mehr. Die Schmerzen wurden stärker, je länger er sich bewegte.

Dieser Vormittag würde zu einer einzigen Qual werden. In dieser furchtbaren Situation begann Juan still zu beten. Er war gläubig, ging sogar, wenn auch selten, in die Kirche aber in letzter Zeit war mit Beten nicht viel gewesen. Es ging ihm gut, wofür brauchte man dann einen Gott. Aber nun ging es ihm schlecht, er brauchte Hilfe, auch seelische. Wenn es ein höheres Wesen dort oben im Himmel gab und dieses Wesen die Menschen liebte, wie es die Bibel berichtete, konnte es nicht schaden um Hilfe zu bitten.

Herr, begann er in Gedanken, es ist lange her, seit ich mich gemeldet hab, aber jetzt brauche ich deine Hilfe.

Bitte, in deiner Güte, gib mir die Kraft, das alles durchzustehen.

Sorge dafür, dass es keine weiteren Opfer gibt.

Alles soll gut werden.

Lass mich meine Unschuld beweisen.

Du bist groß und mächtig, also hilf mir. Dann gehe ich auch wieder öfter in die Kirche.

Ein recht forderndes Gebet. Hatte nicht Jesus gesagt: „Du sollst Gott, deinen Herrn, nicht versuchen." Genau das tat Juan gerade. Wenn Gott tatsächlich Macht hatte, dann sollte er gefälligst jetzt eingreifen. Wenn er es nicht tat, war dieser Allmächtige dort oben im Himmel ein Zyniker, der sich am Leid der Menschen labte.

Also Herr, tu was. Aber dalli.

Ob ein solches Gebet etwas brachte? Eher weniger. Ein Versuch war es wert gewesen.

Endlich, nach gefühlt vielen Stunden, erreichten beide die Obergrenze des Flusstals. Vor ihnen lag nicht ganz so schwieriges Gelände, auch wenn von flach nicht die Rede sein konnte.

Irgendwo in dieser Gegend musste doch ein Wanderweg verlaufen. Würden sie den finden, könnten sie ihm folgen. Natürlich mussten die Jungs in Deckung bleiben, aber man konnte diesen Weg als Orientierungshilfe nutzen, um sich nicht rettungslos zu verlaufen.

Gerade jetzt in den Sommermonaten müssten viele Urlauber ihre Ferien in den kühleren Bergen verbringen, und wandern lag zurzeit voll im Trend. Es musste also damit gerechnet werden, dass beide in nächster Zeit auf Leute treffen würden. Teds verstauchte Hand würde kaum Misstrauen hervorrufen, aber Juans Wunden waren zu schwer, um sie mit einem Sturz zu erklären. Außerdem, warum hatte er wohl kein Hemd an und niemand von den beiden einen Rucksack dabei? Es war unmöglich, sich als harmlose Wanderer auszugeben. Nicht in ihrem Zustand. Irgendeine Ausrede würde ihnen zwar schon einfallen, aber ob diese glaubwürdig wäre, durfte mit Recht bezweifelt werden.

Doch alle Grübelei half nichts. Sie mussten weiter. Immer nach Norden. Denn wenn es eine Lösung für ihre vertrackte Situation gab, war sie allein dort zu finden.

Die Bäume standen nicht mehr ganz so dicht wie in dem Mc. Kenzie River Tal. Es erleichterte ihr Fortkommen, doch Juan benötigte Hilfe. So konnte er nicht weitermachen. Er würde es nicht überleben. Die Verletzungen hatten aufgehört zu bluten, aber bei einigen Schrammen zeigten sich schon jetzt Anzeichen einer Blutvergiftung. Noch war es nicht zu einer Sepsis gekommen, doch die Gefahr bestand. Aber man konnte keinen Arzt aufsuchen. Die Gefahr, in die Hände der Polizei zu fallen, war dabei zu groß. Also galt es, irgendwie sich selbst zu helfen. Aber niemand wusste, wie man sich bei einer drohenden Blutvergiftung am besten verhielt. Vielleicht Antibiotika schlucken? Wahrscheinlich eine gute Idee, nur blieb das Problem, wie man an solche Medikamente herankam, ohne den Wald zu verlassen.

Je mehr ihnen ihre Situation bewusst wurde, umso klarer zeigte sich die Ausweglosigkeit. Und das schon am Vormittag des dritten Tages. Dies ließ nichts Gutes für die Zukunft erwarten.

Den vermuteten Wanderweg, der dieses Waldgebiet durchlief, erreichten beide früher als erwartet. Schon am Vormittag entdeckten sie den Pfad. Einer von vielen, aber er schien in Nord-Süd-Richtung zu verlaufen und war somit als Anhaltspunkt geeignet.

„Warte mal, ich muss mich kurz ausruhen, sonst breche ich zusammen", sagte Juan.

Ted sprang sofort auf diesen Vorschlag an. Eine Verschnaufpause würde auch ihm gut tun.

„In Ordnung. Direkt am Wegesrand oder vielleicht lieber etwas abseits?"

„Du denkst ja schon richtig mit, Ted, aber ich denke, wir sollten auf dem Pfad bleiben. Im Moment sehe ich auch niemanden."

„Ja, aber bald treffen wir bestimmt auf Wanderer."

„Und wenn schon. Die sind dann bestimmt harmlos."

„Na ja, also ich würde mich schon wundern, zwei Jungs ohne Rucksack hier anzutreffen, wobei der eine auch noch schwer verletzt ist. Was sollen wir denen denn erzählen? Es werden bestimmt Fragen gestellt."

„Wie wär's mit der Wahrheit."

„Was? Jetzt versteh ich dich aber nicht, Juan."

„Wieso? Ist doch ganz einfach. Erfindest du irgendeine abstruse Story, die unglaubwürdig ist, sorgt das nicht für Vertrauen."

„Aber du kannst doch nicht erzählen, dass wir auf der Flucht sind."

„Das will ich auch gar nicht. Aber dass wir ins Wasser gefallen sind und deshalb so aussehen, klingt doch gut. Und es ist sogar die Wahrheit. Warum wir in den Fluss gesprungen sind, muss ja niemand erfahren."

„Na gut, wir werden sehen. Trotzdem, es wäre mir lieber, keinen zu treffen."

„Mir auch, aber…."

„Mein Gott, was ist denn mit euch beiden passiert!?" hörten die beiden plötzlich eine Stimme hinter sich. Juan und Ted waren so in ihr Gespräch vertieft gewesen, dass es ihnen gar nicht aufgefallen war, dass sich ein Wanderpärchen genähert hatte.

„Ihr seht furchtbar aus", sprach der Mann weiter. Er war ein großer, muskulöser Kerl. Mindestens 1,90 m groß. Juan fielen sofort die Augen auf. Sie waren außergewöhnlich. Groß und von einer Farbe wie blaue Gletscher. Dennoch lag keine Kälte in ihnen, sondern eher Sorge um den Zustand der beiden Jungen. Seine hellblonden Haare glitzerten im Spiel von Licht und Schatten, das durch die Baumkronen fiel. Ein weiteres Detail, das diesen Mann heroischer erscheinen ließ, als er es wahrscheinlich war.

Seine Partnerin stellte das genaue Gegenteil dar. Eine kleine, zierliche Frau, die so aussah, als würde sie gar nicht oder nur sehr ungern wandern. In ihren rehbraunen Augen lag aber keine Sorge, sondern eher Angst vor zwei fremden Jungs, die tatsächlich nicht besonders vertrauenswürdig wirkten. Wer konnte ihr das schon verdenken.

„Also, was ist passiert?", fragte der Mann noch einmal, als er keine direkte Antwort erhielt.

„Wir", begann Juan gequält, „nun wir hatten ein kleines… einen kleinen Unfall."

„Je, das sieht man."

„Wir sind in den Fluss gefallen und haben unser Gepäck verloren. Und mein Freund hier hat sich ziemlich schwer verletzt an den Steinen im Bachbett", übernahm Ted kurzerhand die Gesprächsführung. Das tat er erstaunlich souverän. Kein Zittern oder auch nur der Hauch von Stress war in seiner Stimme zu hören.

„Je, dein Freund sollte schnellstmöglich zum Arzt, damit der seine Wunden versorgt. Das sieht nicht gut aus. Nicht wahr, Christine?" fragte er seine Partnerin. Die nickte nur schüchtern und piepste ganz leise: „Vielleicht könnte ich mir die Wunden mal ansehen."

„Je, eine gute Idee. Wisst ihr, meine Frau ist Krankenschwester und könnte eine Erstversorgung vornehmen. Sie ist super in ihrem Beruf. Seit fünf Jahren schuftet sie schon im Krankenhaus. Alle Patienten sind begeistert und wollen oft nur von ihr behandelt werden. Sie hat inzwischen mehr Ahnung von Medizin als die meisten Ärzte. Hab ich eigentlich schon erzählt wie ich sie kennerlernte. Die Geschichte müsst ihr hören! Vor drei Jahren… :"

„Tyler, ich glaube, das interessiert die beiden im Moment nicht", unterbrach Christine ihren Mann.

„Je, du hast Recht, Schatz, ich rede zu viel."

Dieser Tyler redete tatsächlich zu viel, dachte Juan. Und was sollte dieses lächerliche ‚Je', das er immer benutzte, wenn er anfing zu reden. War das vielleicht seine Version von Ja oder nur eine Angewohnheit? Nun gut, letzlich eine unwichtige Frage.

Fakt war, das diese beiden Wanderer trotz des sehr extrovertierten Auftretens des Mannes ganz nett wirkten. Und wenn die Frau Krankenschwester war, umso besser. Sie könnte zumindest eine erste Einschätzung über Juans Gesundheitszustand abgeben.

Christines Gesicht wirkte nicht gerade aufheiternd, als sie sich die Schrammen und Quetschungen auf Juans Körper ansah. Zuerst war er gar nicht begeistert davon gewesen, aber die Frau ging sehr vorsichtig mit ihm um. Er hatte kaum Schmerzen. Es war fast angenehm, wenn ihre Finger über seine geschundene Haut glitten.

„Seine Wunden müssen sofort verbunden und desinfiziert werden, sonst droht eine Blutvergiftung", gab die Frau eine Einschätzung der Lage ab. „Wir haben ein paar Mullbinden und Jod für alle Fälle im Rucksack dabei. Als Erstversorgung dürfte das reichen, aber du musst trotzdem so schnell wie möglich zum Arzt, Junge", sprach Christine weiter.

„Ich danke ihnen für ihre Fürsorge", sagte Juan.

Das Jod brannte fürchterlich auf den offenen Wunden, aber es war auszuhalten. Er biss die Zähne zusammen und gab keinen Mucks von sich. Dennoch schien die Frau seine Schmerzen zu sehen.

„Ich weiß, es brennt bestimmt, aber gleich ist es vorbei. Es ist immens wichtig, dass alles desinfiziert wird. Ich hab dir ja schon gesagt, dass sich deine Wunden sonst entzünden. Das wäre fatal", erklärte sie.

Die Binden, die Christine danach anlegte, waren eine Wohltat. Juans Schmerzen waren tatsächlich etwas besser geworden, und es fiel ihm leichter, sich zu bewegen, ohne dass er dachte, man würde ihm den Bauch aufreißen.

„So, nachdem meine Frau euch versorgt hat, braucht ihr aber dringend noch ein Hemd. Vor allem du da." Tyler deutete auf Juan und fragte weiter: „Wie heißt ihr eigentlich?"

Sie mussten sofort antworten. Jedes Zögern könnte Misstrauen bei dem Wanderehepaar erzeugen. Doch was sollten die beiden antworten? Jose und Andi, ihre beiden Decknamen, oder doch lieber die Wahrheit? Es erschien unwahrscheinlich, dass die Wanderer etwas von dem Doppelmord in Seattle wussten, und selbst wenn, würden sie wohl kaum diese beiden Jungs verdächtigen. Trotzdem entschied sich Juan ihre falschen Identitäten zu verwenden

„Ich bin Jose und der da heißt Andi", antwortete er.

Ted war sofort im Bilde. Es gefiel ihm nicht. Die Gefahr, sich zu versprechen und in einem unaufmerksamen Moment doch ihre richtigen Namen zu nennen, war nicht zu unterschätzen. Noch wurde Adrenalin durch ihre Adern gepumpt, aber auch das würde irgendwann abnehmen. Außerdem war ihre Flucht noch lange nicht beendet.

Die Polizei würde sicherlich zuerst den Fluss absuchen, aber dann, wenn nichts gefunden wurde, würde man die Suche auf den Wald ausdehnen. Hubschrauber brachten wenig, von oben hätte man ohnehin nichts sehen können, aber sicher konnten sich beide nicht fühlen.

Ihre Lage hatte sich gegenüber gestern also nicht gebessert. Sie war hoffnungsloser und ausweglloser als jemals zuvor. Ein Opfer, Lynn, hatte dieser Wahnsinn schon gefordert. Es durfte nicht noch mehr Tote geben.

„Je, also gut. Jose und Andi, ich suche jetzt mal ein Hemd für euch. Es wird zwar nicht die richtige Größe sein, aber besser als gar nichts", sagte Tyler und begann in seinem Rucksack nach passender Kleidung zu suchen.

Die beiden Shorts, die er schließlich herauszog, waren tatsächlich viel zu groß und in einem bonbonviolett. Darin sah man aus wie eine Witzplattfigur, aber es gab ja nichts anderes. Die folgenden T-Shirts sahen ähnlich lächerlich aus. Ted wurde eins in lindgrün, Juan eins in leuchtendem orange in die Hand gedrückt.

„Danke, Sie sind sehr nett." Ted war es fast unangenehm, die beiden vertrauensseligen Wanderer zu hintergehen. Doch es blieb ihnen keine andere Wahl.

„Ihr beiden kommt jetzt mit uns. Wenigstens bis zur nächsten Wanderhütte. Wenn wir Glück haben, haben die dort ein Satellitentelefon, mit dem wir Hilfe rufen können", schlug der Mann vor.

„Nein, das ist nicht nötig. Wir beiden wollen Ihnen keine Umstände machen. Sie haben schon so viel für uns getan, dass…
"

„Keine Widerrede Jose, ich lasse doch nicht zwei Jungs hilflos im Wald zurück. Für wen hältst du mich eigentlich", unterbrach Tyler ihn.

„Wir kommen mit", sagte Ted plötzlich. Er verstand Juans Ablehnung, teilte sie aber nicht. Natürlich konnten sie nicht dem Ehepaar bis zur nächsten Hütte folgen. Das stand außer Frage, aber wenigstens ein Stückchen auf dem Fußweg würde enorm Zeit sparen. Jeder Kilometer, den sie so zurücklegten, war kostbar. Auf jeden Fall viel besser, als sich durch das Dickicht zu schlagen, um möglichst jede weitere Begegnung zu vermeiden. Zusätzlich bestand das Problem der Versorgung. Sie hatten ja überhaupt nichts bei sich. Keine Getränke und kein Essen. Wie lange konnte man so durchhalten? Nicht besonders lange. In kurzer Zeit wären Juan und Ted total dehydriert, denn der Aufstieg vom Mc. Kenzie River war extrem schweißtreibend gewesen. Die Idee, eine Zeit lang mitzuwandern, war also gar nicht so schlecht. Die beste Alternative, die sich ihnen bot.

Die vier machten sich also auf den Weg. Man hätte sie beinahe für eine Familie halten können. Vater und Mutter machten mit ihren zwei fast erwachsenen Söhnen einen Ausflug in die Berge. Doch Juan war misstrauisch. Er konnte sich nicht von der unbegründeten Angst frei machen, dass dieser Tyler und seine Frau wussten, wer er war. Seine Augen suchten ständig die Umgebung ab, um auf jede Gefahr sofort zu reagieren. Doch im Moment war keine Gefahr zu erwarten. Im Gegenteil, sie könnten sich endlich etwas ausruhen. Ihren wirbelnden Gedanken eine Pause gönnen, um wieder klar im Kopf zu werden. Um wieder runterzukommen. Ted schien dies zu gelingen, doch durch Juans Adern wurde weiterhin Adrenalin gepumpt. Die Anspannung fiel einfach nicht von ihm ab, denn er fürchtete sich vor der nahen Zukunft. Noch heute mussten sie diese zwei Wanderer loswerden. So schnell und unbemerkt wie möglich.

Doch wie sollte man das anstellen? Gewalt anzuwenden war keine akzeptable Möglichkeit. Bei diesen Verletzungen wäre er wohl auch kaum in der Lage dazu gewesen. Ein Gespräch mit Ted war nun zwingend nötig. Und zwar so, dass kein anderer mitbekam, um was es ging. Die beiden Jungs ließen sich etwas zurückfallen, um ungestört zu sein.

„Ted, warum hast du gesagt, wir würden mitkommen? Wie stellst du dir das eigentlich vor?" fragte Juan.

„Ich musste das sagen. Was sollen wir denn sonst machen."

„Aber wir müssen die beiden loswerden, sonst laufen wir Gefahr, gefasst zu werden. Diese Christine will mich unbedingt zu einem Arzt bringen."

„Eigentlich eine gute Idee, aber du hast natürlich Recht. Das geht nicht."

„Also, wie sollen wir jetzt weiter verfahren? Hast du dir das mal überlegt?"

„Ehrlich gesagt, nicht so richtig. Du trafst doch bisher immer die Entscheidungen."

„Ja, aber ich weiß nicht, was wir tun sollen. Wenn ich noch eine Waffe hätte…"

„Sei froh, dass die weg ist. Die Knarre bringt nur Ärger mit sich."

„Verdammt noch mal, wir sind auf der Flucht. Da braucht man irgendwas, um sich zu verteidigen."

„Verteidigen? Gegen wen? Gegen die Polizei?"

„Genau, zum Beispiel."

„Du machst dir was vor, Juan. Ich denke, wir wissen beide, was passieren würde, wenn wir wieder auf die Bullen treffen. Die werden dich erschießen, mit oder ohne Waffe. Und außerdem, du spielst auch mit meinem Leben, das muss dir klar sein."

„Dann glaubst du also, dass ich das nicht überlebe. Denn wir werden sicher wieder mit den Bullen zu tun haben. Ich befürchte sogar, eher als uns lieb ist."

Ted antwortete nicht, aber sein Blick sagte alles. Und er hatte Recht. Man musste zumindest mit der Möglichkeit rechnen. Und genau dieses Wissen machte Juan nervös. Die Angst vor einem baldigen sinnlosen Tod und die Gewissheit, dass er für alles verantwortlich sein würde, zerrten wie Drahtseile an seinen Nerven.

WASHINGTON: Seattle

Corin nahm den Zettel von seinem Schreibtisch. Es war wohl eine Nachricht von seinen Kollegen. Er war heute später ins Büro gekommen als sonst. Gestern war es spät geworden. Er hatte über dem Fall Martinez gebrütet. Ein Doppelmord, in dem der Täter spurlos verschwunden war, ein gerichtsmedizinisches Gutachten, das unlogisch erschien und ein einziger Zeuge, der mutmaßlich totalen Schwachsinn erzählte, konnte einem schon den Schlaf rauben.

Und auch heute Morgen quälten ihn solche Gedanken. Immer noch hingen die letzten Schleier des Schlafs an ihm. Deshalb überflog er auch nur die paar Zeilen auf dem Zettel. Für einen Moment merkte er gar nicht, was dort eigentlich stand, doch dann wurde er schlagartig wach. Das hier war genau das, was Corin brauchte. Die Ermittlungen im Fall Juan Miguel Martinez hatten wieder Fahrt aufgenommen.

Die Nachricht stammte von den Kollegen in Oregon.

Nachdem Scott, der Polizist, der von Juan an der Belknap Lodge angeschossen wurde, im Krankenhaus versorgt worden war, nahm ein Kollege seine Aussage auf. Vor allem die Beschreibung des Schützen bot gute Ansatzpunkte für eine Fahndung. Zufällig fiel die Aussage heute Morgen einem Cop in die Hände, der von dem Doppelmord in Seattle gehört hatte. Die Beschreibung der Flüchtigen im Radio passte zumindest zu einem der beiden Jungs von der Lodge. Ob es sich hierbei nun um den Gesuchten handelte, konnte natürlich nicht zweifelsfrei gesagt werden, aber das Morddezernat von Seattle wurde sicherheitshalber informiert, dass man möglicherweise auf den Mörder gestoßen war und nun mit Hochdruck nach ihm fahndete. Zwar nicht wegen Mord, sondern wegen Mordversuchs an einem Polizisten. Corins Captain hatte ihm dann diese Nachricht auf den Schreibtisch gelegt.

144

- Bitte ins Büro des Captains kommen.

- Hinweise zum Fall Martinez aus Oregon erhalten.

Wichtig!

Diese zwei Sätze reichten, um Corin in Aufregung zu versetzen. Vielleicht wurde dieser Tag deutlich besser als der letzte. Denn er wusste, je länger es dauerte, einen Täter zu fassen, desto schwerer wurde es.

Was gab es nur für Hinweise? Er konnte das Gespräch kaum erwarten.

„Captain", sagte Corin, als er den Raum seines Vorgesetzten betrat, „Sie wollten mich sprechen."

„Ja, Detective Manheimer. Soviel ich weiß, bearbeiten Sie den Fall Martinez."

„Das ist richtig, Sir. In ihrer Nachricht stand, es gäbe neue Hinweise."

„So ist es. Heute Morgen bekam ich einen Anruf von einem alten Kollegen, der früher hier bei uns gearbeitet hat. Noch bevor Sie zu uns kamen. Inzwischen arbeitet er in Oregon. Gestern gab es dort eine Schießerei, bei dem ein Polizist verletzt wurde und ein Mädchen im Kugelhagel starb. Bei den Tätern soll es sich um zwei Jungen handeln. Einer davon könnte nach einer Beschreibung Martinez sein. Ich dachte, das würde Sie interessieren."

„Das tut es, Sir. Ich wundere mich zwar, dass er es unbemerkt geschafft hat Washington zu verlassen, aber es scheint wohl so."

„Zügeln Sie ihre Begeisterung. Möglicherweise haben der Doppelmord bei uns und die Schießerei in Oregon nichts miteinander zu tun. Es ist aber, soviel ich weiß, die einzige Spur, die wir haben."

„Ja, Sir, denn sonst gibt es gar nichts. Nach der Flucht vom Tatort ist Martinez wie vom Erdboden verschluckt. Vielleicht haben wir jetzt einen Ansatzpunkt. Darf ich fragen, ob die Kollegen in Oregon noch mehr wissen?"

„Tun sie nicht. Zumindest ist der Täter weiter auf der Flucht, auch wenn nach ihm gefahndet wird. Aber etwas gibt es noch. Bei diesem Zwischenfall sind die beiden Verdächtigen in einen Fluss gesprungen. Der soll ziemlich wilde Stromschnellen haben. Es könnte sein, dass die Flüchtigen ertrunken sind. Eine Bestätigung steht aber noch aus."

„Sir, Sie sprachen von zwei Verdächtigen?"

„Ja, angeblich sollen zwei Jungen zusammen geflohen sein. Aber wir wissen, Martinez hat eine Geisel und hat sie vielleicht gezwungen mit ihm zu fliehen."

„ Sir, dürfte ich Sie um etwas bitten?"

„Ich weiß was Sie wollen, Manheimer. Sie möchten den Kollegen in Oregon helfen."

„Ja."

„Bedenken Sie, vielleicht hat das eine nicht das Geringste mit dem anderen zu tun."

„Aber genau das gilt es doch herauszufinden. Von meinem Schreibtisch hier wird das wohl kaum gehen. Ich muss vor Ort sein."

„Wenn der zuständige Beamte nichts dagegen hat, könnte ich mir vorstellen, Sie als Beobachter nach Oregon zu schicken. Aber vergessen Sie nicht, die Gegend liegt nicht in Ihrem Zuständigkeitsbereich. Also lassen Sie die ortsansässigen Polizisten ihre Arbeit machen und reden Sie ihnen nicht dauernd rein."

„Und was, wenn beide Fälle zusammenhängen? Ich meine, wenn es tatsächlich Martinez war, der den Polizisten angeschossen hat."

„Wenn dem so ist, reden wir weiter. Ich werde zuerst mal nachfragen, ob Ihre Hilfe überhaupt erwünscht ist. Wenn ich was weiß, gebe ich Ihnen sofort Bescheid."

„Danke Captain, ich bin jederzeit bereit, sofort aufzubrechen."

„Ich verstehe, dass Ihnen so viel an diesen Ermittlungen liegt, aber vergessen Sie nicht...."

„Ich weiß, es liegt nicht in meinem Zuständigkeitsbereich."

„Genau, also denken Sie daran."

„Tue ich. Machen Sie sich keine Sorgen, Captain. Sie können sich auf mich verlassen."

„Davon gehe ich aus, Detective."

„Sir, ich möchte mich bei Ihnen noch bedanken, dass ich diesen Fall bearbeiten darf."

„Wieso sollten Sie das nicht tun?"

„Nun, immerhin war ich es, den Martinez überrumpelt hat, und deshalb bin ich natürlich auch persönlich betroffen."

„Ich halte Sie für einen Profi, der in der Lage ist, mit solch einer Situation umzugehen."

„Das bin ich. Trotzdem danke."

„Also gut, Detective, ich melde mich wieder, sobald ich von Oregon Bescheid bekommen habe. Wegtreten."

Corin verabschiedete sich und verließ das Büro des Captain. Er musste lächeln. Sein Vorgesetzter sagte grundsätzlich „wegtreten", wenn ein Gespräch beendet war. Wahrscheinlich kam das von seiner Zeit beim Militär, denn normalerweise redete man im Dezernat nicht so.

Während er auf Nachricht von seinem Captain wartete, studierte Corin noch mal alle Aussagen, die zu dem Fall vorlagen. Vor allem die Aussage von Jeff Clark. Der Junge, der ihn sicherlich angelogen hatte. Eigentlich war für heute ein neuer Besuch bei ihm vorgesehen, aber diese Sache in Oregon genoss Vorrang.

Die Idee, dass alles an Clarks Aussage irgendwie seltsam anmutete, war vergessen. Das Jagdfieber hatte ihn gepackt.

Es dauerte nicht lange, bis Corin von seinem Chef die Bestätigung erhielt, dass er den Kollegen in Oregon helfen durfte. Anscheinend konnten die eine helfende Hand gebrauchen. Inzwischen ging man nämlich davon aus, dass die Flüchtigen noch lebten. Man hatte einige Kilometer flussabwärts zwar Juans zerrissenes Hemd gefunden, aber keine Spur von irgendwelchen Leichen. Auch Hunde brachten bisher keine Ergebnisse. So wurde nördlich und südlich des Mc. Kenzie Rivers gefahndet.

Corin fuhr daher so schnell wie möglich nach Oregon. Dabei ignorierte er sämtliche Geschwindigkeitsbegrenzungen auf den Interstates. Hauptsache, er erreichte das Suchgebiet, bevor seine Kollegen die beiden Jungs gefasst hatten. Dieser Triumph sollte nur ihm gebühren.

WASHINGTON: Seattle (ein Jahr früher)

Jeff Clark fühlte sich mal wieder furchtbar. Nach jeder Chemotherapie ging es ihm schlechter. Und die Untersuchungen waren auch nicht viel angenehmer. Sein Lymphknotenkrebs, eine ganz seltene Art, entzog sich jeder Therapie. Keine Behandlung schlug richtig an. Alle ambulanten oder stationären Aufenthalte schienen sein Sterben nur zu verlangsamen. Schon öfter als einmal wünschte er sich den Tod herbei, damit diese sinnlose

Quälerei endlich ein Ende hatte. Lieber eine Ende mit Schrecken als ein Schrecken ohne Ende.

Lange Zeit waren die Prognosen schlecht gewesen. Die Überlebenschance nur wenige Prozent. Aber jetzt, in einer schlimmen Phase, keimte Hoffnung in ihm und seinen Eltern auf. Denn der zuständige Arzt schlug eine gänzliche neue Art des Kampfes gegen den aggressiven Tumor vor.

Natürlich, es gab Risiken, denn die ins Auge gefasste Behandlung war 1992 noch nicht erprobt und wurde von vielen Medizinerkollegen abgelehnt mit der Begründung, es gäbe zu wenige Daten, um sie an Menschen auszuprobieren.

Aber was hatte Jeff schon zu verlieren? Entweder er stellte sich freiwillig als Versuchskaninchen für eine neuartige Therapie zur Verfügung, oder er starb. Aufgrund dieser Alternativen fiel die Entscheidung nicht besonders schwer.

OREGON: Kaskadengebirge (ca. 85 Meilen südsüdöstlich von Portland)

Die Polizei war Ted und Juan näher als beide Seiten glaubten. Für die beiden Jungen war die Zeit der Entscheidung gekommen. Zusammen mit dem Ehepaar würden die vier in wenigen Minuten das angestrebte Wandercamp erreichen. Von dort wollte Tyler dann den Arzt kontaktieren.

Also mussten sie weg. Egal wie. Nur ein Zufall konnte ihnen helfen. Und genau der trat ein.

Die Raststätte mit einer kleinen bewirtschafteten Hütte und einem separatem Toilettenhäuschen tauchte früher aus dem dichten Nadelwald auf als Ted und Juan lieb gewesen wäre. Nach dem Sonnenstand zu urteilen, war es noch nicht mal Mittag. Seufzend schloss Juan kurz die Augen, was seine Konzentration auf die Schmerzen lenkte. Außer dem Brennen seiner offenen Wunden, welches in letzter Zeit wieder stärker geworden war, tat ihm die linke Hüfte weh. So, als wäre sie überlastet worden. Wahrscheinlich hatte auch sie die kleine Schwimmeinlage von letzter Nacht nicht ganz unbeschadet überstanden. Gerade jetzt störte ihn das jedoch erheblich.

In einer anderen Situation hätte dieser Ort beiden wohl gefallen. Jetzt allerdings bedeutete er höchste Gefahr.

„Seht ihr, da sind wir schon. Ich habe ja gesagt..."

Bla, bla, bla, dachte Juan Tylers Redeschwall weiter. Er hörte gar nicht mehr hin, wenn dieser Mann anfing Sachen zu erzählen, die augenscheinlich niemanden interessierten. Christine hatte die Versuche, ihren Angetrauten zu bremsen, inzwischen aufgegeben.

Als auch die letzten störenden Bäume aus dem Gesichtsfeld verschwanden, lag die Wanderstation vor ihnen. Sie war größer als gedacht, und die vier waren nicht die einzigen, die dort eine kleine Pause einlegen wollten. Mindestens zehn weitere Urlauber hielten sich dort auf. Einige weitere waren wohl außer Sichtweite. Entweder innerhalb der kleinen Hütte oder auf der Toilette.

Die Hütte selbst verbreitete eine angenehme Atmosphäre. Schon von außen suggerierte sie eine Einladung, herein zu kommen. Doch Juan verspürte kaum Interesse, dieser Einladung zu folgen. Im Gegenteil, eigentlich wollten er und Ted ja so schnell wie möglich von hier weg.

„Also gut, ihr beide wartet hier, während ich einen Arzt rufe," sagte Tyler und verschwand sofort durch die mit Schnitzereien von einheimischen Tieren verzierte Tür der Hütte. Dort würde sich bestimmt ein Telefon oder wenigstens ein Funkgerät befinden.

„Währenddessen geh ich noch kurz aufs Klo," verkündete Christine und verschwand in der Baracke für die Toiletten.

Der Moment war gekommen. Juan und Ted waren allein. Eine günstigere Gelegenheit, unbemerkt zu verschwinden, würde sich nicht ergeben.

Niemand musste etwas sagen. Beide waren sich darüber im Klaren, was zu tun war. Ganz langsam, fast beiläufig, zogen sie sich in die Randbereiche der Wanderstation zurück. Dort, wo der Nadelwald wieder begann.

Auf dem Weg dorthin fiel ihr Blick auf einen unbewachten Rucksack. Es konnte nicht schaden, ihn mitzunehmen. Der rechtmäßige Besitzer würde den Verlust seines Gepäcks hoffentlich erst bemerken, wenn die beiden Jungs schon weit genug weg waren. Es musste alles recht schnell gehen, bevor Christine aus der Toilette kam oder ihr Mann mit dem Telefonat fertig sein würde.

Noch zwei unauffällige Schritte und dann rannten sie im Schutz einiger großer Bäume in den Wald hinein. Juans Wunden jaulten auf, als protestierten sie gegen die plötzliche Belastung des Körpers. Doch er achtete kaum darauf. Erst, als sie sich mit Sicherheit weit genug von diesem Rastplatz entfernt hatte, erlaubten beide sich eine Verschnaufpause

„Mann, haben wir ein Glück", sagte Ted, „ich hätte nicht damit gerechnet, dass beide auf einmal verschwinden und uns unbeaufsichtigt lassen."

„Ich sah mich schon in den Fängen der Bullen."

„Du weißt, dass es dazu irgendwann kommen wird."

„Natürlich, aber vielleicht erst dann, wenn wir beweisen können, dass ich kein Mörder bin."

„Ich will dich nicht demoralisieren, aber es ist möglich, dass dies niemals gelingt."

„Du hältst mich immer noch für schuldig."

„Nein. Ich glaube dir, aber was wir bis jetzt getan haben, ist nicht gerade besonders gesetzestreu gewesen. Es ist nicht leicht, als gesuchter Verbrecher andere von seiner Unschuld zu überzeugen."

„Du meinst meine Schüsse auf den Polizisten?"

„Ein gutes Beispiel. Versetz dich doch mal in die Situation unserer Verfolger. Was denken die wohl? Jemand, der auf einen Cop feuert, ist auch in Lage, andere Menschen umzubringen."

„Ich weiß, was du meinst, aber diese Diskussion bringt uns im Moment nicht weiter."

„Richtig, das tut sie nicht, aber wir beide sollten das im Hinterkopf behalten. Ich finde es ja auch gut, dass du deine Unschuld nachweisen willst, aber nicht um jeden Preis. Es darf keine weiteren Opfer mehr geben. Lynn war schon zu viel."

Ted hatte Recht. Das Ganze war schon jetzt völlig außer Kontrolle geraten und durfte nicht ins total Unvorhersehbare abgleiten. Sie mussten die Situation kontrollieren und nicht umgekehrt.

Das Thema war zu deprimierend, um sich intensiv damit zu befassen, auch wenn es nicht ganz ins Vergessen geraten durfte.

Juan schlug deshalb vor, sich erst mal den Inhalt des erbeuteten Rucksacks anzusehen. Hoffentlich war etwas darin, was sie gebrauchen konnten.

Die Ausbeute war nicht so schlecht wie befürchtet. Neben diversen Kleidungsstücken interessierten sie vor allem die Vorräte. So befanden sich zwei Müsliriegel und eine 1-Liter Wasserflasche im Rucksack. Die Flasche war noch zur Hälfte gefüllt. Das sollte sie zumindest über den nächsten Tag bringen. Und außerdem stellte es kaum ein Problem dar, diese Flasche wieder aufzufüllen. Es gab genug kleine Bäche mit glasklarem Wasser, welches bestimmt Trinkwasserqualität aufwies.

„Na, Gott sei Dank. Das wichtigste haben wir schon mal. Schauen wir, was noch so alles drin ist." bemerkte Juan.

Weiter unten befanden sich in einer Plastiktüte für alle Fälle ein Regenmantel und eine Mütze. Die beiden Sachen würden sie bei der momentanen Wetterlage kaum brauchen. Man würde alle unbrauchbaren Dinge aussortieren. Es wäre nur unnötiger Ballast, der ihr Vorankommen verlangsamte. Dazu würden auch der gefundene Pullover, die Mütze und die dicken Handschuhe gehören. Ted wunderte sich über diese warmen Kleider. Wollte der Besitzer des Rucksacks den Mt. Everest besteigen? Dann wäre er hier ziemlich weit weg davon.

Doch nicht alles war nutzlos.

„Schau mal, eine Sonnenbrille", sagte Ted. "Die kannst du dir aufsetzen, um dein Aussehen wenigstens leicht zu verändern."

„Ich hasse die Dinger."

„Wieso, setz sie doch mal auf."

„Meinetwegen. Aber später. Nicht jetzt. Erst, wenn wir sie wirklich mal brauchen."

Als nächstes fiel ihnen ein Waschbeutel in die Hände.

„Klasse, endlich wieder was zum Zähneputzen und Seife. Die vermisse ich schon."

„Ted, vergiss nicht, erst gestern Morgen sind wir von dieser Mrs. Steward losgefahren. Du machst grad so, als wären wir schon Wochen im Wald."

„Denkst du, man hat sie inzwischen gefunden?"

„Wen?"

„Na wen schon? Die Steward."

„Möglich. Ich denk schon."

„Hoffentlich, sonst stirbt die noch."

„Ach, von wegen. Der geht es bestimmt gut." Damit hatte Juan jedoch gänzlich Unrecht. Zwar war Frau Steward heute Morgen gefunden worden, aber sie lag jetzt bewusstlos im Krankenhaus und wurde wegen starker Dehydrierung behandelt. Von der Polizei konnte sie noch nicht vernommen werden und nach Ansicht der Ärzte würde das auch in den nächsten 48 Stunden nicht möglich sein. Ihre Aussage wäre ohnehin nur bedingt hilfreich, bis auf den Umstand, dass sie wüsste, dass Ted nun blonde Haare hatte. Doch dieser Umstand bedeutete inzwischen schon nichts mehr. Die Tönung hatte zwar den Sprung in den Mc. Kenzie River überlebt, aber ihre Haarfarbe stellte schon längst keine Tarnung mehr dar. Zu viele Leute waren ihnen seitdem begegnet.

Die letzten beiden Fundstücke im Rucksack freuten Juan besonders. Das erste war eine Medikamententasche mit Antibiotika.

Die musste er zwangsläufig nehmen. Vielleicht blieb ihm dann eine drohende Blutvergiftung erspart. Zumindest ein Versuch wäre es wert, auch wenn es eine schwere Entzündung seiner Wunden nur verzögerte.

Das zweite war ein Springmesser mit einer recht scharfen Klinge. Keine bedeutende Waffe, aber besser als gar nichts. Wenigstens linderte sie das Gefühl der totalen Hilflosigkeit.

„Bis auf zwei Shirts lassen wir alle anderen Klamotten hier zurück. Wir brauchen nicht viel. Wasserflasche, Müsliriegel, Waschbeutel, Antibiotika und das Springmesser. Nicht zu vergessen die gerade entdeckte Taschenlampe für die dunklen Nächte. Sonst nichts", beschloss Juan.

„Vergiss die Sonnenbrille nicht", fügte Ted noch hinzu.

„Na schön, dann eben noch diese blöde Brille. Pack sie ein. Immerhin musst du alles schleppen."

„Was? Wieso ich?"

„Weil ich es sage, mein Lieber. Und außerdem tut mir immer noch alles weh. Wenn ich den Rucksack schleppe, wird das nur schlimmer. Auch wenn wir nur die Hälfte mitnehmen."

„Na, wegen mir, aber nur, weil du verletzt bist."

„Ich wünschte, ich wäre es nicht Teddy."

„Nenn mich nicht Teddy."

„Wieso? Gefällt dir das nicht, Teddy?"

„Nein, tut es nicht. Nur meine Mutter nennt mich so."

„In Ordnung, Teddy. Ich werd dich nicht mehr Teddy nennen, Teddy."

„Hör damit auf, sonst… :"

„Was sonst? Willst du deinen armen verletzten Freund schlagen?"

„Juan, sei einfach ruhig."

„Schon gut, reg dich nicht auf. Ich hab nur versucht, die Situation ein wenig aufzulockern."

„Ja, auf meine Kosten."

„Ich hab mich doch schon entschuldigt."

In der Ferne bellte ein Hund. Es dauerte nur Sekunden bis beide wussten, was dies bedeutete. Die Polizei war in der Nähe und suchte sie mit Hilfe dieser vierbeinigen Bestien. Es wurde höchste Zeit, zu laufen. So weit weg wie nur möglich. Auch wenn jeder Schritt Schmerzschübe durch Juans Körper jagte. Die beiden hatte keine Wahl. Und obwohl sie sich beeilten, kam das Bellen immer näher.

„Ja, such schön. Such die Verbrecher", ermunterte der Polizist Chandler seinen Hund. Dabei wussten er und seine beiden Kollegen gar nicht, ob sie überhaupt auf der richtigen Spur waren. Bei der Suche am Fluss waren am Nordufer kleine Blutspuren entdeckt worden. Von wem sie stammten und wie alt diese gewesen waren, konnte auf die Schnelle nicht festgestellt werden. In Verbindung mit einem zerrissenen Hemd, welches ganz in der Nähe der Blutspuren ans Ufer geschwemmt worden war, kombinierte Chandler folgendes:

Erstens: Er wusste, beide waren in den Fluss gesprungen. Eine bodenlose Dummheit, aber wahrscheinlich hatten die beiden Jungs keinen anderen Ausweg mehr gesehen.

Zweitens: Trotz der Stromschnellen überlebten wohl beide. Obwohl noch nicht das ganze Flussufer abgesucht worden war, bezweifelte Chandler, dass noch Leichen gefunden wurden.

Drittens: Wenn die beiden also noch am Leben waren, konnten sie den Mc. Kenzie River verlassen haben und befanden sich entweder nördlich oder südlich davon.

Viertens: Das gefundene Hemd stammte wahrscheinlich von einem der Flüchtigen. Da es zerrissen war, konnte davon ausgegangen werden, dass sich zumindest einer verletzt hatte.

Fünftes: Dann stammten die Blutspuren von einem der Gesuchten. Dort hatte sein Hund Witterung aufgenommen, der er nun folgte. Sollten also alle Schlussfolgerungen stimmen, konnte der Fall noch heute abgeschlossen werden.

Wenn Chandler die beiden Jungen also fand, war bestimmt eine Belobigung seines Chefs drin, und im Wettlauf um die Beförderung zum Detective, verschaffte die sicherlich einen großen Vorsprung. Doch noch waren Ted und Juan auf freiem Fuß.

Doch dann wurde die Jagd unerwartet verzögert. Chandler und seine Kollegen erreichten den Wanderrastplatz, wo Tyler und Christine vor einigen Minuten das Verschwinden der beiden Jungs entdeckt hatten, die sie heute Morgen im Wald trafen. Hier waren so viele verschiedene Fährten, dass der Polizeihund Schwierigkeiten bekam, die richtige wiederzufinden. Während er den Boden abschnüffelte, um sich neu zu orientieren, befragten die Beamten die anwesenden Wanderer.

Auch Tyler und seine Frau wurden kurz vernommen.

„Je, also, wir haben vor einigen Stunden tatsächlich zwei Jungen getroffen. Einer von denen war ziemlich schwer verletzt, aber meine Frau, sie ist Krankenschwester müssen sie wissen, Officer, hat ihn notdürftig versorgt. Ich wollte einen Arzt von hier rufen, aber als ich aus der Hütte herauskam, waren beide verschwunden. Auch meine Frau weiß nicht was passierte, weil sie gerade auf der Toilette war."

„Wie lange ist das in etwa her, Sir?", fragte der Polizist Tyler.

„Ein paar Minuten. Vielleicht 5 bis 10. Länger nicht."

„Und Sie haben wirklich keine Ahnung, in welche Richtung die beiden geflohen sind?"

„ Wie gesagt, ich rief gerade von der Wanderhütte aus den Arzt."

„Also gut, ich habe erst mal keine weiteren Fragen. Aber Sie haben uns schon weitergeholfen."

Im selben Moment bellte der Hund. Der hatte die Spur der Flüchtigen anscheinend wiedergefunden. Die Flucht neigte sich ihrem Ende zu, da war Chandler sich sicher. Die Gesuchten dürften nur minimalen Vorsprung haben.

Ted und Juan bemerkten, dass das Hundegebell kurz aufhörte und dann wieder einsetzte, dieses Mal aber weiter entfernt. Trotzdem fühlten sie sich nicht sicher. Das wäre ein verhängnisvoller Trugschluss gewesen. Vorrangiges Ziel war, einen Wasserlauf zu finden. Groß genug, um ihre Spuren zu verwischen, aber klein genug, um nicht noch einmal schwimmen zu müssen. Große Probleme stellte es nicht dar. Diese Berge waren von kleineren Bächen durchzogen, und so würden sie bald ein geeignetes Gewässer finden.

„Ich kann mir nicht vorstellen, einen Polizeihund nur dadurch zu verwirren, indem wir einfach durch ein bisschen Wasser gehen", äußerte Ted seine Befürchtung.

„Ich auch nicht, aber man kann es wenigstes versuchen. Ich meine, schaden kann es ja nicht."

„Aber wenn wir erkennen, dass es nichts bringt, sollten wir in Betracht ziehen, aufzugeben."

„Keinesfalls. Abgesehen davon bist du jetzt inkonsequent. Erst willst du unbedingt weiterfliehen, weil du befürchtest, selbst verdächtigt zu werden, und dann faselst du von Aufgeben. Was soll das."

„Ich meine nur, wir sollten nicht unser Leben unnötig opfern. Weißt du noch, was ich gesagt habe? Keine weiteren Opfer. Damit meine ich auch uns beide."

„Ich habe kaum eine andere Wahl als weiterzumachen. Bis ich meine Unschuld bewiesen habe oder sterbe. Es gibt nur diese beiden Alternativen."

„Für dich, aber für mich sieht es doch anders aus, denn ich meine… na ja, eigentlich bin ich immer noch Geisel."

„Du? Geisel? Mach dich nicht lächerlich. Den Status hast du verspielt."

„Aber… ich…"

„Hast du Angst? So benimmst du dich nämlich gerade."

„Ja, Juan, ich habe Angst. Du nicht?"

„Doch, natürlich. Nur dumme Menschen fürchten sich nicht. Aber man muss seine Angst auch kontrollieren und unterdrücken können, wenn sie zum Problem wird."

„Und im Moment wäre Angst ein Problem. Willst du mir das damit sagen?"

„So in etwa. Ja."

„In Ordnung. Ich versuch's, aber es fällt mir schwer."

„Mir auch. Ich bin nicht so cool, wie es vielleicht den Anschein hat."

Das Bellen ertönte wieder. Näher als jemals zuvor. Die beiden Jungs beschleunigten ihren Schritt und standen unvermittelt vor einem Höhleneingang. Ein kleines Rinnsal verließ hier die Unterwelt. Rechts und links erhoben sich Felsen. Wie konnten sie nur sehenden Auges in solch eine Falle laufen. Das Gespräch hatte sie zu sehr abgelenkt. Es blieb ihnen nur noch ein Fluchtweg: die Höhle, in der Hoffnung, dass diese unterirdische Welt noch einen zweiten Ausgang bot.

„Du willst doch nicht allen Ernstes in dieses dunkle Loch? Dann sind wir gefangen", sagte Ted.

„Es wäre mir auch lieber, wir hätten eine Alternative, aber es geht nicht anders. Zu beiden Seiten versperren uns Felsen den Weg und zurück ist ebenfalls nicht möglich."

„Aber da drin ist es dunkel. Wir können nichts sehen."

„Dafür haben wir doch eine Taschenlampe mitgenommen. Die könnte uns jetzt behilflich sein."

„Zugegeben, aber wir wissen nicht, wie es da drin weitergeht. Abgesehen davon ist es bestimmt gefährlich."

„Ich denke, wir haben in letzter Zeit doch schon mehr gefährliche Situationen durchgestanden."

„Bei der Finsternis ist es dennoch riskant."

„Sag mal, hast du etwa Angst vor der Dunkelheit?"

„Nein, natürlich nicht. Ich wollte nur zu bedenken geben, dass ich deine Idee mit dieser Höhle nicht gut finde."

„Du kannst ja hier auf die Bullen warten und dich festnehmen lassen."

„Ich bin kurz davor, genau das zu tun."

„Ich halte dich nicht auf. Ich gehe jetzt aber weiter. Es ist keine Zeit mehr zu verlieren. Dieser Mistköter kommt immer näher. Wenn du also nicht mitkommen willst, gib mir die Lampe " Ted kramte die Taschenlampe aus dem Rucksack und gab sie Juan. Der verschwand dann wortlos im Höhleneingang. Dort war es kalt. Wasser tropfte von der Decke. Außerdem hatte der Gang eine niedrige Decke. Juan musste sich bücken, um sich nicht an scharfen Felskanten den Kopf zu stoßen. Schon nach wenigen Metern hörte er hinter sich Ted. Der war ihm also doch gefolgt. Die Angst vor der Polizei war wohl zu groß gewesen. Seine Ex-Geisel schien weiter zu glauben, inzwischen zu tief in den Fall verstrickt zu sein, um ohne Schwierigkeiten herauszukommen. Damit könnte er durchaus richtig liegen. Denn je länger sie beide zusammenblieben, desto größer wurde die Gefahr, dass auch Ted sich strafbar machte.

„Juan, warte auf mich."

„Du kommst also doch mit."

„Hab ich eine andere Wahl?"

„Man hat immer eine Wahl. Die Frage ist nur, ob man die richtige oder die falsche trifft."

„Und was willst du mir damit sagen?"

„Garnichts. Nur dass ich froh bin, dass du bei mir bleibst. Im Moment ist es gut, wenigstens einen zu haben, der zu mir hält."

Ted lächelte. Die Aussage gefiel ihm und kettete ihn emotional noch fester an Juan.

Die Höhle wurde immer niedriger. Inzwischen robbten die beiden nur noch vorwärts. Das kleine Bächlein, welches sie auf ihrem Weg begleitete, wurde langsam zum Problem. Stand am Eingang nur wenig Wasser, reichte es ihnen jetzt schon bis über die Knöchel. Hoffentlich wurde es nicht noch tiefer. Denn wenn man auf dem Bauch kriechen musste, wurde es schnell unangenehm. Beide waren schon völlig durchnässt. Im Lichtkegel der Taschenlampe war wenig zu erkennen. Von der Decke hingen nur kleine Tropfsteine. Ganz anders als in den Riesenhöhlen des Oregon Caves National Monument im Südwesten des Bundesstaates.

Das Gebell des Hundes, der sie verfolgen sollte, hörten sie kaum noch. Das lag nicht daran, dass ihr Vorsprung immer größer wurde, denn dies tat er sicher nicht. Doch das von den Höhlenwänden widerhallende Plätschern des Wassers verschluckte alle anderen Geräusche. Selbst ein Gespräch wurde zunehmend schwieriger. Im Moment gab es ohnehin wenig zu sagen. Sie mussten nur weiter, auch auf die Gefahr hin, hier gefangen zu sein. Juan hegte immer noch die Hoffnung auf einen zweiten Ausgang. Er fühlte oder bildete sich ein, einen Luftzug zu spüren. Ganz leicht, aber immerhin. Beide krochen weiter. Die Polizisten müssten jetzt schon den Eingang der Höhle erreicht haben. Wenn diese den Hund nun losschickten, wäre die Flucht in wenigen Minuten beendet. Für einen Augenblick wünschte es sich Juan fast. Aber nur fast und auch nur für einen winzigen Augenblick. Dann übermannte ihn die Furcht vor einer Verhaftung wieder und trieb ihn voran. Tiefer und tiefer in den Berg.

Plötzlich weitete sich die Höhle zu einem gewaltigen Dom. Hier schien die Quelle des Baches zu liegen und hier hingen von oben viele Stalaktiten herunter. Märchenhafte Sintervorhänge schmiegten sich wie Seide an die Wände. Die Farben in diesem unterirdischen Wunderreich reichten von unfassbar vielen verschiedenen Brauntönen bis zu schneeweiß. Teilweise waren Tropfsteine so hell und durchsichtig, dass man glauben könnte sie wären aus Eis. Doch dafür war es zu warm. Mehr als 9°C herrschten hier nicht, aber die Temperatur sank auch nie unter null.

Endlich konnten sie sich aufrichten. Das ‚Auf-dem-Bauch-kriechen' war für Juan sehr schmerzhaft gewesen. Nun konnte er sich Linderung verschaffen. Auch Ted war dankbar für die Atempause. Leider dauerte sie nur kurz. Viel zu kurz, um wieder zu Atem zu kommen.

Auch wenn der Polizeihund ihnen nicht nachgejagt war, die Polizisten hatten es getan und erreichten gerade den Höhlendom.

„Hab ich euch", sagte Chandler und richtete den Lauf seiner Pistole auf die beiden Jungen. Damit hatte der Cop wohl Recht. Er hielt alle Trümpfe in der Hand. Ted wollte schon kapitulierend die Arme heben, als Juan ihn packte, um hinter einem Stalagmiten in Deckung zu gehen.

Chandler feuerte. Der Knall des Schusses war furchtbar laut und wurde von den Felswänden dutzendfach zurückgeworfen. Er klingelte förmlich in den Ohren. Die Kugel schlug in einen

Tropfstein ein und hinterließ eine hässliche Wunde in dem von Menschen bisher ungestörten Höhlensystem.

„Hey, ihr beiden. Was soll das? Ergebt euch, bevor jemand verletzt wird. Noch können wir alles friedlich regeln."

Oh ja, friedlich regeln. Deshalb ballerte der Bulle auch gleich rum, dachte Juan. Es gab, wenn überhaupt, nur eine Möglichkeit, das hier zu überstehen. Doch dazu musste die Zeit gewissermaßen zurückgedreht werden. Ted musste wieder zur Geisel werden.

„Werfen Sie die Waffe weg", rief Juan hinter seiner Deckung hervor.

„Wieso sollte ich das tun, mein Junge? Ich denke, du bist nicht in der Position, Forderungen zu stellen."

„Ich habe hier ein Geisel, die gerne am Leben bleiben würde."

Ted war verwirrt. Was redete Juan eigentlich da? Sie hatten doch keine Waffe und... Er spürte die Klinge des Springmessers an seinem Hals.

„Was soll das?", flüsterte Ted.

„Das gehört zu meinem Plan."

„Welcher Plan soll das denn sein? Mich umbringen?"

„Zuerst mal damit drohen, dich umzubringen."

„Ich dachte, wir sind Freunde."

„Freunde? Also bitte. Ich kenne dich erst seit vorgestern."

„Aber du hast eben noch gesagt, du wärst froh, dass es mich gibt. Ich wäre der Einzige, der zu dir hält."

„Das stimmt, und meine Einstellung hat sich nicht geändert. Wenn du jetzt schön mitspielst, könnten wir beide gut aus der Sache rauskommen."

„Und wenn ich mich weigere?"

„Bitte, tu das nicht. Zwing mich nicht, Ernst zu machen."

Die Klinge drückte sich fester an seinen Hals. Ted zitterte. Sein Vertrauen war schwer erschüttert. Würde Juan ihm tatsächlich die Kehle durchschneiden, wenn kein Ausweg mehr vorhanden war? Eigentlich glaubte er es nicht, doch nun nagte mehr als nur ein leiser Zweifel an ihm.

Auch der Polizist Chandler überlegte. War der eine Junge vielleicht gar nicht freiwillig hier? Hatte er es mit Geiselnehmer und Geisel zu tun? Bisher war er davon ausgegangen, die beiden wären gleichermaßen Verbrecher.

Also, schwebte hier wirklich jemand in Gefahr oder war das Ganze ein Bluff?

„Wenn du wirklich eine Geisel hast und sie bedrohst, machst du alles nur noch schlimmer."

„Sie glauben mir nicht?"

„Doch, ich glaube dir. Aber noch ist es nicht zu spät. Wenn du dich ergibst, können wir bestimmt über die Sache sprechen. Ich weiß, was gestern Abend passiert ist. Du hast das Mädchen nicht erschossen und der Polizist lebt noch."

Dieser Cop hatte wohl keine Ahnung von der Sache in Seattle.

„Wenn das so ist, warum verfolgen Sie mich dann?"

„Also, erstens ist es strafbar, überhaupt auf einen Beamten zu schießen, auch wenn er gar nicht verletzt wird, und zweitens, warum bist du überhaupt geflüchtet?"

„Sie scheinen nicht gut informiert zu sein."

„Dann klär mich auf. Reden wir offen miteinander."

„Wieso sollte ich daran Interesse haben?"

„Weil es deine einzige Chance ist, hier noch halbwegs gesund rauszukommen, mein Junge. Vor dem Eingang warten zwei Kollegen und mein Hund. Du siehst, es ist aussichtslos!"

Chandler versuchte mit dem Gespräch Zeit zu gewinnen, um sich darüber klar zu werden, mit wem er es zu tun hatte. Was war das für ein Mensch? Wäre der zu einem Mord fähig? War die Drohung mit der Geisel ernst gemeint?

Corin hätte die letzten beiden Fragen mit „Ja" beantwortet. Doch der befand sich gerade erst auf dem Weg nach Oregon.

Auch Juan war inzwischen klar geworden, dass nur auf Zeit gespielt wurde. Sein Blick schweifte durch das Höhlengewölbe. Er entdeckte mehrere kleine Gänge, die noch tiefer in den Berg hineinführten. Alle waren leicht abschüssig. Nicht gerade vertrauenserweckend. Inzwischen schwand die Hoffnung, einen anderen Ausgang zu finden. Vielleicht gab es so etwas auch gar nicht. Und selbst wenn, dieser Polizist würde sie nicht so einfach entkommen lassen.

„Hey, Bulle", rief Juan schließlich, " legst du jetzt endlich deine Waffe auf den Boden, bevor Blut fließt."

„Das werde ich nicht tun. Du erzählst mir dauernd was von einer Geisel, aber sehen kann ich nichts."

„Du erwartest, dass ich meine Deckung verlasse?"

„Das wäre doch schon mal ein Anfang. Es ist leichter, ein Gespräch zu führen, wenn man sich sieht. Meinst du nicht auch?"

„Möglich, aber ich vertraue Ihnen nicht!" "Du vertraust mir nicht? Nun, da wären wir schon zwei. Ich vertraue dir nämlich auch nicht. Das kannst du mir kaum verübeln."

„Wenn ich mich zeige, müssen Sie mir versprechen, nicht zu schießen, sonst stirbt auch die Geisel."

„Das kann ich nicht. Wie gesagt, ich vertraue dir nicht."

„Ich will nicht Ihr Vertrauen. Ich will nur Ihr Wort."

„Ich werde die Geisel nicht gefährden. Reicht dir das?"

Juan kam hinter dem Tropfstein hervor. Er hielt Ted wie ein Schutzschild vor sich und drückte ihm das Messer noch einmal fester an die Kehle. Ted tat es schon weh.

„So Bulle, bist du jetzt zufrieden?"

„Wenn du die Geisel los lässt, dann ja."

„Wieso sollte ich so etwas tun?"

„Weil das Spiel aus ist, mein Junge. Hier ist Endstation. Ich werde dich aus dieser Höhle herausbringen. Tot oder lebendig. Es ist ganz allein deine Entscheidung."

„Dann müssen Sie uns beide erschießen. Zuerst die unschuldige Geisel, um an mich dranzukommen und dann mich. Sind Sie dazu in der Lage? Ich glaube kaum."

„Du unterschätzt meine Entschlossenheit." Chandler spannte den Hahn seiner Dienstwaffe. In diesem Moment wusste Juan, dass Chandler feuern würde. Egal, ob Ted nun sterben würde oder nicht. Es war dem Polizisten egal. Die beiden Jungs gingen wieder in letzter Sekunde in Deckung. Ein zweites Gespräch würde es nicht geben. Es ging jetzt um Leben und Tod.

„Wir müssen hier raus. Da hinten gibt es noch ein paar Gänge, " sagte Juan.

„Aber das ist Wahnsinn. Bitte, mach doch dem Ganzen ein Ende."

„Ein Ende? Willst du etwa sterben, Ted? Dieser Schmalspurrambo knallt uns beide ab. Das hast du doch gesehen."

Eine weitere Kugel pfiff an ihren Köpfen vorbei und durchschlug einen der filigranen Sintervorhänge. Juan und Ted rannten weiter in die Höhle hinein.

„Bleibt gefälligst stehen, ihr Lümmel. Eure Show mit der Geisel war ja ganz witzig, aber jetzt ist Schluss mit lustig", brüllte der Beamte hinter ihnen her.

Gerade erreichten die beiden die Rückwand des Gewölbes als zwei weitere Schüsse durch den Raum wiederhallten. Eines der Projektile traf Juans rechte Hand. Es war nur ein Streifschuss, tat aber dennoch höllisch weh. Das Messer entglitt ihm.

„Verflixt, hier gibt es mindestens vier Gänge. Welchen willst du nehmen?", fragte Ted verzweifelt.

„Scheißegal, irgendeinen."

Er schob Ted in den linken Gang und trieb ihn zur Eile an. Vielleicht hätten beide wenigstens einen Blick in die Richtung, in die sie fliehen wollten, werfen sollen. Denn trotz Taschenlampe übersahen sie einen kleinen Abhang, der sie noch eine Etage tiefer stürzen ließ. Ein weiterer schmerzhafter Aufschlag, der glücklicherweise keine neuen Verletzungen nach sich zog. Sie rappelten sich wieder auf und krochen weiter. Nur weg von diesem sinnlos herumballernden Cop.

Chandler verfolgte sie nicht. Er hielt es für unnötig. Die beiden waren ohnehin verloren. Entweder sie ergaben sich demnächst, für diesen Fall würde er noch einige Zeit warten, oder die beiden starben in der Höhle. Dann würde die Polizei eben ihre Leichen bergen.

Die erbeutete Taschenlampe begann zu flackern. Anscheinend hatte sie den Sturz nicht ganz unbeschadet überstanden. Hoffentlich standen Juan und Ted nicht gleich in völliger Dunkelheit da.

In diesem Teil des unterirdischen Labyrinths konnten sie nur gebückt gehen. Nicht gerade angenehm, aber immer noch tausendmal besser, als auf dem Bauch zu kriechen. Auch waren die Tropfsteine wieder kleiner.

„Juan, meinst du, wir kommen hier jemals wieder lebend heraus?"

„Ich weiß es nicht. Vielleicht hatte der Polizist Recht. Hier ist Endstation."

„Das klingt nicht sehr zuversichtlich."

„Richtig, das bin ich auch nicht. Aber es ist die Wahrheit."

„Die will ich aber nicht hören. Ich will nur beruhigt werden. Also lüg mich an."

„Bitte, wenn du willst. Wir kommen hier natürlich wieder raus. Ich kann schon die Freiheit riechen. Fühlst du dich jetzt besser?"

„Nein, tu ich nicht, es ist nur...." Ted begann zu schluchzen. „Ich will noch nicht sterben."

„Hey, komm, beruhig dich. Wir werden kämpfen. Irgendwie schaffen wir das gemeinsam."

„Eben, in der Höhlenhalle, hättest du mich da wirklich verletzt?"

„Nein, wohl nicht."

„Das wohl nicht hättest du dir sparen können."

„Also gut. Ich hätte dich nicht verletzt. Besser?"

„Besser."

Der Strahl der Taschenlampe glitt über eine schöne Kalkformation an der Wand, blitzte noch einmal hell auf und erlosch für immer. Es wurde stockfinster. Nur ihre Atemzüge waren in dieser absoluten Stille und der absoluten Dunkelheit zu hören.

„Wir sind verloren", flüsterte Ted. Juan war der gleichen Meinung. Eiskaltes Grauen machte sich breit.

Diese tiefschwarze ewige Nacht, die sich um sie ausbreitete, war fast schlimmer als jedes Feuergefecht, wenn auch nicht so unmittelbar lebensbedrohlich. Doch letztendlich konnte die Höhle genauso tödlich werden. Vor ihnen lag das Unbekannte. Ein endloses tiefschwarzes Labyrinth. Ohne Licht würde man sich darin rettungslos verlaufen. Vielleicht nie mehr herausfinden, auch wenn zu Recht bezweifelt werden durfte, ob diese unterirdische Welt tatsächlich so ausgedehnt war. Für einen kleinen Augenblick schwand die Finsternis für Juan. Für den Bruchteil einer Sekunde kamen Bilder in seinen Geist, begleitet von einem leichten Schwindelanfall. Bilder von Seattle. Bilder von dem Ort, an dem dieser Wahnsinn begann. Wahrscheinlich eine Auswirkung der immer größer werdenden mentalen und körperlichen Erschöpfung. Und doch beunruhigte ihn diese Vision. Waren es tastsächlich nur Bilder aus Erschöpfung geboren oder mehr? Vielleicht Erinnerungen an Ereignisse, die diesen kranken Wahnsinn etwas verständlicher machten. Juan wünschte sich sehnlichst irgendeine logische Erklärung für dies alles zu haben. Denn wo lag der Sinn in einer planlosen, irrsinnigen Flucht, deren Grund ihm selbst nicht einleuchtete. Und Töten durch Gedankenkraft gab es auch nicht. Das musste doch Einbildung gewesen sein. Doch alle Wünsche nützten nichts. Denn die Realität änderte sich nicht, so absurd sie auch sein mochte.

Hinter den beiden warteten die Polizisten. Auch das war keine angenehme Alternative. So wie Chandler eben hirnlos rumgeballert hatte, konnte von ihm und seinen Kollegen kaum Gnade erwartet werden.

„Sollen wir wieder zurück?", fragte Ted.

„Ich denke nach. Eigentlich scheint mir das der letzte Ausweg zu sein, auch wenn es ohne funktionierende Taschenlampe nicht einfach ist wieder zum Ausgang zu kommen Aber noch weigere ich mich, ihn anzunehmen. Es wäre ein erbärmliches Ende meiner Flucht."

„Inzwischen ist es eher unsere Flucht."

„Das ist wahr."

„Sei doch mal ehrlich. Du sagst, es wäre ein erbärmliches Ende. Was stellst du dir eigentlich vor? Ein actiongeladenes Finale wie in Hollywood? Das wird bestimmt nicht passieren. Und selbst wenn, kann das nicht gut ausgehen."

„Auch da stimme ich dir zu. Nachdem was wir in den letzten Tagen erlebt haben, fühle ich mich wie in einem immerwährenden Traumzustand. Eine Art Alptraum, aus dem ich nicht erwachen kann."

„Das hast du ja schön poetisch ausgedrückt aber ich verstehe, was du meinst. Du kannst einfach nicht glauben, dass dieser Irrsinn tatsächlich passiert."

„Du hast es erfasst. Das Ganze ist totaler Irrsinn." Juan erinnerte sich wieder an den Anfang der Flucht. An genau den Moment, in dem er Ted als Geisel genommen hatte. Und wieder stellte sich die Frage, warum eigentlich. Eine Geisel zu nehmen und zu fliehen kam doch einem Schuldeingeständnis gleich. Welchen Grund konnte es geben, so überzogen zu reagieren? Warum war er damals felsenfest überzeugt gewesen, nur so überleben zu können? Eine Kurzschlussreaktion entsprach normalerweise nicht seinem Naturell.

Da war dieser Gedanke, dieser unheimliche Zwang gewesen, genau so zu handeln, wie er es letztendlich getan hatte.

Eine furchtbare Müdigkeit überkam die Jungen und ohne es zu merken, sanken beide in einen traumlosen Schlaf.

Währenddessen wartete Chandler immer noch am Eingang zur Höhle auf seine Chance. Irgendwann mussten die beiden doch wieder herauskommen. Ursprünglich hatte er niemals vorgehabt, wieder diese Höhle zu betreten, aber langsam riss ihm der Geduldsfaden. Man konnte ja schlecht bis zur Nacht hier einfach rumstehen. Nach etwa einer Stunde wurde ihm die Sache zu dumm. Dann würde er eben diese Bengel persönlich da rausholen müssen. Und diesmal nahm er seinen Hund mit. Der war anfänglich nicht gerade begeistert, in die engen dunklen Gänge vorzudringen, ließ sich dann aber doch dazu überreden, seinem Herrchen zu folgen. Auch einer von Chandlers Kollegen ging mit. Der andere hatte sich abgesetzt, um die Zentrale von den Ereignissen in Kenntnis zu setzen.

Die Höhle erschien den beiden Polizisten noch dunkler und enger als vorher. Als beide die große Halle erreichten, wurde der Hund unruhig. Dieser versuchte verzweifelt eine Spur zu finden, aber das viele Wasser erschwerte das Erschnüffeln. Schließlich entdeckte das Tier die richtige Höhlenabzweigung. Anders als Ted und Juan bemerkten die Cops den kleinen Abhang und ließen sich hinunter. Der Hund sprang mit Leichtigkeit hinterher und jagte bellend auf die beiden Jungen zu.

Juan wachte als erster auf. Wenige Sekunden später auch Ted. Im ersten Moment wussten sie weder wo sie sich befanden noch was vor sich ging. Erst als die letzten Schleier des Schlafes von ihnen abgefallen waren, wurde beiden wieder bewusst, in welch hoffnungsloser Lage sie sich befanden. Das Bellen des Hundes kam schnell näher, und hinter der letzten Biegung tanzten schon zwei Lichtkegel von starken Taschenlampen über die kalküberzogenen Wände.

Das war gar nicht gut.

„Sieht so aus, als wäre unsere Flucht hier zu Ende", gab Ted seine durchaus logische Einschätzung der Lage ab.

„Ja, sieht wohl so aus, aber noch ergebe ich mich nicht."

„Das hab ich in letzter Zeit schon viel zu oft von dir gehört."

„Und? Immerhin schafften wir es bis hierhin."

„War es das wert? War das Lynns Tod wert?"

„Lass das Mädchen aus dem Spiel. Nicht ich war es, der es erschossen hat."

„Nein, aber du kannst dich nicht von jeder Schuld freimachen."

„Schon möglich, doch jetzt müssen wir weiter."

„Was? wohin denn?"

„Na weiter rein in diese verdammte Höhle. Jede Minute Freiheit ist kostbar. Ich fürchte, es könnten meine letzten für eine sehr lange Zeit sein."

„Hoffentlich knallen uns die Bullen nicht gleich ab."

„Gerade deshalb sollten wir von hier weg. Solange sie uns nicht sehen, können sie auch nicht feuern."

Gerade als beide weiterlaufen wollten, schoss der Hund heran und schnappte nach Juan. Die Zähne erfassten aber nur das Hosenbein, ohne sich ins Fleisch zu bohren. Trotzdem war er gefangen. Dieser verflixte Köter ließ einfach nicht mehr los. Wäre nur eine Waffe greifbar. Er hatte zwar ein kleines Messer, aber damit einen ausgebildeten Polizeihund abzuwehren, war aussichtslos. Ein beherzter Tritt gegen den Kopf des Tieres schien die einzige Möglichkeit zu sein.

Der Hund winselte, als Juans Schuh ihn direkt auf die empfindliche Nase traf. Schnaubend vor Wut und Schmerz zog er sich zurück. Wieder wurden den Jungs ein paar weitere Augenblicke geschenkt.

„Bleiben sie sofort stehen. Sie sind alle beide verhaftet", hallte Chandlers Stimme durch die Höhle.

Ein kalter Luftzug streifte Juans Gesicht und ließ ihn nach oben schauen. Was dort zu sehen war, konnte er kaum glauben. Man konnte Tageslicht erkennen, welches durch ein kleines Loch schimmerte. Nicht groß, aber groß genug für einen Menschen. Das könnte ihre Rettung bedeuten. Es gab nur ein Problem: dieser Ausgang war nicht einfach zu erreichen. Eine kleine, nicht ungefährliche Kletterpartie musste noch gemeistert werden. Kein leichtes Unterfangen mit zwei wütenden Polizisten im Nacken.

„Komm, Ted. Wir müssen da rauf. Es ist unsere einzige Chance."

„Aber das schaff ich nicht. Da stürz ich ab."

„Jetzt hör aber auf. Du kannst da hoch steigen. Sei kein Laschi."

„Aber… :"

„Kein aber, los, bevor es zu spät ist."

Teilweise war das Gestein spiegelglatt und von Sinter überzogen. Man fand kaum Halt und rutsche immer wieder ab. Dann folgten schroffe Felspassagen, die ihr Vorkommen erleichterten aber an den Handflächen wehtaten. Doch langsam kamen sie dem Licht und damit dem Ausgang näher.

„Autsch", sagte Juan, „Ted, du stehst auf meiner Hand."

„Entschuldigung, ich hab dir ja gesagt, dass ich schlecht im Klettern bin."

„Schon gut, aber red nicht zu viel und…."

Die letzten Worte wurden durch den Knall eines Schusses übertönt. Die Kugel schlug zwar in sicherer Entfernung in das Gestein ein, aber die Bullen waren ihnen dicht auf den Fersen.

Noch einmal feuerte einer ihrer Verfolger und jedes Mal kamen die Einschläge näher.

„Ich sag's nur noch einmal. Stehen bleiben", schrie Chandler und machte sich ebenfalls daran, die Wände hochzusteigen. Doch seine Kletterkünste waren noch schlechter als die von Ted, und so gewannen die beiden Jungen einen immer größer werdenden Vorsprung und erreichten den rettenden Ausgang um einiges früher. Sie waren aber noch nicht in Sicherheit. Auch wenn es Juan widerstrebte, er musste den Polizisten, der sie verfolgte, aufhalten. So lange, bis sie weit genug entfernt waren.

Der Ausgang, durch den sie die Höhle verlassen hatten, lag in einem recht unzugänglichen Gebiet. Wenig Bäume, dafür viel Gestein und Geröll. Und genau dieses Geröll warf Juan nun in das Loch. In der Tiefe hörte man Chandler fluchen und dann traf ihn ein Stein am Kopf. Er verlor den Halt und stürzte wieder hinunter. Glücklicherweise zog das keine Verletzungen nach sich.

„Ich krieg euch. Habt ihr gehört. Ich krieg euch noch, „rief er den Jungen nach.

Doch das hörten die beiden schon nicht mehr.

Juan und Ted kämpften sich weiter durch den Wald. Immer nach Norden. Die frische Sommerluft tat ihnen gut, mobilisierte die letzten Kraftreserven.

Die Bäume wurden wieder zahlreicher, aber sie kamen besser voran als befürchtet. Es gab zwar keinen Wanderweg, aber das Unterholz war licht und so konnte man auf einem weichen, nadelbedeckten Waldboden gehen. Die einfallenden Sonnenstrahlen verzauberten diesen Teil des Waldes in eine Märchenlandschaft. Ein wunderschöner Anblick, der beiden ein Gefühl trügerischer Sicherheit gab. Denn sie wussten, der Alternativausgang, durch den beide die Höhle verlassen hatten, konnte nicht allzu weit vom Haupteingang entfernt liegen. Also lauerten irgendwo auch Polizisten. Auch wenn keine unmittelbare Gefahr drohte, eine Atempause konnte man sich nicht leisten.

Vor allem Juan hätte eine solche dringend gebraucht. Die Höhlentour war nicht gerade die beste Medizin gewesen. Seine Verbände waren durchgeweicht und die Wunden schmerzten.

Dieser Tag hatte nicht besonders gut angefangen, war noch schlechter weitergegangen und beide befürchteten, dass er auch nicht gut enden würde. Noch konnte niemand sagen, welche Katastrophe die Jungs ereilen sollte.

Während Juan sich mit seinem Freund, seiner Geisel oder was sonst Ted auch immer war, durch den Wald kämpfte, bemerkte er das erste Mal, dass er auf die Toilette musste. Seit dem Nachmittag in Seattle war dies nicht mehr der Fall gewesen. Wahrscheinlich verlangsamte der hohe Adrenalinspiegel in seinem Blut den Stoffwechsel. So was Ähnliches wurde mal irgendwann im Biologieunterricht erzählt.

Es war unnötig, sich einen versteckten Ort zu suchen, an dem man sich erleichtern konnte. Sie waren ja mitten im Wald. Weit und breit kein Mensch zu sehen.

Aber in weiter Ferne glaubte man ein Bellen zu hören. Sehr weit weg und vielleicht handelte es sich auch nur um eine Einbildung. Nach der Flucht durch die Höhle waren alle Sinne so angespannt, dass das Gehirn einem leicht einen Streich spielen konnte. Doch selbst wenn dort ein Hund war, und es sich dabei tatsächlich um den gleichen handelte, der sie in der Höhle angegriffen hatte, ja selbst dann drohte keine direkte Gefahr. Die Polizei verfolgte sie zwar noch immer, doch wenigstens für ein paar Momente waren sie allein in diesem endlos erscheinenden Wald. Der imposante Wolf Rock ragte nur wenige hundert Meter neben ihnen in den blauen Himmel. Hier trafen sie wieder auf Wanderwege. Glücklicherweise gab es keine Touristen, die sich dieses Naturwunder gerade ansahen.

„Mann", sagte Ted, „ich hätte früher mal nach Oregon fahren sollen. Es gibt einige wirklich schöne Stellen."

„Sag bloß, du wärst in einem Urlaub durch den Wald gelatscht, nur um so einen blöden Felsen zu sehen."

„Wieso nicht?"

„Wandern ist was für Rentner und solche frustrierten Ehepaare wie Tyler und Christine."

„Ich hatte den Eindruck, ihr Ausflug in die Natur machte ihnen Spaß."

„Man kann ja ruhig in die Natur fahren und dort meinetwegen auch Urlaub machen, aber dann ziellos durch den Wald tappen, find ich blödsinnig."

„Du hältst nicht viel vom Wandern, wie?"

„Eines sag ich dir. Ich bin in den letzten Stunden genug gewandert. Das reicht mir für mein ganzes Leben."

„Dein ganzes Leben? Hoffen wir, dass es noch lange dauert."

„Bitte Ted, fang nicht wieder von dem leidigen Thema an."

„Welches Thema meinst du?"

„Stell dich nicht dumm. Ich weiß, dass mein Tod bei dieser Flucht vielleicht eine Zwangsläufigkeit ist, aber ich will mir darüber nicht den Kopf zerbrechen und auch nicht darüber sprechen. In Ordnung?"

„In Ordnung. Was ich eben da über dein Leben gesagt habe, hab ich nicht so ernst gemeint. Es tut mir leid."

„Du hast ja Recht. Ich leide unter Todesangst."

„Willst du jetzt doch mit mir darüber reden, Juan?"

„Nein, aber ich finde du solltest das wissen. Ich... ich hab Angst vor der Gegenwart, vor der Zukunft, Angst vor dem Leben und vor dem Tod. Ich weiß nicht mehr weiter. Wir können nur noch reagieren, aber nicht selbstständig agieren. Zumindest wüsste ich nicht, wie."

„Denkst du ans Aufgeben?"

„Wenn es so ruhig ist wie jetzt, ist mir das schon in den Sinn gekommen, aber ich hab nicht die letzten drei Tage durchgestanden, um mich einfach zu stellen."

„Aber du sagst doch selbst, du weißt nicht mehr weiter."

„Ja. Ich warte einfach auf die nächste Situation."

„So kannst du aber nicht ewig weitermachen. Und das weißt du."

„Eben. Ich meine, nur mal angenommen, wir entkommen der Polizei. Du kehrst nach Hause zurück, weil ich dich frei gelassen hab und mich finden die Bullen nicht. Kannst du mir vielleicht sagen, wie ich dann leben soll? Wie ich Geld verdienen soll ohne Papiere? Außer dem, was ich am Körper trage, hab ich doch dann nichts. Verstehst du? Egal wie diese Flucht auch endet, meine Lage ist aussichtslos. Ich sehe einfach keine Perspektive."

„Ich verstehe, aber ich kann dir nicht helfen. Nicht, bevor du mir endlich erzählst, was in Seattle passiert ist. Gut, du sagst, Jeff hätte die beiden Leute ermordet. Angenommen das stimmt. Aber dann entführst du mich und ziehst diesen Wahnsinn hier ab."

„Ja, so ist es. Und was genau willst du jetzt wissen?"
"Da ist doch noch mehr. Irgendetwas stimmt nicht mit deiner Geschichte. Warum das alles?"

„Ich kann dir sonst nichts sagen. Du hältst mich sonst für verrückt!"

„Mach dir da mal keine Sorgen. Ich halte dich nämlich jetzt schon für nicht ganz zurechnungsfähig. Also, fang an."

„Na gut, zuerst versprich mir, genau zuzuhören. Einfach nur zuhören."

„Ich bin ganz Ohr."

„Es geht hauptsächlich darum, wie Jeff die zwei Leute umgebracht hat. Ich weiß nicht, wie genau er es bewerkstelligt hat, aber er hatte übermenschliche Fähigkeiten. Zumindest sah es so für mich aus. Und damit er das nicht auch mit mir macht, musste ich schleunigst von dem Tatort fliehen. Ich glaube, er kann mit Gedanken töten. Das war jetzt die Kurzversion. Reicht dir das jetzt?"

Ted schwieg einen Augenblick. Dann sagte er leise: „Du glaubst das wirklich. Nicht wahr?"

„Ich hab es selbst gesehen."

„Ich glaube dir, dass du vielleicht etwas Ungewöhnliches gesehen hast, aber deine Schlussfolgerung ist doch etwas abwegig. Das musst du zugeben."

„Ich hab doch gesagt, du glaubst mir nicht."

„Nein, ich glaube dir. Also ich glaube, dass du davon überzeugt bist, dieser Jeff könnte mit Gedanken töten."

„Ist schon klar. Und vielleicht hast du Recht. Vielleicht verliere ich wirklich den Verstand."

„Du bist kein Psychopath, Juan. Aber lass uns doch mal realistisch nachdenken."

„Bist du jetzt mein Therapeut?"

„Nein, aber ich denke, ich verstehe langsam, was hier abläuft. Du hast etwas gesehen, das allem zuwiderläuft, an was du glaubst. Und... ."

„Und darüber ist mein Geist zerbrochen. Willst du das damit sagen?"

„Na ja, nicht direkt, aber diese Erfahrung hat dich zumindest dazu gebracht, etwas unlogisch und vor allem überzogen, zu reagieren. Können wir uns darauf einigen?"

„Danke für deine Diagnose, Dr. Foster. Aber wenn du von Anfang an dabei gewesen wärst, würdest du jetzt nicht so reden."

Teds Antwort bestand nur aus einem sorgenvollen Blick. In seinen Augen lag zudem so etwas wie Angst. Eine Art Unsicherheit, wie weit Juan noch berechenbar war.

Irgendwie musste ihre Aufmerksamkeit während des Gesprächs gesunken sein, denn plötzlich war das Bellen des Polizeihundes wieder überdeutlich zu hören. Die Cops waren ihnen weiterhin dicht auf den Fersen. Die atemlose Jagd ging weiter, kaum dass man wieder Luft schnappen konnte. Eine andere Höhle war nicht in Sicht, aber Juan verspürte auch kein Verlangen, ein weiteres Abenteuer unter der Erde zu erleben. Hier am Wolf Rock zeigte sich der Wald sehr licht. Einerseits erleichterte dies ihr Fortkommen, andererseits spielte die Landschaft auch ihren Verfolgern in die Karten. Es gab kein natürliches Versteck in der Nähe. Bald müssten Ted und Juan mit den Polizisten Sichtkontakt haben. Spätestens dann würde ihre Flucht enden. Und zwar mit einer Festnahme. Im schlechtesten Fall sogar mit dem Tod.

Das Knacken und Rascheln näherte sich unerbittlich, wie schnell die beiden Jungs auch liefen. Ein Entkommen wurde zusehends unwahrscheinlicher.

Teds Gedanken rasten. Bisher hatte er die Absicht gehabt, diesen Hispanic bei der Flucht zu unterstützen, um dessen Unschuld zu beweisen, aber nach dem Märchen von eben wusste er nicht mehr, was er tun sollte. Das alles nährte den Zweifel an Juans Unschuld.

Plötzlich fiel ihr Blick auf eine kleine Blockhütte. Eine kleine staubige Piste führte zu diesem kleinen Domizil eines Aussteigers. Ein alter verrosteter Geländewagen stand daneben. Vielleicht bot sich hier die Möglichkeit einer Rettung. Mal sehen, ob jemand zu Hause war.

„Hey ihr beiden, ich weiß, dass ihr in der Nähe seid. Das ist die letzte Möglichkeit, sich zu ergeben!" Das war Chandlers Stimme. Erschreckend nah. Eile war angebracht.

Juan klopfte an der Tür und zog gleichzeitig sein Springmesser. Nur Sekunden später öffnete ihnen ein älterer Farbiger. Ohne zu zögern verschafften sich beide Eintritt, indem Juan den Schwarzen mit dem Messer bedrohte. Dieser war von der ganzen Aktion so überrascht, dass er keinerlei Widerstand leistete.

„Ich hab kein Geld, aber sie können haben was sie wollen."

„Zuerst will ich, dass Sie gut zuhören", begann Juan. „Ich rechne damit, dass gleich irgendwelche Cops an deiner Tür klingeln. Wenn die nach mir fragen, sagst du, du hättest nichts gesehen. Klar, Schoko?"

Der Schwarze nickte nervös und versuchte selbst zu verstehen, was gerade eigentlich passierte. Da war er extra aus der Stadt in den Wald gezogen, um seine Ruhe zu haben, und dann kamen da zwei Jungs und bedrohten ihn mit dem Tod. War man denn nirgends vor solchen jungen Verbrechern sicher.

Schon klopfte es wieder an der Tür. Die Polizei war da.

„Denk dran, Nigger. Keine Fisimatenten, sonst schlitz ich dich auf wie ein Schwein. Mehr bist du nämlich nicht wert."

„Wenn du das machst, bist du auch tot. Die Polizisten werden dich erschießen", gab der Schwarze zu bedenken.

„Möglich, sogar sehr wahrscheinlich, aber es wäre doch unnötig dein und mein Leben zu opfern, wenn es die Möglichkeit gibt, dass wir alle unverletzt die Sache überstehen."

„Öffnen Sie sofort die Tür, Polizei!!" dröhnte es von draußen.

„Dein Auftritt, Nigger. Denk an meine Worte."

Der Schwarze öffnete die Tür. Juan und Ted versteckten sich in einer dunklen Ecke, die von der Tür nicht direkt einsehbar war, aber doch nahe genug, um sofort zu reagieren, sollte der Farbige versuchen, sie zu verraten.

„Guten Tag, Sir", sagte Chandler „entschuldigen Sie die Störung, aber wir sind auf der Suche nach zwei flüchtigen Straftätern. Sie sind gefährlich und bewaffnet. Es wird vermutet, dass sie sich in diesem Gebiet aufhalten. Ist ihnen was Verdächtiges aufgefallen?"

„Nein, Officer, aber es kommen manchmal Wanderer hier vorbei, die sich den Wolf Rock ansehen wollen, den Felsen vorne an der Straße."

„Ja, den haben wir gesehen. Waren gerade solche Wanderer hier?"

„Nein, heute hab ich bisher noch niemanden gesehen. Wenn jemand hier gewesen wäre, entgeht mir so was eigentlich nicht."

„In Ordnung, aber wenn sie zwei Jungen so im Alter zwischen 18-20 Jahren hier in der Gegend sehen, rufen sie uns bitte sofort an, hier ist meine Karte", beendete Chandler seine Fragerei. Er vermutete die Gesuchten ohnehin etwas weiter im Westen und sein Hund schien eine Spur aufgenommen zu haben. Diese führte aber recht bald zu einem verletzten Reh.

„Du bist mir vielleicht ein toller Polizeihund", tadelte Chandler sein Tier. „Eigentlich hast du heute Abend kein Fressen verdient, aber dir kann ich nicht lange böse sein."

Die Polizei setzte ihre Suche dennoch fort. Zumindest bis zum Einbruch der Dunkelheit. Die Sonne würde noch einige Stunden scheinen. Vielleicht ergaben sich bis dahin neue Hinweise.

„Na siehst du Nigger, wenn du ein lieber kleiner Bimbo bist, passiert keinem von uns etwas."

„Was wollen Sie eigentlich von mir?"

„Von dir schon mal gar nichts. Ich will mich mit meinem Begleiter hier etwas ausruhen. Die letzten Stunden waren recht anstrengend."

„Und ihr wollt einfach nur etwas Zeit mit mir verbringen?"

„Mir wäre es auch lieber, allein zu sein, aber da du Nigger nun mal hier bist, lässt sich das nicht ändern. Es sei denn, ich mach dich kalt."

„Tun Sie das bitte nicht."

„Hängt ganz von dir ab."

„Juan", schaltete sich plötzlich Ted ein, „wir können ihn doch nicht die ganze Zeit mit dem Messer bedrohen."

„Ted, du Vollidiot. Eigentlich wollte ich den Bimbo fesseln, aber dann posaunst du einfach meinen Namen heraus. Jetzt muss ich ihn abstechen."

„Bitte", sagte der Schwarze, „ich werde Sie nicht verraten."

„Mund halten, Nigger."

„Sagen Sie mal, wie heißen sie eigentlich?" fragte Ted den Schwarzen.

„Ist doch egal, ich will ihn sowieso umlegen", sagte Juan.

„Ich heiße John."

„John? Wie die Hälfte aller Amerikaner. Ich wage das mal zu bezweifeln, Nigger",

„Ist aber so. Egal, was Sie glauben oder nicht."

„Willst du auch frech werden, Niggerarsch?"

„Sie wollen mich doch ohnehin umbringen. Egal was ich sage."

„Richtig, aber es liegt an dir, ob es schnell oder langsam geht."

„Juan", begann Ted ein zweites Mal, „wir sollten doch versuchen, niemanden umzubringen. Darüber waren wir uns doch einig."

„Ja, Ted, aber wir sprachen über Menschen, nicht über solche Halbaffen."

„Dein aufgesetzter Rassismus steht dir nicht gut."

„Er ist nicht aufgesetzt!"

„Doch, das merke ich. Vielleicht magst du die Neger wirklich nicht besonders, aber im Moment übertreibst du."

„Möglich, wenn du dich besser fühlst, nenne ich mein Mordopfer in spe von jetzt an John. Besser?"

„Nein, du ziehst immer noch alles ins Lächerliche."

„Sag mal, was soll das Ted? Willst du eine Diskussion über meine rassistische Ausrichtung anstrengen?"

„Nein, deine Einstellung klingt nur unrealistisch. Du bist doch selbst ein Puerto Ricaner."

„Wenn du noch einmal Puerto Ricaner mit einem Nigger gleichsetzt, dreh ich dir mit wachsender Begeisterung den Hals um."

„Juan, bitte, steigere dich doch nicht in irgendetwas rein. Du hast mir doch vor einigen Minuten selbst gesagt, dass du nicht mehr weiter weißt."

„Eben, ich hab nichts mehr zu verlieren."

„Doch, hast du. Deine Unschuld vor dir selbst. Wenn du ihn jetzt tötest."

Ted hatte Recht. Mit allem. Sollte er zum Mörder werden, nur weil alle Welt ihn dafür hielt? Und ja, sein extremer Rassismus war aufgesetzt. Juan benutzte ihn wie eine Art Schutzschild vor der perspektivlosen Zukunft. Er musste sich beruhigen, irgendwie wieder runterkommen, um nicht eine bodenlose Unüberlegtheit zu begehen. Das war ihm in letzter Zeit zu oft passiert.

„In Ordnung. John, du setzt dich jetzt auf diesen Stuhl und mein Kamerad fesselt dich", sagte Juan schließlich,

„Och nö, nicht schon wieder. Immer soll ich die Leute fesseln."

„Keine Diskussion. Hol irgendein Seil und fessele ihn. Dalli."

Nachdem der Schwarze fest verschnürt auf einem Stuhl saß, kehrte Ruhe ein. Zum ersten Mal konnte Juan sich in dieser kleinen Hütte etwas umsehen.

Sie bestand vollständig aus Holz und verfügte nur über ein Stockwerk. Ein kleines, recht rustikales Bad war abgetrennt, ansonsten gab es nur den Raum, in dem die drei sich befanden. An der linken Wand stand etwas Kochgeschirr mit einer Feuerstelle und an der rechten Wand ein altes verwittertes Holzbett mit einer Matratze, die ihre besten Tage auch schon hinter sich hatte. Direkt darüber prangte ein ausgestopfter Hirschkopf. Ein kapitaler Zwölfender, dessen leere Augen beinahe traurig wirkten.

„Haben Sie den selbst geschossen?", fragte Juan den Schwarzen.

Der nickte nur, blieb sonst aber stumm. Immerhin rechnete John mit seinem baldigen Tod und verspürte nicht die geringste Lust, mit dem vermeintlichen Mörder zu reden. Wenn er schon sterben musste, dann wenigstens ohne winseln und betteln. Solange man den Mund nicht aufmachte, behielt man zumindest noch etwas Stolz.

„Warum lebst du hier am Arsch der Welt?", fragte Juan weiter. „Bist du so eine Art Aussteiger oder hat dich deine Frau rausgeschmissen?"

„Die Stadt war mir zu hektisch."

„Du wolltest deine Ruhe haben. Das ist doch bestimmt langweilig. Wie gut, dass wir ein wenig Abwechslung in dein Leben bringen, nicht wahr?"

„Du versuchst, deine Unsicherheit hinter Sarkasmus zu verbergen, Juan. So heißt du doch oder?"

„Ja, so heiß ich. Aber erstens kann ich mich nicht erinnern, einem Nigger wie ihnen das du angeboten zu haben, und zweitens geht es mir gehörig auf die Nerven, von jedem hier analysiert zu werden. Ted sagt mir, ich würde mit meinem Rassismus übertreiben und Sie erzählen mir, ich wäre unsicher."

„Mit dem ‚du' haben sie angefangen. Und mit der Unsicherheit hab ich Recht."

„Sagen Sie, wollen Sie sterben?"

„Würde meine Antwort ihre Entscheidung ändern?"

„Einen Versuch wäre es doch wert, Johnnie Boy."

„Nein, ich möchte nicht sterben, aber um mein Leben betteln werde ich nicht. Vor allem nicht vor ihnen."

„Haben sie mich gerade beleidigt, sie Niggerarsch?"

„Wieso, weil ich gesagt habe, ich würde sie nicht anbetteln?"

Anstatt zu antworten schlug Juan dem Schwarzen mir solcher Gewalt ins Gesicht, dass dieser sein Bewusstsein verlor.

Ted war sprachlos: „Was soll der Scheiß denn?"

„Reg dich nicht auf. Ich hab nur das Gespräch beendet."

„Indem du ihn k.o. schlägst?"

„Hat doch funktioniert."

„Ich flehe dich an. Bitte beruhig dich. Verlier nicht die Kontrolle."

„Was hast du eigentlich? Bist du etwa ein Niggerfreund?"

„Ach, hör doch auf. Dein Gehabe nervt. Vielleicht sollten wir hier raus, bevor der Schwarze wieder aufwacht."

„Ich würde gerne noch etwas warten, bis ich mir sicher bin, dass die Bullen weit genug weg sind."

Chandler und seine Kollegen waren ratlos. Die beiden flüchtigen Jungs schienen wie vom Erdboden verschluckt. Doch dann erinnerte er sich wieder an das Gespräch mit dem Schwarzen an der kleinen Hütte am Wolf Rock. Es war nicht so sehr, was damals gesagt wurde, sondern vielmehr wie. Dieser Neger war nervös gewesen. Anfangs hatte Chandler dies rein darauf zurückgeführt, dass er von der Polizei verhört worden war, aber was, wenn noch ein anderer Grund vorlag? Hatte der Farbige nicht seltsam mit den Augen gezwinkert? Könnte dies ein versteckter Hinweis gewesen sein? Wenn ja, worauf? Waren die Jungen vielleicht bei ihm in der Hütte? Von der Tür aus war nicht der ganze Raum zu überblicken gewesen.

Er beschloss daher, sich noch einmal mit dem Schwarzen zu unterhalten. Doch vorher überprüfte er seine Waffe. Es fehlten einige Kugeln von der Schießerei in der Höhle. Er ersetzte die verschossenen Projektile. Nun war sie voll geladen.

Nur wenige Minuten vergingen, bis es an Johns Tür wieder klopfte.

„Mister, hier ist wieder die Polizei. Wir hätten da doch noch einige Fragen."

Juan erschrak. So schnell hätte er die Cops nicht wieder erwartet. Es wurde ihnen wirklich keine Pause gegönnt.

„Also gut, John, ich binde Sie jetzt los, damit Sie mit den Polizisten reden können."

„Ich glaube nicht, dass die Beamten sich wieder so einfach in der Tür abfertigen lassen. Sie wollen sich bestimmt in der Hütte umsehen", äußerte der Schwarze seine Vermutung.

„Damit rechne ich auch", meinte Ted.

„Euch beiden ist aber bewusst, dass ihr euch hier nicht verstecken könnt", sprach der Farbige weiter.

„Quatsch. Es muss doch irgendeine Möglichkeit geben", sagte Juan, als sein Blick auf eine kleine Luke in der Decke fiel. „Was ist das?" fragte er.

„Nichts. Ursprünglich hatte ich mal geplant, dort einen Speicher einzurichten, aber jetzt ist da nur noch ein schmaler Zwischenraum bis zum Dach."

„Würde ein Mensch hineinpassen?"

„Möglich."

„Na dann los. Öffne die Luke."

„Ihr wollt euch doch nicht im Ernst dort verkriechen."

„Oh doch, genau das. Also noch mal, öffne die Luke, bevor ich ungemütlich werde."

„Wegen mir, aber du weißt, dass… "

„Ich weiß nur, dass du versuchst, Zeit zu schinden. Hör damit auf oder ich leg dich gleich um."

John gehorchte schließlich und die beiden Jungs krochen in den Zwischenraum. Es war wirklich verdammt eng, aber wenigstens ein sicheres Versteck, vorausgesetzt der Schwarze verriet sie nicht.

„Bitte, Mister, machen Sie auf", donnerte es wieder von draußen.

John öffnete den Polizisten die Tür.

„Sag mal, wie stellst du dir das vor? Denkst du wirklich, der Neger hält dicht? Du hast doch nur dieses lumpige Messer", flüsterte Ted.

„Ja, ich weiß. Wenn dieser Nigger nicht mitspielt, sind wir geliefert, aber im Moment müssen wir das Beste hoffen."

„Aber der hat doch gar keinen Grund, uns beide zu schützen. Immerhin sind wir bei ihm eingedrungen und haben ihn gefesselt."

„Ted, bitte sei jetzt ruhig, bevor die Bullen uns noch hören. Lass uns lieber lauschen, was der Bimbo dort draußen faselt."

Juan lugte mit glühenden Augen und klopfenden Herzen zwischen den alten Holzplanken der Decke hindurch. Sein ganzer Körper zitterte förmlich vor Anspannung.

Chandler sprach extra langsam und deutlich, um klarzustellen, dass er alles unter Kontrolle hatte, auch wenn dies nicht unbedingt der Wahrheit entsprach. Die Entscheidung, wieder zu dieser Hütte zurückzukehren, war riskant. Er stützte sich dabei nur auf eine vage Vermutung. Sollte die falsch sein, würde nur Zeit verloren gehen und den Flüchtigen einen Vorsprung verschaffen.

„Also, Mister", begann Chandler, „wie heißen Sie bitte nochmals?"

„Williams, Detective."

„Gut. Mr. Williams. Aber nennen Sie mich ruhig Officer, noch bin ich nicht Detective. Zurück zum Thema. Sie sagten eben, dass Sie heute keine anderen Wanderer gesehen haben. Ist das richtig? Denken Sie bitte genau darüber nach. Es ist immens wichtig."

„Nicht direkt. In der Ferne sind welche vorbeigelaufen, aber die konnte ich nicht erkennen."

„Wissen Sie vielleicht, wie viele es waren?"

„Vielleicht zwei. Es könnten aber auch mehr gewesen sein. Wie gesagt, das war alles ziemlich weit entfernt."

„Und sonst wollen Sie mir wirklich nichts sagen?"

„Nein, sonst nichts."

„Sind Sie sicher? Denken Sie daran, ich möchte Ihnen nur helfen."

„Ja, Officer, und ich würde auch Ihnen gerne weiterhelfen, aber ich kann nicht."

„Dürfen wir uns trotzdem mal in Ihrer Hütte umsehen?"

„Ja, sicher, kommen Sie doch bitte rein."

Chandlers geschulter Blick suchte sorgfältig den Hauptraum ab. Jedes Detail könnte von Bedeutung sein. Auch im Bad sah er nach. Dass die beiden Verdächtigen nicht gefunden wurden, überraschte ihn nicht wirklich, aber irgendwie fühlte er deren Gegenwart. Sie waren in der Nähe. Zwar gab es dafür keinen stichhaltigen Anhaltspunkt, aber das Gefühl war ganz stark.

„Danke, Mr. Williams. Ich wünsche ihnen noch einen schönen Tag. Auf Wiedersehen", verabschiedete sich Chandler. Natürlich dachte der Cop nicht im Traum daran, die Hütte unbeobachtet zu lassen. Er würde den beiden Flüchtigen vielmehr auflauern und sie verhaften, sobald diese die Hütte verließen. Eine Möglichkeit, die für alle Beteiligten die sicherste wäre. Der Triumph der Festnahme würde seiner sein. Und damit auch die lange herbeigesehnte Beförderung.

Als die Beamten endlich verschwunden waren, konnten Juan und Ted ihr beengtes Versteck endlich wieder verlassen. Dort oben war es doch sehr stickig und dreckig gewesen. Es tat gut, wieder Luft zu atmen, die nicht staubgeschwängert war.

„Warum hast du uns nicht ausgeliefert?"

„Ich möchte jedes unnötige Blutvergießen vermeiden."

„Was ist denn das für eine bescheuerte Antwort? Was würdest du denn sagen, wenn ich dich jetzt und hier auf der Stelle umlege?"

„Das tust du nicht!"

„Wer sollte mich denn daran hindern?"

„Du dich selbst. Wärst du dazu in der Lage, jemanden kalt zu machen, hättest du es längst getan."

„Hör zu, Nigger. Erstens fängst du schon wieder an, mich zu duzen und zweitens bin ich sehr wohl in der Lage, dich zu töten."

„Ich habe eine sehr gute Menschenkenntnis. Du bist kein Killer."

Na klasse, dachte Juan. Außer den verfluchten Polizisten hielt ihn keine Sau für einen Mörder. Noch nicht mal Geiseln. Sah er vielleicht so harmlos aus? Oder lag es an seinem Verhalten? Das Problem war, dass Johns Einschätzung der Wahrheit entsprach. Es sollte keine Opfer mehr geben. Zu viel hatte diese Flucht schon gefordert. Lynn starb im Kugelhagel. Ein Polizist wurde schwer verletzt und Mrs. Steward, die sie in Tacoma überfielen, würde sich wohl nie mehr sicher fühlen. Das alles war mehr als genug.

„Junge", sprach der Farbige Juan an, „stell dich doch. Gib auf, bevor tatsächlich noch jemand verletzt wird. Noch kannst du das beenden."

„Du laberst schon wie ein Bulle, Nigger."

„Ich labere aber vernünftig."

„Damit wir uns einig sind. Ich ergebe mich nicht. Auch wenn ich am Ende verliere, den Bullen werde ich einen harten Kampf liefern."

„Warum denn, das bringt doch nichts."

Ted hörte dem Gespräch aufmerksam zu, sagte selbst aber nichts. Allerdings erschien ihm die Argumentation des Schwarzen wirklich vernünftig. Dagegen entbehrte Juans Position jeglicher Logik.

„Sagen Sie mal, fährt Ihre Schrottkarre da draußen noch?" fragte Juan plötzlich.

„Der alte Dodge vor dem Haus? Natürlich", antwortete John.

„Dann her mit den Schlüsseln."

„Was soll denn das? Du… ."

„Her mit den Schlüsseln oder sprech ich vielleicht Chinesisch?"

„O.K. Von mir aus. Hier sind sie", sagte der Schwarze und holte aus einer Schublade unter dem Kochgeschirr die Autoschlüssel.

„Es gibt doch bestimmt auch eine Waffe im Haus?"

„Ja, aber die wird dir nichts nützen. Sie ist kaputt."

„Egal, hol das Ding trotzdem."

John tat auch dies ohne Widerrede. Jetzt meldete sich auch Ted zu Wort. Er konnte nicht mehr schweigen. „Sag mal, willst du den Neger etwa mit einer funktionsuntüchtigen Waffe bedrohen? Das ist Irrsinn."

„Nein, will ich nicht", sagte Juan, schlug John nieder und richtete den Lauf der Pistole auf Ted. „Aber dich."

„Das geht nicht gut."

„Das werden wir sehen. Erst mal verlassen wir diese Hütte, steigen in das Auto und verschwinden von hier in der Hoffnung, die Bullen, die bestimmt dort draußen warten, knallen uns nicht gleich ab."

„Um das zu verhindern, soll ich also wieder deine Geisel spielen?"

„Kluges Kerlchen."

Juan und Ted verließen die Hütte.

„Ich weiß, dass ihr hier draußen seid, Bullen. Verhaltet euch ruhig oder dieser Junge hier stirbt." Der Lauf drückte sich schmerzhaft in Teds Schläfe und er hörte, wie der Hahn gespannt wurde. Hoffentlich funktionierte die Knarre wirklich nicht oder war wenigstens ungeladen.

Chandler biss sich auf die Unterlippe. Wo hatte dieser Verbrecher nur die Pistole her? In der Höhle war er doch nur mit einem Messer bewaffnet gewesen. Und was trieb eigentlich der Schwarze? War er umgebracht worden? Hoffentlich nicht.

So gern der Cop jetzt und hier alles beendet hätte, eine Verhaftung mit einer toten Geisel kam beim Chef bestimmt nicht so gut an. Es blieb ihm also nichts anderes übrig, als die beiden entkommen zu lassen. Vorerst. Aber man würde ihnen auf den Fersen bleiben. Mit etwas Glück wäre das Problem noch vor dem Abend gelöst. Wenn erst die angeforderte Verstärkung mit den Autos hier war, konnte die Jagd weitergehen.

Der alte Dodge war eine totale Katastrophe. Es waren drei Versuche nötig gewesen, um ihn überhaupt anzulassen. Auch der restliche Zustand des Wagens war erbärmlich. Die mattgrünen Polster der Vordersitze wiesen mehrere Risse auf, als hätte sie jemand mit dem Messer malträtiert. Ihre Fahrt führte beide direkt nach Osten. Laut einem alten, halb verrostetem Straßenschild in der Nähe des Wolf Rock waren es ca. zwölf Meilen bis zur nächsten großen Straße. Der Weg dorthin führte über eine staubige Piste. Es gab nur noch wenige Asphaltreste. Diese Route schien, wenn überhaupt, nur sehr selten benutzt zu werden. Besonders gut kam man nicht voran, aber das galt für etwaige Verfolger in ihren Polizeiautos ebenso. Die Piste schlängelte sich in abenteuerlichen Schleifen durch die Berge. Die ganze Zeit fiel ihr Blick auf einen gewaltigen Bergrücken zu ihrer Linken, der jedes Weiterkommen zu verhindern schien. Doch dann stieg die Straße an, wand sich in engen Serpentinen hoch und auf der anderen Seite wieder hinunter. Vor den beiden lag das Trail Bridge Reservoir. Ein traumhaft schöner Stausee mit glasklarem Wasser zur Stromgewinnung. Die Sonne erzeugte Kaskaden aus Licht auf der tiefblauen Wasseroberfläche. Am Ufer standen Fichten in einem fast überirdischen Grün. Ein Bild, für das Juan und Ted keine Augen hatten. Das Heulen einer Polizeisirene verfolgte sie schon einige Zeit, auch wenn es nicht wirklich näher kam. Aber in den Bergen konnte man seinen Ohren nicht trauen, da der Schall zwischen den Bergwänden reflektiert wurde.

Am Ostufer des Stausees erkannte man schon die gesuchte Straße. Es war der Mc. Kenzie River Highway, der hier von Süden her kommend direkt nach Norden führte. Die letzte Fahrt auf dieser Straße war an der Belknap Lodge böse zu Ende gegangen. Aber es war die einzige Chance, die ihnen blieb. Das Abenteuer in den Bergen führte sie nur von einer gefährlichen Situation in die nächste.

Als die Jungs schließlich den Highway erreichten, entschieden sich beide, die Flucht in nördlicher Richtung fortzusetzen. Der Motor ächzte, als Ted das Gaspedal durchtrat. Lange würde das Auto wohl nicht mehr durchhalten. Vor allem nicht bei Maximalbelastung. Bald würden auch die Polizeiwagen den asphaltierten Highway erreichen und dann hatten die beiden Jungs schlechte Karten. Die Cops waren viel schneller. Ein altersschwacher Dodge hatte keine Chance. Möglicherweise hatte die ganze Sache mit John letztlich ihre Verhaftung nur um gerade mal ein bis zwei Stunden verzögert.

„Mann, die Bullen können wir einfach nicht abschütteln", sagte Ted.

„Na ja, es war zu erwarten. Die sind ja auch nicht blöd."

„Ich kann so schnell fahren wie ich will. Irgendwann werden sie uns einholen."

„Dein irgendwann wird wahrscheinlich schon recht bald sein. Ich versuche schon die ganze Zeit, mir eine Möglichkeit auszudenken, unsere Flucht wenigstens etwas zu verlängern."

Im selben Moment stotterte der Motor und blieb einfach stehen. Ted versuchte neu zu starten, aber der Wagen gab keinen Ton von sich. Woran könnte es nur liegen? Benzin befand sich genug im Tank. Also schied diese Möglichkeit schon mal aus. Eine weitere Möglichkeit wäre die Batterie. Entweder es hatte sich nur ein Kontakt gelöst oder ein totaler Breakdown. Was auch immer. Ihr Auto stand und niemand von den beiden besaß genug Ahnung in Fahrzeugtechnik, um den Fehler genau zu analysieren, geschweige denn zu beheben. Und selbst wenn, mit der Polizei im Nacken blieb ihnen nur wenig Zeit. Die würde in Kürze hier auftauchen. Natürlich gab es die Alternative wieder in den Wald zu flüchten, aber Juan fehlte die Kraft, den ganzen Wahnsinn in dieser Richtung weiterzuführen.

Wieder kam ihnen jedoch der Zufall zu Hilfe. Kaum waren sie ausgestiegen, näherte sich von Süden her ein Truck. Es war ein Kenworth W 900. In hellgrau gestrichen, wirkte er seltsam deplatziert in dieser Wildnis. Das Kennzeichen zeigte, dass er in Georgia zugelassen war. Die erste Idee, ihn mit der Waffe zum Anhalten zu zwingen, wurde sofort wieder verworfen. Der Fernfahrer wäre vermutlich einfach weitergerollt. Warum sollte er sich von zwei Gestalten mit einer alten Pistole aufhalten lassen? Doch es gab noch eine Möglichkeit. Der Lastwagen fuhr nicht besonders schnell. Langsam genug, um Juans zweite Idee in die Tat umzusetzen.

„Ted, du musst mir jetzt vertrauen. Dieser LKW ist ein Geschenk des Himmels."

„Was hast du vor?" Die Antwort würde ihm bestimmt nicht gefallen.

„Du kennst doch Filme. Ich hab so was zwar noch nie gemacht, aber wir müssen versuchen, auf die Ladefläche zu gelangen."

„Wie bitte? Der Truck wird wohl kaum anhalten."

„Nein, natürlich nicht, aber er ist nicht gerade schnell. Wenn wir uns nicht besonders dumm anstellen, könnte es gelingen. Bist du bereit?"

„Nein, ganz sicher nicht, aber hab ich eine Wahl?"

„Ehrlich gesagt nein, also los, bevor der Truck an uns vorbeifährt."

Die ganze Aktion war nicht so einfach, wie Juan sich das vorgestellt hatte. Der Lastwagen hatte Baumstämme geladen, die es deutlich erschwerten, auf die Ladefläche des Auslegers zu kommen.

Juan schaffte es dennoch, aber Ted verpasste den richtigen Zeitpunkt. Er erwischte zwar mit einer Hand den Rand der Ladefläche, verlor dann aber den Boden unter den Füßen. Ein Loslassen in dieser Situation wäre der sichere Tod.

„Versuch mir deine freie Hand zu geben. Ich werde dich dann hochziehen", schrie Juan.

„Ich kann sie nicht erreichen. Es ist zu weit."

„Halt dich gut fest. Ich versuch, näher zu kommen."

Die Stämme störten mehr als alles andere. Man konnte sich nur eingeschränkt bewegen. Das vereinfachte die Rettungsmission nicht gerade, sondern erschwerte das Ganze. Außerdem schwanden Teds Kraftreserven immer schneller. Er würde sich nicht ewig in dieser Position halten können. Seine Füße schleiften über den Asphalt und nur eine Hand krallte sich an den Rand der Ladefläche. Nur Zentimeter daneben lag einer der Baumstämme. Wenn der Fahrer des LKW jetzt in den Rückspiegel sah, würde er das ganze Drama sehen. Doch der Truck fuhr in gleichbleibender Geschwindigkeit stur weiter. Ihr halsbrecherisches Manöver war noch nicht bemerkt worden. Und das war auch schon das einzig Positive an der Situation.

„Ich kann nicht mehr. Ich rutsch ab", keuchte Ted, der sich schon von den Hinterreifen des Lasters überrollen sah.

Juan musste alles auf eine Karte setzen. Auch auf die Gefahr hin, selbst zurück auf die Straße zu stürzen. Er zwängte sich zwischen zwei Stämme um Halt zu finden und robbte bis zum Rand der Ladefläche. Dann streckte er seine Hand noch mal aus.

„Ted, du musst meine Hand nehmen. Ich kann dir sonst nicht helfen. Bitte."

Doch es schien aussichtslos. Aber mit letzter Kraft und unter Aufbieten aller Reserven schaffte es Ted tatsächlich, mit seiner freien Hand Juan zu erreichen, doch es war noch nicht überstanden.

„So, ich versuch dich jetzt hochzuziehen. Aber du musst mithelfen."

„Ich werde mich bemühen."

„Mein Gott, bist du schwer. Du solltest abnehmen, falls wir das noch mal machen müssen."

„Sehr witzig. Aber kannst du dir deine Witze aufheben, bis ich in Sicherheit bin?"

„Was meinst du, was ich gerade hier mache? Los streng dich an, gleich haben wir es geschafft."

Mit vereinten Kräften war es ihnen gelungen, Ted auf diesen Truck zu ziehen. Jetzt lagen beide schwer atmend zwischen den Baumstämmen, die mit Eisenketten auf der Ladefläche befestigt waren. Bei der ganzen Aktion hatte Juan sich einen Holzsplitter in die Hand gerammt. Hoffentlich entzündete sich die kleine Wunde nicht. Die Verletzungen durch den Mc. Kenzie River schmerzten schon genug und machten sich grade jetzt wieder unangenehm bemerkbar.

„Das war knapp. Danke, du hast mir das Leben gerettet."

„Keine Ursache, das war ich dir schuldig."

Plötzlich ertönte das Heulen einer Polizeisirene. Das Geräusch kam schnell immer näher.

Oh nein, dachte Juan. Wurde ihm denn keine Sekunde Ruhe gegönnt?

Sollten die Cops den Lastwagenfahrer zum Anhalten auffordern, würde dieser das tun, er wusste ja nicht, wen er da ungewollt beförderte. Ihre lebensgefährliche Aktion von eben hatte sich also nicht wirklich gelohnt.

Aber es durfte nicht alles umsonst gewesen sein. Nicht das Aufspringen auf den Truck und auch alles, was vorher passiert war. Dazu hatten beide zu viel durchgemacht. Juan selbst wollte der Polizei doch wenigstens einen guten Kampf leisten. Sich jetzt einfach festnehmen zu lassen, entsprach nicht seinen Vorstellungen.

Also galt es nachzudenken. Gab es in ihrer jetzigen Situation wirklich keinen Ausweg mehr?

Wenn es einen gab, mussten sie ihn schnell finden. Noch waren die Polizeiautos nicht zu sehen, aber gut zu hören.

„Ich hab die Nase langsam voll. Wir stürzen von einer lebensgefährlichen Situation in die nächste. Wenn das so weitergeht, überleben wir den Tag nicht", befürchtete Ted. Seine Befürchtung war noch nicht mal weit hergeholt. Es sah tatsächlich nicht gut aus.

„Du hast Recht. Meine Schmerzgrenze ist auch bald erreicht. Diese Bullen sind wie Wölfe. Die hetzen uns einfach so lange, bis unsere Kräfte zu Ende sind. Und dann schlagen sie zu."

„Das werden sie dann wohl bald tun."

Für einen kurzen Augenblick wurden die Sirenen leiser. Wahrscheinlich hatten die Beamten kurz an dem liegengebliebenen Dodge Halt gemacht, um nachzuprüfen, ob die Jungs vielleicht wieder in den Wald geflohen sind. Da es dafür aber verständlicherweise keine Anhaltspunkte gegeben hatte, wurde auf der Straße weitergesucht.

Langsam näherten sie sich dem Santiam Junction, eine Art Autobahnkreuz, an dem sich der Mc. Kenzie Highway mit dem Santiam Highway traf. In der Nähe lag ein kleiner Sportflughafen, der nach dem Autobahnkreuz benannt war. Schon aus einiger Entfernung fiel ihnen jedoch ein markanter Vulkankegel auf. Der Hogg-Felsen schien noch nicht besonders lange erloschen zu sein, da seine Hänge kahl waren. Eine auffällige Landmarke, an der man sich orientieren konnte.

Während der kleine Vulkan Juans und Teds Blicke kurz fesselte, hörten sie plötzlich einen Schuss. Ein Polizeiwagen kam in Sichtweite. Trotz der noch relativ großen Entfernung hatte irgendjemand auf sie gefeuert. Der LKW-Fahrer schien dies nicht mitbekommen zu haben, denn er fuhr stur weiter.

Die Kugel schlug in einen der Stämme ein. Splitter spritzten. Niemand wurde verletzt, aber es bestand die Gefahr von tödlichen Querschlägern, wenn die schießwütigen Beamten weiter in der Gegend rumballerten.

Da kam Juan eine Idee. Die war zugegebenermaßen recht rabiat, könnte ihnen aber einen Vorteil verschaffen.

„Ted, ich wüsste vielleicht eine Möglichkeit zu entkommen."

„Wirklich, welche?"

„Sie wird dir nicht gefallen."

„Das ahnte ich schon."

„Siehst du, die Baumstämme sind mit Stahlketten gesichert."

„Mir schwant Böses. Du hast vor die Ketten zu lösen, damit die Stämme von dem Wagen fallen."

„Ja, das könnte die Bullen zumindest aufhalten."

„Das würde es bestimmt, aber du gehst das Risiko ein, einen Polizisten zu töten. Wenn das passiert, hast du keine Gnade zu erwarten."

„Die hab ich schon jetzt nicht mehr. Also kommt es darauf nicht an."

„Da bin ich anderer Meinung."

„Welcher Meinung du bist, interessiert mich nicht im Geringsten. Und jetzt helf mir, die Ketten zu lösen. Freiwillig oder gezwungen. Du hast die Wahl."

„Ich helfe dir, aber eher gezwungen freiwillig."

Die Stahlketten waren mit Bolzen auf der Ladefläche befestigt. Sie herauszuziehen war recht schwierig, da die Ketten unter hoher Spannung standen. Sie waren straff gezogen worden, um die Ladung auch sicher auf dem LKW zu verankern. Es würde immens Kraft kosten, sie zu lösen, wenn es überhaupt gelang. Bei dem Versuch klemmte Ted sich einen Finger ein. Der Erfolg blieb aus. Die beiden brauchten ein Hilfsmittel, ansonsten gab es keine Möglichkeit, die Ketten zu lösen. Juan fiel ein, dass an der Seite der Ladefläche einige Werkzeuge angebracht waren. Unter anderem hing dort eine Zange. Ob die tatsächlich helfen würde, war fraglich, aber ein Versuch konnte nicht schaden. Mehr als nicht funktionieren konnte es ja nicht. Anfangs brachte auch das Ziehen mit der Zange wenig, aber dann lösten sich plötzlich die Bolzen.

Doch damit war es nicht getan. Die Ladung rührte sich nicht. Erst als der Truck die nächste Kurve nahm, gerieten die Baumstämme in Bewegung. Um ein Haar hätten sie Juan und Ted mit von dem Laster gerissen, als sie polternd auf die Straße krachten. Die Wirkung war verheerend. Ein Polizeiwagen konnte nicht mehr rechtzeitig ausweichen. Er kollidierte mit voller Wucht mit den kreuz und quer übereinanderliegenden Stämmen. Einer durchschlug die Windschutzscheibe und hätte beinahe Chandler zerquetscht. Wenige Zentimeter vor seinem Gesicht kam er glücklicherweise zur Ruhe. Auch sein Beifahrer verletzte sich beim Aufprall nur leicht die rechte Hand. Das zweite Polizeiauto schaffte es gerade noch zu bremsen und verhinderte so einen weiteren Unfall. Aber der Highway war blockiert und die Verfolgung erst mal beendet. Fast wie im Kino und doch vollständig anders. In diversen Actionfilmen ergötzte man sich an fremdem

Grauen, aber wenn es einen selbst traf, bekam die Sache ein völlig neue Dimension. Zwischen Fiktion und Wirklichkeit lagen Welten. Dies wurde nun deutlicher als jemals zuvor.

Der Verlust seiner Ladung blieb nun auch dem Fahrer des Trucks nicht verborgen, denn er verlangsamte sein Tempo und hielt an.

Juan reagierte sofort. Er sprang von der Ladefläche und lief zum Führerhaus. Gerade stieg der Fernfahrer aus, da blickte er auch schon in den Lauf von einer Pistole.

„Sofort wieder einsteigen und losfahren, sonst stirbst du direkt hier auf der Straße", schrie Juan. Dass die Waffe nicht funktionierte, wusste der Mann ja nicht. Man konnte also nur hoffen, der Bluff würde gelingen. Ohne ein Wort gehorchte der Fahrer und stieg wieder ein. Die beiden Jungs folgten ihm ins Führerhaus.

„Los fahr, ich hab einen sehr nervösen Finger am Abzug."

„Und wohin?" kam die wimmernde Frage.

„Nach Norden."

„Den Santiam Highway?"

„Ja, wenn der nach Norden führt."

„Das tut er. Eine Zeit lang."

„Red nicht so viel, sondern fahr endlich."

Von jenseits den quer liegenden Baumstämmen krachte ein weiterer Schuss. Eher eine Verzweiflungstat aus Wut und Ärger als ein erstgemeinter Angriff.

Juan bestand darauf, dass Vollgas gegeben wurde. Der 420 PS Motor heulte auf. Am Santiam Junction Airport führte die Straße zuerst einige hundert Meter ostwärts, wandte sich dann aber direkt in nördliche Richtung.

Richtig entspannen konnten sich die Jungs aber nicht. Ihre neue Geisel musste ständig mit der Waffe bedroht werden.

OREGON: Eugene: Scared Heart Medical Center

Detective Corin Manheimer bog gerade in die Hilyard Street ein, in der das Krankenhaus lag. Er wollte dort mit Scott reden, dem Polizisten, der von Juan an der Belknap Hot Springs Lodge angeschossen worden war.

Im Krankenzimmer herrschte ein schummriges Licht. Die Fenster lagen nach Westen und man hatte die Vorhänge zugezogen, um die direkte Sonne etwas abzumildern. Trotzdem war es heiß. Daran änderte auch die veraltete Klimaanlage nichts, die ein monotones Summen von sich gab.

Scott saß aufrecht im Bett. Sein rechtes Bein war fest verbunden. Laut dem behandelnden Arzt war es nur eine Fleischwunde. Sehr schmerzhaft, aber nicht lebensbedrohlich. In ein paar Wochen wäre der Polizist wieder auf dem Damm. Bis dahin wurde der Schütze bestimmt dingfest gemacht.

„Also, Officer Winter. Ich weiß, dass es dunkel war, aber versuchen Sie sich genau zu erinnern. Es ist immens wichtig. Der, der Sie angeschossen hat, könnte schon zwei andere Menschen umgebracht haben", sagte Corin.

„Ich hab ihn aber nur undeutlich gesehen. Er war zu weit weg. Eigentlich hätte ich nicht schießen dürfen. Nur wegen meiner Ungeduld ist das Mädchen gestorben. Ich wollte das nicht." Scott stand immer noch leicht unter Schock, seit er wusste, dass Lynn gestorben war. Seine Hoffnung, sie würde die Schussverletzung überleben, hatte sich nicht erfüllt. Außerdem drohte ihm auch eine Untersuchung der Staatsanwaltschaft. Die war Routine, wenn ein Beamter im Dienst jemanden tötete. Mehr als eine Disziplinarstrafe würde aber wohl nicht rausspringen. Aber dennoch, Scott hatte einen Menschen getötet. Damit musste man erst einmal fertig werden. Corin verstand das. Auch er hatte ähnliches durchgemacht, aber diese Ereignisse waren schon lange her. Was zählte war das Hier und Jetzt. Da draußen trieb ein Killer sein Unwesen. Denn immer noch galt Juan als ein gesuchter Mörder, auch wenn die Ereignisse von vor drei Tagen immer noch Fragen aufwarfen. Doch das schien im Moment nebensächlich. Über die Täterschaft bestand für Corin kein Zweifel. Von Anfang an konzentrierte sich die Suche auf Juan Martinez und es passte nicht ins Bild, dass man vielleicht eine falsche Spur verfolgte. Es ging mehr darum, einen Täter zu präsentieren. Ob es der Richtige war, stand erst an zweiter Stelle.

„Ich verstehe, dass es Ihnen schwer fällt, nicht an das getötete Mädchen zu denken, aber ich frage Sie noch mal: ist Ihnen irgendwas an dem Schützen aufgefallen?"

„Nein, Detective. Außer vielleicht, dass er ein Latino war."

„Könnte es sich auch um einen Puerto Ricaner gehandelt haben?"

„Sicher, auch das ist möglich."

„Sein Begleiter, haben Sie den auch gesehen?"

„Ja, aber zu undeutlich, als dass ich für den eine Beschreibung abgeben könnte."

„Na schön. Noch eine Frage. Dieser Begleiter, schien der freiwillig bei der Sache mitzumachen oder eher eine Geisel zu sein?"

„Wie eine Geisel wirkte er nicht gerade, aber wie genau die Beziehung zwischen den beiden Jungs aussah, kann ich natürlich nicht sagen."

„Sie können also nicht ausschließen, dass der eine Junge eine Geisel war?"

„Nein, kann ich nicht. Wie gesagt, es war dunkel."

„Danke, Officer das war's auch schon. Ich möchte Sie nicht länger stören. Ruhen Sie sich gut aus und werden Sie schnell wieder gesund. Auf Wiedersehen." verabschiedete sich Corin. Er hatte das Zimmer noch gar nicht verlassen da stürmte ein weiterer Polizist in das Zimmer.

„Sind Sie Detective Manheimer?", fragte er Corin.

„Ja, was ist los?"

„Den Mörder, den Sie suchen. Ich glaube, wir haben ihn gefunden. Es kam gerade über Funk. Er wurde von zwei Polizeiautos verfolgt. Zwar konnte er die Verfolger abschütteln, aber wir wissen, dass er einen Truckfahrer als Geisel genommen hat. Es wurde schon Luftunterstützung angefordert, um ihn möglichst schnell wieder zu finden."

„Danke für die Information." Na wunderbar, das lief ja prima. Die Kollegen hier in Oregon schien ihr Handwerk zu verstehen. Einerseits freute Corin sich über die baldige Verhaftung des Gesuchten, aber anderseits ärgerte er sich auch darüber, Juan nicht selbst zur Strecke gebracht zu haben. Hauptsache, der Kerl kam hinter Schloss und Riegel. Und da es auch um Polizistenmord ging, drohte bei einer Verurteilung die Todesstrafe.

Gnade hatten Mörder nicht verdient und auch nicht zu erwarten. Da war das Gesetz der Vereinigten Staaten klar und deutlich.

Corin verließ das Krankenhaus wieder. Er sog die Sommerluft tief ein, aber sie erfrischte ihn kaum. Dafür war sie nicht kühl genug.

Juan und Ted war klar, dass sie nicht lange in dem Truck bleiben konnten. Sie mussten sich schnellstmöglich ein anderes Transportmittel aussuchen. Der LKW ließ sich viel zu einfach aufspüren.

Und die Polizei würde sich nicht so einfach geschlagen geben. Zudem hatte die Staatsmacht noch mehrere Möglichkeiten, sie schnell wieder zu finden, wie beispielsweise die angeforderte Luftunterstützung. Dagegen gingen den beiden Jungen langsam die Ideen aus. Man konnte nicht dauernd das Fahrzeug wechseln. So einfach war das alles nicht. Und außerdem, wo sollte man schon die nächste Mitfahrgelegenheit finden? Sich einfach an den Straßenrand stellen und Anhalter spielen? Die Vorstellung klang lächerlich. Und trotz allem, ihre Fahrt im Truck durfte nicht zu lange dauern. Beide sollten das Fahrzeug verlassen haben, wenn die Polizei es fand.

Am Straßenrand, halb von den Bäumen verdeckt, tauchte plötzlich ein altes, angerostetes Schild auf. Teilweise splitterte schon die Farbe ab. Dennoch konnte man es gut lesen.

„Marion Forks Restaurant and Lounge – 6 Meilen" stand darauf.

Eine Möglichkeit das Fahrzeug zu wechseln. Die wievielte Karre auf dieser Flucht wäre es? Die fünfte oder sechste? Juan hatte keine Lust, nochmal durchzurechnen, aber letztendlich spielte es auch keine Rolle. Einfach ein Auto kurzzuschließen hörte sich einfach an, stellte aber ein Problem dar, wenn niemand so genau wusste, wie das eigentlich ging.

Ganz unabhängig davon drängte sich ein weiteres Problem auf. Beide Jungen hatten Hunger und Durst. Seit gestern war ihnen nichts mehr zwischen die Zähne gekommen. Ihre kleine Auszeit bei dem Schwarzen John hatte ihnen nicht geholfen. Sie war zu kurz für einen kleinen Imbiss gewesen. Aber man musste essen und trinken. Gerade, wenn ein Tag einen dermaßen schlauchte wie dieser. Und noch stand die Sonne am Himmel. Die gelbe Scheibe sank zwar unaufhörlich Richtung Westen, aber bis zur Dämmerung dauerte es ein Weilchen. In diesen letzten Stunden konnte noch einiges passieren. Zumindest musste mit … nun, mit irgendetwas gerechnet werden. Was auch kommen mochte. Juan und Ted waren den zukünftigen Ereignissen ziemlich hilflos ausgeliefert. Das durfte so nicht weitergehen. Die Jungs waren gezwungen, die Initiative zu ergreifen, wenn die Flucht weitergehen sollte.

Eine reine Reaktion auf die nächste Überraschung stellte keine Lösung dar.

„Hey, Sie", sprach Juan den Fahrer an. "Haben sie irgendwo frische Kleider?" Die Frage resultierte aus einer einfachen Überlegung: wenn sie eine Mitfahrgelegenheit suchten ohne Waffengewalt anzuwenden, sollten die beiden wenigstens etwas manierlich aussehen. Tylers Klamotten, die sie heute Morgen bekommen hatten, sahen von der Flucht durch die Höhle und den Wald schon sehr mitgenommen aus.

„Wie? Kleider? Wozu willst du Kleider?"

„Wenn du noch mal eine Frage mit einer Gegenfrage beantwortest, knall ich dich ab. Also, ich warte auf eine vernünftige Antwort."

„Hinten in der Schlafkoje ist was zum Anziehen. Aber ich weiß nicht, ob es euch passt."

„Das wird es müssen. Dann werde ich mich mal da hinten umsehen. Währenddessen   hältst du ihn mit der Knarre in Schach, Ted."

„Was? Das kannst du nicht von mir verlangen. Ich kann niemanden mit der Waffe bedrohen", stammelte dieser.

„Oh doch, du kannst. Wenn nicht, dann erschieß ich zuerst den Fahrer und dann dich. Verstanden." Diese Drohung konnte natürlich nicht wahr gemacht werden, aber Juan hoffte, dass Ted Manns genug war, jetzt nicht einzubrechen.

Mit klopfendem Herzen nahm Ted schließlich die Pistole und richtete sie weiter auf den Fahrer, während Juan sich die Schlafkoje des Trucks ansah.

Die war erstaunlich groß, wie für einen Kenworth W 900 üblich. Hier konnte man doch sicher auch was zum Essen und Trinken finden. Als erstes fiel sein Blick auf eine ältere Kaffeemaschine, die auf einer kleinen Anrichte an der linken Seite stand. Direkt neben der dunkelroten Maschine stand eine noch halb volle Thermoskanne. Wenn die Fahrten quer durch die Vereinigten Staaten lang wurden, war der ein oder andere Schluck starken Kaffees bestimmt hilfreich. Irgendwo summte leise eine Klimaanlage und hielt die Temperatur in der Kabine auf einem gleichbleibenden, angenehmen Niveau. Egal, ob in der heißen Wüste oder im kaltem Gebirge. Ebenfalls befand sich eine Mikrowelle auf der Anrichte, um Speisen zu erwärmen. Auch das war ein wichtiger Luxus, um nicht dauernd auf warme Sachen verzichten zu müssen. Oft fehlte nämlich die Zeit, um in einem Truckstore abzusteigen. Der Termindruck bei Speditionen stieg von Jahr zu Jahr.

Natürlich gab es hier einen Kühlschrank, der leicht verderbliche Lebensmittel etwas länger haltbar machte. Als Juan ihn öffnete, stieß er einen Seufzer der Erleichterung aus. Neben einigen Bierdosen befanden sich auch einige Softdrinks darin. Zwei 0,3 Liter Flaschen Cola von einem No-Name Hersteller und eine weiße Limonade von der gleichen Firma. Wenigstens ihren Durst konnte man damit stillen. Zusätzlich befanden sich auch drei belegte Brote im Kühlschrank, die sich der Fahrer wahrscheinlich von zu Hause mitgebracht hatte. Also löste sich das Problem des Hungers ebenfalls. Auch der eine Fruchtjoghurt konnte einen knurrenden Magen zum Schweigen bringen. Was gab es in dieser Schlafkoje noch zu sehen? Ein CB-Funkgerät. Das musste zerstört werden. Es erlaubte dem Fahrer, Hilfe zu rufen. Zwar erst dann, wenn sie den Truck verlassen hatten, aber trotzdem. Ein zerstörtes Funkgerät würde ihnen vielleicht etwas Zeit verschaffen. Möglicherweise nicht viel, doch genug, um einen kleinen Vorsprung vor ihren Verfolgern zu bekommen. Vorrangig war, die Polizei so in die Irre zuführen, dass deren Suche nach ihnen von neuem gestartet werden musste.

Ansonsten standen nur noch ein ungemachtes Bett mit einem kleinen Bücherregal und der Kleiderschrank in dem ganz in schmutzigem weiß gehaltenen Raum. Durch die mit kleinen orangefarbenen Vorhängen geschmückten Fenster fiel nur ein mattes Sonnenlicht. Durch die vorbeiziehenden Schatten der Bäume wurde ein unregelmäßiges, aber beruhigendes Flackern erzeugt.

Mit einem beherzten Tritt gegen das Funkgerät machte Juan es funktionsunfähig. Den Krach hörte man natürlich auch in der Fahrerkabine. Der Trucker drehte nur kurz den Kopf nach hinten. Immerhin wurde er immer noch mit einer Pistole bedroht, auch wenn Ted sein Unwohlsein deutlich anzusehen war. Fast zitterte die Waffe in der Hand. Hoffentlich kam der LKW-Fahrer nicht auf dumme Gedanken.

Um diese Gefahr so klein wie möglich zu halten, suchte sich Juan sofort neue Klamotten aus. Es tat gut, endlich diese violetten Shorts von Tyler los zu werden. Mit denen konnte man sich nur schämen. Als neues Hemd wählte er ein Navy-blaues T-Shirt mit der Aufschrift und dem Emblem der „SEATTLE MARINERS". Juan war Fan dieser Baseballmannschaft und wünschte sich, dass die Spieler bald den AL-West Division Titel gewannen. Dieses Jahr waren sie nur 4. geworden. Als Hose musste eine blaue Jeans herhalten. Beides passte ihm nur bedingt. Alles war ein paar Nummern zu groß. Aber besser als die alten Kleider.

Danach nahm er ein paar Schlucke aus einer der beiden Colaflaschen und eines der kleinen belegten Brötchen. Es schien unglaublich, wie solche Kleinigkeiten die Lebensgeister wieder weckten. Auch die Hoffnungslosigkeit ihrer Situation rief nicht mehr ganz so viel Verzweiflung hervor, wie noch vor einigen Stunden. Dabei hatte sich ihre objektive Lage nicht gravierend verbessert. Die Polizei würde ihre Suche sicher noch intensivieren und den Jungen auch weiterhin kaum eine Pause gönnen.

Als Juan in das Führerhaus zurückkam, nahm er Ted die Waffe ab und sagte: „Los, zieh dich auch um, ich will nicht länger als nötig in diesem Truck rumhängen. Das ist zu auffällig."

Rechts und links der Straße zogen die riesigen Nadelwälder der Berge vorbei. Das Spiel zwischen Licht und Schatten zauberte überall teils surrealistische Formen auf den schwarzen Asphalt. Ein hübscher Anblick. Die Umgebung wurde auch durch die steilen Hänge optisch aufgewertet, denn der Highway verlief in der Schlucht des Santiam River. Ganz ähnlich wie am Tag zuvor der Mc. Kenzie Highway. Die meisten größeren Straßen in diesem Gebiet orientierten sich an Flüssen. Der kleine Flughafen lag inzwischen etwa 12 Meilen hinter ihnen. Ted erschien fertig umgezogen wieder im Führerhaus.

„Man, hat das lange gedauert", sagte Juan. „Hast du dir noch einen gewichst oder was?"

Schön wär's, dachte Ted, zog es allerdings vor, auf die Frage nicht zu antworten.

Wieder erschien ein Schild am Straßenrand das den Rastplatz Marion's Fork Restaurant ankündigte. Es lag jetzt nur noch eine Meile entfernt.

„Da fährst du raus, verstanden", sagte Juan.

Der Trucker gehorchte ohne Widerstand. Der Parkplatz, auf den der LKW einbog, hatte schon bessere Tage gesehen. Zwar war er asphaltiert, aber die Oberfläche wies zahlreiche Risse auf. Besonders unangenehm spürte man die teils recht tiefen Schlaglöcher, auch wenn die Erschütterungen durch die gute Dämpfung des Lasters abgemildert wurden. Mitten auf dem Platz lag ein altes Feuerzeug und reflektierte die Sonnenstrahlen. Die schweren Reifen des Trucks zerquetschtes es, als sie darüber rollten.

Das Restaurant selbst bot dagegen ein anderes Bild. Entweder war gerade eine Renovierung durchgeführt worden oder das Gebäude ziemlich neu. Die weißen Wände leuchteten fast, genauso wie das mit neuen roten Ziegeln gedeckte Dach. Ein weißes Aufstellschild direkt am Eingang wies auf einen kleinen Wasserfall in der Nähe hin. Der Fußpfad zu dieser Sehenswürdigkeit sollte nur fünf Minuten in Anspruch nehmen. Mit Zeitangaben war das immer so eine Sache. Während der eine für einen Kilometer weniger als 15 Minuten benötigte, kamen andere in 30 Minuten nicht so weit. Eine Entfernungsangabe wäre besser gewesen.

„Und was jetzt?", fragte der Fahrer kleinlaut.

„Jetzt gehen wir beide hinten in deine Schlafkoje", antwortete Juan.

In den Augen des Truckers blitze Angst auf. Er rechnete sicher damit, jetzt erschossen zu werden. Dabei hatte der Tag für ihn so gut angefangen. Seine Freundin hatte den Heiratsantrag, der er ihr heute Morgen gemacht hatte, euphorisch angenommen. Das alles spielte jetzt wohl keine Rolle mehr. Wie schnell konnte doch ein Leben zu Ende sein.

Doch die Waffe funktionierte ja nicht. Deshalb schlug Juan mit dem Lauf der Pistole zu.

Der Trucker wankte, steckte die ganze Sache aber erstaunlich gut weg. Ein zweiter Schlag erfolgte, diesmal gezielt auf die Schläfe. Noch stärker als der erste und um vieles wirkungsvoller. Der Fahrer stürzte bewusstlos zu Boden. Blut lief aus seinem Kopf.

Juan fühlte sich nicht wohl. Eigentlich war es nicht geplant gewesen, ihn so schwer zu verletzen. Hoffentlich nicht lebensgefährlich. Aber was passiert war, war passiert und nicht mehr rückgängig zu machen.

„Was hast du mit ihm gemacht?", fragte Ted, nachdem Juan in den Führerstand zurückkam.

„Er schläft jetzt für ne Weile."

„Und wenn er wieder aufwacht?"

„Dann hat er vielleicht etwas Kopfschmerzen und wir sind hoffentlich weit weg."

„Willst du hier etwa ein Auto stehlen?"

„Es wäre nicht das erste Mal, aber ganz so radikal wollte ich nicht vorgehen."

„Und wie willst du vorgehen?"

„Na ja, auf dem Parkplatz hier stehen einige Wohnmobile. Wir könnten jemanden fragen, ob er uns mitnimmt."

„Das klappt bestimmt nicht. Ich würde uns nicht mitnehmen."

„Nur weil du weißt, wer wir sind. Wenn du keine Ahnung hast, bist du auch nicht misstrauisch. So schlimm sehen wir doch gar nicht aus."

„Außer, dass die Leute denken, wir wären nicht in der Lage, uns passende Klamotten zu kaufen."

„Ach was, so was ist gerade modern."

„Eben nicht, das war modern, inzwischen ist es uncool."

„Ob ich cool wirkte oder nicht, ist mir gerade ziemlich egal."

„In Ordnung, du willst jetzt also da reingehen und an jedem Tisch fragen, ob uns irgendjemand mitnimmt. Einfach so?"

„Nein, wir werden dieses Restaurant nicht betreten. Wir warten hier draußen und fragen dann. Nicht vorher. Denn… "

Im selben Moment verließ eine Familie mit zwei Kindern die Raststätte. Juan ging direkt auf sie zu und fragte so ruhig wie möglich: „Entschuldigen Sie. Es ist mir wirklich peinlich, Sie einfach so anzusprechen, aber mein Freund und ich würden gerne in die nächste Stadt. Könnten Sie uns vielleicht mitnehmen?"

Der Mann sah ihn seltsam an, dann lenkte er seinen Blick auf Ted. Die beiden Jungs wirkten harmlos.

„Was meinst du, Mary-Ann?", fragte er seine Frau, „sollen wir den beiden den Gefallen tun?"

„Warum nicht, wir fahren bis Salem."

„Die nächste Stadt würde uns auch schon helfen", sagte Juan.

„Na gut, wir nehmen euch mit. Platz haben wir ja genug."

Das war ja einfach. Keine Nachfrage, warum zwei etwa 18-jährige auf einem Parkplatz herumlungerten und irgendwohin mitgenommen werden wollten. Zum zweiten Mal an diesem Tag trafen die beiden auf vertrauensselige Leute.

„Mein Name ist übrigens Chad, meine Frau heißt Mary-Ann und das sind meine beiden Söhne Stephen und Jaden. Die beiden sind 6 und 7", stellte der Mann seine Familie vor. „Und wie heißt ihr?"

„Ich bin Jose und das ist Andi", benutzte Juan wieder ihre Decknamen, um jedes Risiko auszuschließen. Vielleicht hatte einer der Familie ja gestern oder heute Radio gehört. Dort wurde bestimmt über sie berichtet und eine Beschreibung durchgegeben.

Ted hatte sich zwar die Haare blond gefärbt, aber ansonsten waren die Möglichkeiten, ihr Äußeres nennenswert zu verändern, doch sehr eingeschränkt.

Die Familie besaß den größten Caravan auf dem Parkplatz. Juan achtete sorgsam darauf, dass niemand die Pistole bemerkte, die er unter seinem weiten Hemd verbarg.

Das Wohnmobil wirkte wie ein halbes Haus, so geräumig war sein Inneres. Dieser Chad musste ein Schweinegeld haben.

„Sie haben da wirklich ein schönes Stück", bewunderte Juan den Caravan.

„Danke, Junge, aber das Ding war auch nicht ganz billig. Doch es hat sich gelohnt. Meine Familie und ich campen gerne, wollen aber auf keine Annehmlichkeit verzichten. Da ist so was genau das Richtige."

„Machen Sie hier in Oregon Urlaub?"

„Ja, vielleicht. Wir wissen noch nicht so genau, ob wir wirklich in der Nähe von Salem bleiben oder hoch bis Washington fahren. Kommst du daher?"

„Wie kommen Sie darauf ich käme aus Washington?"

„Na ja, dein T-Shirt. Die Mariners sind doch die Baseball Mannschaft von Seattle. Bist du ein Baseball-Fan?"

„Chad", schaltete sich seine Frau Mary-Ann ein, „fang nicht schon wieder mit dem Sport an."

„Reg dich nicht auf, Schatz. Das sind junge Männer. Alle Männer begeistern sich für Sport."

Eine interessante Einschätzung, dachte Ted. In diesem Fall wäre er kein Mann. Bis auf den ein oder anderen Super-Bowl war ihm so ziemlich alles egal. Und das Footballfinale sah er sich auch nur wegen der Halbzeit-Shows an.

„Also, Sie haben Recht. Ich komme tatsächlich aus Seattle und mag auch Baseball", sagte Juan. Eine Diskussion über Sport war angenehm. Endlich mal ein Gespräch, das sich nicht um diese wahnwitzige Flucht drehte.

„Siehst du, hab ich doch gesagt. Alle Männer sind interessiert an Sport." Dann wandte er sich wieder an Juan. „Weißt du, auch ich liebe Baseball. Meine Familie kommt aus Chicago und meine Favoriten sind die White Sox."

„Eine gute Mannschaft. Die stehn im Moment auch auf Platz eins, wenn ich richtig informiert bin."

„Ja, genau und bis zum Ende der Saison wird das auch so bleiben. Da bin ich mir sicher. Wo stehen eigentlich die Mariners?"

Was für eine Frage! Dieser Chad wusste genau, dass die Mariners auf Platz vier standen. Die Saison von 1993 war nicht ideal für das Baseball-Team von Seattle verlaufen.

„Zurzeit sieht es nicht ganz so gut aus. Aber es kann nicht mehr lange dauern, bis die Mariners auf Platz eins stehen. Sie verbessern sich von Jahr zu Jahr."

„Kann schon sein. Halte ich aber für unwahrscheinlich. Siehst du dir die Spiele nur im Fernsehen an oder auch mal live?"

„Wenn es möglich ist, gehe ich zu den Heimspielen. Auswärts, im Fernsehen."

„Ich war auch mal in Seattle bei einem Spiel im Stadion. Wie heißt das noch mal?"

„Der Kingdome."

„Richtig, der Kingdome. Ein schönes Stadion. Wer ist denn dein Lieblingsspieler bei den Mariners?"

„Ken Griffey Jr. Seit der 1989 zu der Mannschaft kam, läuft es. Er ist der beste Spieler."

„Den kenn ich auch. Du hast Recht. Er schlägt überdurchschnittlich viele Home-Runs. Spielst du auch selbst?"

„Ja, aber eher sporadisch als Hobby. Für eine Profikarriere reicht mein Talent nicht."

„Als kleiner Junge wollte ich Profi werden. In der High School war ich gar nicht schlecht, aber dann hatte ich einen Unfall und hab mir mein linkes Knie kaputt gemacht. Danach war es natürlich vorbei. Es sollte wohl nicht sein."

„Tut mir leid."

„Muss es nicht. Wie du am Wohnmobil siehst, hab ich es doch noch zu was gebracht."

„Prahl nicht mit dieser Karre", brachte sich seine Frau wieder ins Gespräch ein.

„Tu ich doch gar nicht, Liebling."

„Doch, tust du. Du lässt keine Gelegenheit aus, darauf hinzuweisen. Das machst du selbst bei unseren Freunden."

„Es hat sich noch keiner beschwert."

„Ja, weil sie alle Manieren haben."

„Willst du damit andeuten, ich hätte keine?"

„Das hast jetzt du gesagt."

Was sollte das denn? Wollten die beiden sich jetzt streiten, während Juan und Ted dabei waren? Sollten sie doch.

Weit konnte es zur nächsten Stadt eigentlich nicht mehr sein. Doch noch sah man links und rechts nur Wald. Eine landschaftlich schöne Strecke.

Dann tauchten am Straßenrand die ersten Häuser auf. Zuerst nur vereinzelt, dann immer mehr. Sie näherten sich Idanha.

„Würden Sie uns hier bitte rauslassen", bat Juan.

„Hier? ich hab gedacht ihr wollt in die nächste Stadt. Das hier ist doch ein winziger Ort."

„Das geht schon. Außerdem möchten wir Sie nicht länger belästigen als nötig. Danke, dass Sie uns mitgenommen haben."

Chad hielt an und ließ die beiden Jungen aussteigen.

Idanha konnte man beim besten Willen nicht als Stadt bezeichnen. Mehr als dreihundert Menschen lebten bestimmt nicht hier. Eher weniger. Links von ihnen zweigte die Main Street ab. Da es verdächtig wirken würde, einfach unschlüssig am Straßenrand herum zu stehen, beschlossen sie, das Örtchen zu erkunden. Viel Zeit blieb ihnen nicht. Die Polizei hatte vielleicht vorerst ihre Spur verloren und würde sie auch dann nicht sofort finden, wenn der Truck aufgespürt war, aber sicher konnten sich beide nicht fühlen. Denn Aufgeben kam für die Cops wohl nicht in Frage. Vor allem Corin würde alles daran setzen, Juan zu verhaften.

„Denkste wir haben die Bullen endlich abgehängt?", fragte Ted.

„Nur für den Moment. Das Ganze ist noch nicht vorbei."

„Das befürchte ich auch."

„Genau deshalb müssen wir uns dringend neu bewaffnen."

„Und wie willst du das anstellen? Den nächsten ausrauben?"

„Das ist hoffentlich nicht nötig."

„Aber was hast du vor?"

„Zuerst suchen wir ein Waffengeschäft. Immerhin liegt dieses Kaff mitten im Wald. Ich könnte mir gut vorstellen, als Jäger hier Urlaub zu machen. Es muss also eines geben."

„Hast du eigentlich irgendeinen durchführbaren Plan, wenn wir das Geschäft finden?"

„Das wird sich zeigen. Du bleibst am besten im Hintergrund."

„Das brauchst du mir nicht zweimal zu sagen."

Die Häuschen am Straßenrand gehörten zur Mittelklasse. Keine Villen, auch wenn die eine oder andere einen Pool im Garten hatte. Meistens handelte es sich dabei allerdings um recht kleine Becken. Die Sonne stand schon tief und die Schatten der Häuser wurden immer länger.

Gleichwohl war es immer noch warm. Eine angenehme Wärme. Nicht so erschlagend, wie manchmal an der Küste. Gerade im Hochsommer fühlte man sich im Gebirge wohl.

Die erste Querstraße, auf die sie trafen war die Second Ave. Direkt an der Ecke befand sich ein Waffengeschäft. Juan hätte nicht geglaubt, so schnell eines zu finden. Umso besser. Es wäre nicht gut gewesen, ewig ziellos in dem kleinen Ort herumzulaufen. Dies hätte nur Verdacht erregt.

‚Guns 4 Life' stand in grünen Buchstaben über dem Eingang. Ein interessanter Name, auch wenn eine Interpretation nicht ganz einfach war.

Weit und breit war niemand zu sehen. Die Gelegenheit schien günstig.

Die beiden betraten das Geschäft. Wie vereinbart, hielt sich Ted im Hintergrund, während Juan das Gespräch führte. Vorzugeben, man hätte Ahnung von Revolvern, kam nicht in Frage.

Ein Experte würde das merken. Also sprach man am besten gleich mit dem Verkäufer. Doch es gab ein Problem. Sie hatten kein Geld. Trotzdem eröffnete sich eine Möglichkeit, die Sache ohne Gewaltanwendung über die Bühne zu bringen.

„Guten Abend Mister", Juan sah auf das Namenschild an der Brust, „Smith. Ich hoffe Sie können mir helfen", sprach er den Verkäufer an.

„Natürlich. Sie wünschen?"

„Ich bräuchte eine kleine, handliche Waffe, kenn mich da aber nicht so gut aus."

„Geht es um eine Jagdwaffe?"

„Nein, eigentlich nicht."

„Also reine Selbstverteidigung."

„Sozusagen. Man fühlt sich dann sicherer."

„Das stimmt. An was genau haben Sie denn da gedacht?"

„Wie gesagt, ich bin da kein Experte. Was würden Sie mir denn empfehlen?"

„Da gibt es mehrere Möglichkeiten. An welchen Preisrahmen hätten Sie denn gedacht?"

Verdammt, diese Frage hätte er gerne noch etwas aufgeschoben, aber jetzt hieß es, schnell zu handeln.

„Gut, dass Sie fragen", begann Juan, " da gibt es nämlich ein kleines Problem. Im Moment bin ich etwas knapp bei Kasse, deshalb würde ich Sie gerne fragen, ob Sie vielleicht eine ältere Waffe als Teil der Zahlung akzeptieren?"

Der Verkäufer setzte ein misstrauisches Gesicht auf. Er vertrieb in seinem Geschäft natürlich nicht nur Neuware, aber eine gebrauchte Pistole oder Gewehr als Zahlung zu akzeptieren, bereitete ihm doch ein wenig Bauchschmerzen. Doch man sollte nicht von vorne herein ablehnen. Mal sehen, was der Junge anzubieten hatte.

„Also eigentlich lehne ich das ab. Was würden Sie mir denn anbieten."

Juan zog die Pistole von John, dem Schwarzen, aus seinem Hosenbund und legte sie auf die Ladentheke. Der Verkäufer sah sie sich genau an.

„Das ist ein sehr altes Stück. Wo haben Sie die denn her?"

„Die haben mein Vater und ich im Nachlass meines Großvaters gefunden", antwortete Juan geistesgegenwärtig.

„Ja, eine schöne handwerkliche Arbeit. So was findet man heutzutage ganz selten. Aber sie ist beschädigt. Das mindert natürlich den Preis."

„Ich weiß, dass sie nicht funktioniert. Deshalb brauche ich ja auch eine neue. Wie viel würden Sie mir denn bieten?"

„Wenn sie noch ganz wäre, könnte ich etwas mehr bezahlen, aber so gibt es maximal 100 Dollar. Und auch das nur, weil es ein so seltenes, gut erhaltenes Stück ist."

„Hundert Dollar? Bekommt man dafür eine neue Waffe?"

„Also eine neuwertige nicht. Dafür muss man schon etwas mehr hinlegen, aber wenn Sie mit einer gebrauchten Vorlieb nehmen, lässt sich da was machen. Natürlich sind auch die gebrauchten Pistolen bei mir beste Qualität", lobte der Verkäufer sein Geschäft.

„Kein Problem. Hauptsache sie funktioniert."

„Das ist bei mir eine Selbstverständlichkeit."

Juan wurden mehrere Modelle gezeigt. Vor allem eines pries der Verkäufer an.

„Also, dieses Modell wäre die erste Wahl. Die Pistole ist das Star Modell M 43 Firestar. Kaliber 9 mm Luger, halbautomatisch. Die Waffe kommt aus Spanien und ist erst seit kurzem auf dem amerikanischen Markt erhältlich. Dieses spezielle Stück stammt aber direkt aus Europa."

„Hört sich gut an."

„Und ob, sie ist genau das, was Sie suchen. Klein, leicht und besonders angenehm zu tragen. Man sieht sie kaum. Trotzdem eignet sie sich wunderbar zur Verteidigung. Durch die Halbautomatik erreicht sie ebenfalls eine hohe Schussfrequenz. Sie brauchen nicht nachzuladen. Es gibt sogar ein Magazin Munition gratis. Ein Sonderangebot, das nur diese Woche gilt."

„Wie viel würde sie denn nun kosten?"

„Na ja, eigentlich 110 Dollar, aber für Sie würde ich auf 100 runtergehen."

„Also genau das, was Sie für meine alte Waffe zahlen wollen."

„Ja, ein einfaches Tauschgeschäft."

„In Ordnung. Abgemacht." Ob Juan nun über den Tisch gezogen wurde oder nicht war ihm egal. Er brauchte eine Waffe, egal zu welchen Konditionen.

„Sehr schön."

„Ich hätte da noch eine Bitte. Können Sie mir zeigen, wie man diese Pistole lädt?"

„Das ist ganz einfach", sagte der Verkäufer, „Sie schieben einfach das Magazin rein. Entsichern und Sie können feuern."

„Danke, vor allem dafür, dass Sie die alte in Zahlung genommen haben."

„Bei Guns 4 Life ist der Kunde immer noch König. Ich versuche jedem so gut wie möglich zu helfen. Empfehlen Sie mich weiter."

„Werde ich tun, Mr. Smith. Auf Wiedersehen."

Juan und Ted verließen das Geschäft wieder. Endlich konnten sie sich wieder wehren. Die neue Firestar vermittelte ein Gefühl der Sicherheit. Doch jeder wusste, dass es ein trügerisches Gefühl war. Im Gegenteil. Eine geladene, schussbereite Waffe erhöhte die Gefahr eines weiteren Opfers und konnte somit noch schneller ins Verderben führen.

Während die Polizeihubschrauber inzwischen den gesuchten Truck an der Raststätte ausfindig gemacht hatten, stellte sich für Juan und Ted die Frage, wie es weitergehen sollte.

Um nicht untätig zu bleiben beschlossen sie, sich Idanha genauer anzusehen. Sie kannten ja erst einen kleinen Teil des Städtchens. Sollte die Polizei sie hier bald aufspüren, war es gut, genaue Ortskenntnis zu besitzen. Ein Entkommen wäre in diesem Fall leichter. Außerdem neigte sich der Tag dem Ende zu.

Beide waren todmüde. Die letzten Stunden hatten ihre Kraftreserven fast völlig aufgebraucht. Sie brauchten Schlaf. Ein sicherer ruhiger Platz, ohne jede Minute darauf gefasst sein zu müssen, verhaftet zu werden. So etwas musste es doch auch hier geben. Aber in diesem Teil Idanhas gab es nichts Derartiges. Mal sehen, wie es anderswo aussah. Einige hundert Meter entfernt, aus der Richtung, aus der sie gekommen waren, zweigte die Chruch Street direkt von Santiam Highway ab. Hinter einer Brücke über den Fluss erstreckte sich ein recht kleines, überschaubares Straßennetz.

Die erste Möglichkeit links brachte sie schon mal weiter. In der Cedar Ave. lag ein ziemlich kleiner Schrottplatz. Die perfekte Möglichkeit, dort die Nacht zu verbringen. Doch es blieb noch ein bisschen Zeit bis zum Sonnenuntergang. Bis dahin wollten sich beide noch ein wenig hier umsehen.

Viel Interessantes gab es nicht zu entdecken. Am Ufer des Flusses an der River Road gab es einen Campingplatz. Er war gar nicht mal so klein und fast voll belegt. In dieser Jahreszeit nichts Besonderes. Viele Familien machten im Sommer Urlaub in den Bergen. Hier herrschten nicht so hohe Temperaturen wie direkt an der Küste, und die Landschaft war traumhaft. Perfekt zum Wandern, ein Sport, der in letzter Zeit auch immer mehr Jüngere zu begeistern schien. Für Juan wäre das nichts. Ohne richtiges Ziel in der Natur rumzulaufen hielt er für Zeitverschwendung. Was brachte das schon?

Auch dieser Campingplatz, der River Mountain RV Park, wie ein Schild am Eingang ihn nannte, bot Versteckmöglichkeiten, doch dort waren einfach zu viele Menschen. Wenn es irgendwie ging, sollte man unnötige Begegnungen vermeiden. So hatte ihre Entscheidung für den Schrottplatz als Schlafstätte Bestand. Er lag abseits und durch einige Bäume verdeckt, so dass man ihn nicht direkt von der Hauptstraße einsehen konnte.

Der Tag neigte sich dem Ende zu. Bisher schien die Polizei nicht genau zu wissen, wo man suchen musste. In der Ferne waren mal ein paar Hubschrauber zu hören gewesen, aber gefährlich wurde es nie. Vielleicht stand endlich mal eine ruhige Nacht bevor; ohne Wildwasser wie die letzte.

Als die Dunkelheit sich über die Berge legte, wurde es still. Die Sterne funkelten von einem wolkenlosen Himmel herab und die Temperatur nahm deutlich ab. Richtig kalt wurde es jedoch nicht.

Juan und Ted zogen sich auf den Schrottplatz zurück. Im Moment standen dort nur 5 Wracks. Eines total ausgeschlachtet. Die anderen vier warteten noch auf ihre Verwertung. Das Nachtlager schlugen sie im hintersten Ecken des Areals auf.

Bitte, Herr, nur eine Nacht ohne Katastrophen, betete Juan, bevor er einschlief. Seine Bitte wurde erhört. In der Nacht unterbrach die Polizei ihre Suche.

Ted hatte da mehr Probleme. Zu viele sorgenvolle Gedanken kreisten in seinem Kopf herum und hielten ihn noch lange wach. Letztendlich siegte aber die Erschöpfung und der Schlaf übermannte auch ihn.

Lange nach Mitternacht schreckte Juan auf. Er glaubte, etwas gehört zu haben. Doch jetzt herrschte wieder Stille. War es vielleicht ein Traum gewesen?

Nein! Da raschelte etwas. Irgendwas oder irgendwer befand sich ganz in ihrer Nähe.

„Ted, wach auf. Wir haben Besuch."

„Wer? Was? Wer könnte es sein?", fragte Ted noch total schlaftrunken.

„Weiß ich nicht. Es ist nichts zu sehen, aber man kann was hören."

„Ich höre gerade gar nichts."

„Im Moment ist es ja auch ruhig." Plötzlich ein weiteres Rascheln. Diesmal jedoch deutlich lauter und viel näher. „Siehst du, da ist irgendwer."

„Das ist bestimmt nur ein kleines Tier. Kein Mensch schleicht sich mitten in der Nacht auf einen Schrottplatz."

„Außer uns, meinst du wohl."

„Ja, Juan, außer uns. Lass mich weiterschlafen."

Ein gefährliches Knurren ließ beide hellwach werden.

„Ted, dein kleines Tier könnte etwas größer sein als du denkst."

„Ich fürchte du hast Recht. Für einen Dackel ist es wohl zu groß."

„Sehr witzig. Glaubst du, es sind Wölfe?"

„Möglich, obwohl die eigentlich ja heulen."

Hinter einem der Autowracks tauchte ein gewaltiger Schatten auf. Gegen den schwarzen Himmel war er nicht genau zu identifizieren. Es handelte sich aber nicht um einen Wolf. Dafür war diese Gestalt viel zu groß.

Der Schatten näherte sich ihnen unaufhaltsam. Juan spannte den Hahn seiner Pistole. Er spürte Angst vor diesem unbekannten Etwas. Das war eine seiner Schwächen. Angst vor dem Unbekannten. Schon damals, bei der Umsiedlung von Puerto Rico aufs amerikanische Festland, hatte er sich gefürchtet. Weil er die USA eigentlich nicht kannte. Es war etwas Neues, Unbekanntes. Und das verursachte Unbehagen. Diese ganze Flucht war ähnlich. Auch sie führte ins Unbekannte und war doch anders. Er kannte die Zukunft nicht, aber jetzt in dieser Situation stand irgendetwas vor ihm. Ein weiteres Knurren ließ nichts Gutes vermuten.

Als das Ding noch näher kam, wurde ihm plötzlich bewusst, was da vor ihnen stand.

„Ted, das ist ein Grizzly."

„Ein Bär? Das soll ein Bär sein? Das ist ein Gebirge mit reißenden Zähnen."

„Jetzt beruhig dich mal. Vielleicht will er uns gar nicht fressen."

„Und wenn doch?"

„Dann werden wir uns wehren. Immerhin hab ich eine geladene Waffe."

Der Braunbär war riesig. Das Rückenfell dunkelbraun und über der zähnebewehrten Schnauze zwei pechschwarze Augen. Fast glaubte Juan, sich darin zu spiegeln, auch wenn es nur Einbildung war. Die Länge maß mindestens 2,50 Meter. Wenn das Tier auf vier Beinen stand, betrug die Schulterhöhe gerade mal 1,50 Meter, aber beim Aufrichten sah das ganze anders aus. Doch noch trottete er langsam auf sie zu. Weglaufen hatte keinen Sinn. Der Bär würde sie schnell einholen und dann mit Sicherheit töten.

„Am besten, wir bewegen uns gar nicht", schlug Juan vor.

„Hältst du das für eine gute Idee?"

„Hast du eine Bessere?"

„Leider nicht, aber das Vieh nähert sich unbeirrt weiter."

„Ich sehe es, aber möglicherweise geht er einfach vorbei."

„Dein Versuch, mich zu beruhigen, funktioniert überhaupt nicht."

„Ich wusste gar nicht, dass es hier überhaupt Grizzlys gibt." Damit hatte er nicht ganz Unrecht. Eigentlich erstreckte sich der Hauptlebensraum der Braunbären nicht so weit nach Süden. Im Norden Washingtons wurden schon einige gesichtet, aber hier in Oregon musste es sich um ein Einzelexemplar handeln.

Sie wurden wirklich vom Pech verfolgt. Der vielleicht einzige Bär weit und breit traf ausgerechnet auf die beiden Jungs. Von wegen ruhige Nacht.

Ted griff mit der einen Hand nach einem Metallstab. Die lagen hier massenweise auf dem Boden herum.

„Was willst du denn damit?"

„Na was schon? Mich verteidigen, wenn das Mistding mich angreift."

„So ein Monster tötet dich mit einem Prankenschlag."

„Und? Soll ich mich kampflos fressen lassen?"

„Ich würde ihn nicht provozieren. Außerdem, wenn er angreift, hab ich die Pistole. Dann knall ich ihn ab."

In diesem Moment machte der Bär einen Satz auf sie zu. Ein Brüllen kam aus seinem Rachen. Zwei Reihen bräunlicher, furchterregender Zähne blitzten auf. Die tödlichen Krallen versuchten, die beiden zu fassen. Der erste Schlag verfehlte noch sein Ziel, der zweite schlug Juan die Waffe aus der Hand.

Bei dem verzweifelten Versuch, die Pistole wieder aufzuheben, spürte er einen reißenden Schmerz im Rücken. Der Bär schlug mit seinen Pranken nach ihm. Ein weiterer Treffer würde den Tod bedeuten.

„Hey du Mistvieh. Hallo, hier hin," versuchte Ted den Bär von Juan wegzulocken, ohne sich darüber im Klaren zu sein, was ein Erfolg seines Plans bedeuten würde.

Der Grizzly reagierte zuerst nicht darauf, erst als Ted ihn todesmutig mit der Eisenstange attackierte. Das Tier brüllte wütend und drehte sich um. Und dann richtete der Bär sich auf. Dadurch wurde seine Erscheinung noch furchterregender. Ein schlecht gelauntes, hungriges Monster, das jeden Menschen um ein gutes Stück überragte. Es strahlte eine unbändige Kraft aus. Geboren, um zu überleben.

Die Chancen standen gegen die Jungen.

Weitere Stöße mit dem Eisenstab zeigten kaum Wirkung. Der Braunbär näherte sich Ted. Der wich zurück, sah aber keine Möglichkeit zur Flucht. Im Gegenteil. Dieses Vieh trieb ihn immer mehr in die Enge. Rechts und links lagen Autowracks und hinter ihm eine massive Steinwand.

Juan wachte derweil langsam aus der Ohnmacht auf, in die ihn der Bär geprügelt hatte. Die Striemen am Rücken taten immer noch weh, aber zumindest bedeuteten die Schmerzen, dass er noch lebte. Ein halbes Wunder.

Der erste klare Blick fiel auf die Waffe. Er nahm sie und schaute sich nach dem Grizzly um. Der würde in wenigen Sekunden Ted überwältigen. Das durfte nicht passieren.

Die erste abgefeuerte Kugel traf den Bär in den linken Vorderlauf. Der Knall des Schusses und das Schmerzgeheul des verletzten Tieres weckten bestimmt die halbe Stadt auf. Aber es gab keine Alternative.

Der Bär wandte sich wieder Juan zu. Der feuerte zwei weitere Kugeln ab. Beide trafen mitten in den Bauch. Der Grizzly erstarrte für einen Moment, dann stürzte er zu Boden. Tödlich verwundet, winselnd und hilflos mit seinen Beinen in der Luft rudernd, starb das Tier in einer Lache seines eigenen Blutes. Der Kampf endete so plötzlich, wie er begonnen hatte.

Schwer atmend saßen die beiden auf dem Schrottplatz. In keinem der Häuser war Licht angegangen, obwohl drei Schüsse gefallen waren. Entweder hatte sie niemand gehört, oder es wurde ihnen keine Bedeutung zugemessen.

Egal, Hauptsache, es kam keiner nachsehen, welches Spektakel sich hier abspielte.

„Wir sollten von hier verschwinden."

„Ja, und danke, dass du mir das Leben gerettet hast. Wenn du das Vieh nicht abgeknallt hättest, wäre ich jetzt tot."

„Ich muss mich bei dir bedanken, Ted."

Wo sollten die beiden jetzt hin? Etwas ziellos streiften sie durch die dunklen Straßen Idanhas, bis die Entscheidung auf den Campingplatz fiel. Irgendwo dort könnten die Jungen den Rest der Nacht verbringen, auch wenn keiner von ihnen nur ein Auge zumachen würde. Das Adrenalin hielt sie wach, während die Stunden der Dunkelheit dahinkrochen.

Zwei bis dreimal nickten sie jedoch kurz ein, aber diese kurzen Schlafphasen brachten keine Erholung. Als die ersten Sonnenstrahlen über die Berggipfel fielen, war es beinahe eine Erleichterung. Obwohl die Polizei ihre Verfolgung jetzt bei Tageslicht erneut aufnehmen würde.

4. Tag

OREGON: Eugene

Detective Corin Manheimer war enthusiastisch. Gestern, am späten Abend, hatten ihn die Berichte von der Flucht der beiden Jungen erreicht. Heute würde er mit auf die Jagd gehen. Der zuständige Beamte war zwar nicht begeistert davon, einen Kollegen aus Seattle bei sich zu haben, hatte sich aber letztendlich damit einverstanden erklärt.

„Hat die Vernehmung des Truckfahrers gestern Abend noch was gebracht?", fragte Corin den zuständigen Beamten Anderson.

„Nicht viel. Als wir den LKW mithilfe des Hubschraubers gefunden haben, entdeckten wir den Fahrer in seiner Koje mit einer schweren Wunde am Kopf. Sie hat stark geblutet, aber es war nicht lebensbedrohlich. So eine Verletzung kann natürlich die Erinnerung beeinflussen, doch ich bezweifelte, dass wir mehr aus ihm herauskriegen."
"Was hat er denn nun genau gesagt?"

„Nichts, was uns weiterbringt. Er hat die beiden verdächtigen Jungs bis zu dieser Ratsstätte mitgenommen und wurde dann niedergeschlagen. Nur eins noch. Der eine war ziemlich dominant und hat seinen Komplizen auch mit dem Tode bedroht."

„Sein Komplize? Ich denke, Sie sollten da etwas wissen. Nach unserem Kenntnisstand ist das kein Komplize, sondern eine Geisel."

„Dann ist diese Geisel aber sehr folgsam. Denn die hat bisher keinen Fluchtversuch unternommen. Nachdem, was gestern so alles passiert ist, hege ich meine Zweifel, ob es sich hier tatsächlich noch um eine Geisel handelt. Vielleicht war das am Anfang so, aber inzwischen scheinen beide Jungs einvernehmlich zusammen zu fliehen."

„Möglich, das verändert letztendlich aber nichts. Hauptziel ist immer noch die Festnahme von Martinez. Nach allen Zeugenaussagen, die ich bisher gelesen hab, muss es sich um meinen Gesuchten handeln."

„Denke ich auch, Detective."

„Also, Anderson, wie geht's jetzt weiter?"

„Na ja, wir sollten zuerst die nähere Umgebung absuchen. Vor allem die Städtchen Idanha und Detroit sind interessant. Da werden wir anfangen. Vielleicht hat irgendjemand was gesehen, falls die Jungs dort waren oder im Idealfall noch sind."

„Haben wir Anhaltspunkte dafür, dass die Flüchtigen in diesem Ort sind?"

„Nein, nicht direkt, aber irgendwo müssen wir ja anfangen."

Corin gefiel die Antwort nicht. Anderson riet einfach wild in der Gegend rum. Das war keine sorgfältige Polizeiarbeit. Nur leider fiel Corin im Moment auch nichts Besseres ein. Also blieb ihm keine andere Alternative, als Anderson zu folgen. Untätigkeit kam selbstverständlich nicht in Betracht. Denn jede verschwendete Minute konnte den Gejagten einen Vorteil verschaffen. Diese Verfolgung musste heute ein Ende finden.

Als die beiden Polizisten ins Auto stiegen, um zuerst nach Detroit und dann nach Idanha zu fahren, ging gerade erst die Sonne auf.

OREGON: Idanha

Der Himmel leuchtete rot am frühen Morgen. Doch Juan und Ted mussten schon jetzt weiter. Noch länger in diesem Städtchen zu bleiben, barg ein zu hohes Risiko von der Polizei gefasst zu werden. Nur die Richtung musste festgelegt werden. Und das war nicht ganz einfach. Denn niemand von beiden kannte sich in der Gegend aus. Ihr Ziel war zurück nach Seattle zu kommen, denn nur dort konnten sie beweisen, dass Jeff ein Mörder war.

Auch wenn Juan bei dem Gedanken übel wurde. Er brannte nicht gerade darauf, in seine Heimaststadt zurückzukehren und dort einem Monster gegenüberzustehen, das einmal sein Freund gewesen war.

„Also, wohin denn nun?", fragte Ted. „Wieder nach Norden?"

„Ja, aber nicht direkt. Sonst müssen wir uns schon wieder durch diesen Scheißwald schlagen. Davon hab ich genug. Es gibt da bestimmt noch andere Optionen."

„Zum Beispiel?"

„Nerv mich nicht schon am frühen Morgen mit solchen Fragen. Ich denke gerade nach."

„Vergiss nicht, dass wir auch Verpflegung brauchen. Gestern hatten wir Glück, aber das scheint auch immer weniger zu werden."

Damit hatte Ted nicht ganz Unrecht. Ohne einen Schluck Wasser und einen Happen zu essen konnten beide nicht losziehen. Bevor Juan sich also entschied, in welche Himmelsrichtung ihre Flucht weitergehen sollte, musste das Nahrungsproblem gelöst werden.

Der Campingplatz, auf dem sie übernachtet hatten, bot ihnen unverhofft eine gute Gelegenheit, auch wenn dies schon wieder bedeutete, eine Straftat zu begehen.

Ihr Blick fiel auf ein Wohnmobil, an dessen Seite zwei Plastiktüten mit verschiedenen Lebensmitteln und Wasserflaschen standen. In einem Gebiet, in dem Bären herumstreiften, eine bodenlose Leichtsinnigkeit des Caravanbesitzers. Doch gerade solche Unachtsamkeit halfen den Jungs.

Die ein oder andere Dose und zwei Wasserflaschen würden ihnen fürs erste genügen. Denn zu viel durften sie auch mit mitnehmen. Jedes zusätzliche Kilo verlangsamte ihre Geschwindigkeit, und vielleicht mussten beide in nächster Zeit wieder schnell laufen, um der Polizei zu entgehen. Auf einen erholsamen Ruhetag wagte niemand von ihnen zu hoffen.

Gerade wollten sie ihre Vorräte auffüllen, als Juan ein unheilvolles Klicken hinter seinem Rücken hörte. Er wusste sofort, um was es sich handelte.

„Umdrehen!", rasselte eine Stimme.

Ted und Juan gehorchten. Ihnen gegenüber stand ein älterer Mann, so um die 60, und bedrohte sie mit einer Schrotflinte.

„Wolltet ihr mich etwa gerade bestehlen?", fragte er, wobei jegliches Leugnen sinnlos gewesen wäre.

„Würden Sie mir glauben, wenn ich nein sage", antwortete Juan.

„Würde ich natürlich nicht tun. Hältst du mich etwa für blöd, du verflixter Spaniel?"

Spaniel? Was sollte das denn? Auf Grund seiner Herkunft aus Puerto Rico hatte Juan schon vieles gehört, aber Spaniel hatte ihn noch keiner genannt. Und woher zum Teufel konnte dieser Alte wissen, woher er eigentlich kam. Na ja, wahrscheinlich sah man ihm an, dass er ein Hispanic war.

„Los", sprach der Mann weiter, „wir gehen jetzt in meinen Caravan und warten dort, bis ich die Polizei gerufen hab. Die werden solche Subjekte wie euch aus dem Verkehr ziehen."

Die Situation war gefährlich. Erstens konnte der Alte sie jeden Moment abknallen, und zweitens waren die Jungs einer Festnahme ein ganzes Stück näher gekommen. Die Hoffnung, nach der Horrornacht ein paar ruhige Momente zu haben, hatte sich zerschlagen. Es widerstrebte ihnen zwar, in das Wohnmobil zu gehen, aber es blieb den beiden keine andere Wahl. Hoffentlich entdeckte der Mann Juans Pistole nicht. Das würde alles nur noch mehr verkomplizieren.

Der Caravan war innen eher schlicht eingerichtet. Kein Vergleich zu der Luxuskarosse, die dieser Chad gefahren hatte. Neben einer kleinen Kochnische gab es noch eine einfache, wenn auch gemütliche Sitzecke. Dort saß eine ältere Frau, wahrscheinlich die Ehepartnerin des Mannes. Der hatte die Mündung seiner Flinte inzwischen Juan fest in den Nacken gepresst.

„Mein Gott, Karl, was zum Teufel machst du da?", fragte die Frau.

„Diese zwei Lümmel wollten unsere Vorräte klauen, meine Liebe. Glücklicherweise hab ich sie erwischt. Rufst du bitte die Polizei."

„Die beiden sehen recht mitgenommen aus."

Die Frau hatte Recht. Durch den Bärenangriff von letzter Nacht waren ihre Kleider ziemlich zerfetzt und dreckig.

„Ja, richtig, Belle. Sie sehen schon wie Verbrecher aus. Und der eine ist auch so ein Spaniel, die unser schönes Amerika verseuchen."

„Karl, bitte, hör auf mit deinen rassistischen Äußerungen."

„Wieso? Der hier", sagte der Mann und deutete auf Juan, „ist doch nun ein Spaniel oder etwa nicht."

„Woher willst du das wissen?" Und an Juan gewandt: „Woher kommst du, mein Junge?"

„Ich stamme aus Puerto Rico."

„Siehst du, ich hab's ja gleich gesagt. Ein Spaniel", ereiferte sich Karl.

„Ich hab dir gerade gesagt, dass ich so was nicht von dir hören will", wies Belle ihren Mann abermals zurecht.

„Ist aber doch war", brummte dieser vor sich hin.

„Warum wolltet ihr uns denn bestehlen?", fragte die Frau weiter. Anscheinend interessierte sie die Geschichte der beiden Jungen.

„Unsere Wanderausrüstung ist uns verloren gegangen. Leider auch das Geld", versuchte Juan sich zu rechtfertigen.

„Und dann beklaut man einfach Leute? Ihr seid Gesindel", gab Karl wieder seinen Senf dazu.

„Ich werde die Polizei rufen", sagte die Frau, „es sei denn, ihr hab eine wirklich gute Story auf Lager, warum ich es nicht tun sollte."

Das war ihre Chance. Wenn sie jetzt keinen Fehler machten, konnte die ganze Sache noch gut ausgehen. Eine etwas abgeschwächte Version der Wahrheit, wobei einige Passagen weggelassen wurden, wäre vermutlich die beste Möglichkeit.

„Ich warte", sagte Belle.

„Überleg gut, was du sagst, Spa… Puerto Ricaner", warnte Karl und bedrohte sie weiter mit der Flinte.

„Ma'am, Sir, es tut mir wirklich leid. Ehrlich", begann Juan.

„Ich will keine Entschuldigung hören, Junge, sondern warum ihr stehlen wolltet."

„Nun, wie gesagt, wir wollten hier wandern und dann hat uns ein Bär angefallen."

„Ist eure Kleidung daher so zerrissen?"

„Ja Ma'am."

„Ich glaub dem Kerl kein Wort. So weit südlich hab ich noch nie von einem Bär gehört. Der lügt doch wie gedruckt", schaltete der Mann sich ein.

„Es stimmt aber, es war tatsächlich ein Bär", meldete Ted sich zum ersten Mal zu Wort.

„Gesetzt den Fall, ihr sagt die Wahrheit. Wie habt ihr das Tier dann vertrieben?", fragte Belle weiter.

„Es hat plötzlich von uns abgelassen. Warum, weiß ich auch nicht", log Juan und hoffte auf keine weiteren inquisitorischen Fragen.

„Eine recht abenteuerliche Geschichte."

„Ja, aber so war es, Ma'am."

„Und dieser Bär hat euch eure Sachen geklaut, oder wie?"

„Er hat sie zumindest zerstört."

„Aha. Wisst ihr, ich bin eine Frau, die niemanden einfach so verurteilt. Aber ich mag es nicht, für dumm verkauft zu werden."

„Ich versichere ihnen, es war die Wahrheit."

„Langsam Junge, ich habe nicht gesagt, dass ich dir und deinem schweigsamen Freund nicht glaube, aber du musst zugeben, dass vieles ein bisschen seltsam klingt. Mein Mann hat Recht. Bären sind hier in Oregon ziemlich selten."

„Wir haben uns selbst gewundert."

„Was soll ich denn jetzt mit euch machen? Einerseits sollte man euch an die Polizei übergeben, aber anderseits ist ja eigentlich nichts passiert."

„Was?", schrie Karl. „Die beiden wollten uns ausrauben!"

„Beruhig dich, du hast sie ja daran gehindert. Also, wenn überhaupt, blieb es bei einem Versuch. Ich diesem Fall könnte ich ein Auge zudrücken."

„Sie sind sehr freundlich, Ma'am", sagte Juan, in der Hoffnung, es könnte noch glimpflich ausgehen.

„Hör zu, meine Liebe", wandte der Mann ein, „wenn du sie jetzt laufen lässt, beklauen sie gleich den Nächsten. Wir müssen dem Treiben dieser Kerle ein Ende setzen. Das ist unsere Pflicht als Bürger von Amerika."

„Ihr müsst zugeben, mein Mann hat nicht ganz unrecht", sagte Belle zu den Jungs.

„Ich verspreche Ihnen, wir werden so was nicht mehr versuchen."

„Auf solche Versprechungen gebe ich nichts. Denn wie gesagt, ihr habt weder zu trinken noch zu essen."

„Wir kommen schon zurecht."

„Blödsinn. Ihr könnt nicht ohne Vorräte hier in den Bergen rumziehen. Aber ich hätte da vielleicht eine Idee. Setzt euch mal dahin", und an ihren Mann gewandt, „und du hörst endlich auf, die zwei mit deiner heißgeliebten Wumme zu bedrohen."

Karl gehorchte nur widerwillig, senke aber schließlich die Schrotflinte.

„Wie wäre es, wenn ich euch ein bisschen Wasser gebe und was zum Essen, dann braucht ihr andere Leute nicht zu beklauen", sagte Belle.

Juan und Ted waren über dieses Angebot sehr überrascht. Sie hatten so was nicht erwartet. Diese Frau schien die beiden Jungen zu mögen, weshalb auch immer.

Karl dagegen verschluckte sich fast vor Schreck.

„Was, du willst diesen Kerlen auch noch was geben? Hast du den Verstand verloren?" polterte er los.

„Nein. Eigentlich hast du mich auf die Idee gebracht."

„Ich?"

„Klar, du hast doch selbst gesagt, wenn wir sie laufen lassen, stehlen sie die Sachen eben irgendwo anders."

„Ja, aber ich will sie gar nicht laufen lassen."

„Ach komm, jetzt mach mal halblang. Die Jungs sind doch keine Schwerverbrecher. Was auch immer passiert ist, sie befinden sich offenbar in einer Notlage."

„Und das entschuldigt alles?"

„Nein, natürlich nicht. Sie haben einen Fehler gemacht, aber ich glaube, es tut ihnen leid."

„Du lässt dich von einem Spaniel oder Puerto Ricaner, wie du dieses Pack nennst, um den Finger wickeln."

„Ich hab dir schon gesagt, ich will solche Ausdrücke von dir nicht mehr hören."

„Ich spreche so, wie ich will."

„Ich glaube es ist besser, wenn wir gehen!" versuchte Juan das Streitgespräch zwischen den Eheleuten zu beenden.

„Von wegen. Hier geblieben", schrie Karl und hob wieder die Waffe.

„Bitte, mach jetzt keinen Unsinn." Belle's Stimme klang ganz ruhig, ohne einen Anflug von Wut. „Die Situation sollte nicht außer Kontrolle geraten. Karl, mein Lieber, du gehst doch jeden Sonntag in die Kirche und liest in der Bibel. Steht da nicht was von Vergebung? Kannst du denn keine kleine Dummheit vergeben? Niemand hat doch Schaden genommen und das soll doch bitte, bitte so bleiben."

Die religiöse Schiene bewirkte Wunder. Der Mann senkte wieder die Flinte und sagte: „In der Bibel steht auch ‚du sollst nicht stehlen', aber gib den Kerls ihr Wasser und dann werf sie raus, bevor ich mich vergesse und die beiden trotzdem umlege."

Belle gab den Jungs je eine halbe Literflasche Wasser und ein Müsliriegel.

„Ich weiß nicht, wie ich Ihnen danken soll, Ma'am", sagte Juan.

„Einfach, indem du und dein Freund keinen Unfug mehr anstellt."

„Versprechen wir."

„Mehr wollte ich gar nicht hören. Aber jetzt solltet ihr gehen, bevor mein Mann es sich wirklich anders überlegt."

„Nochmals vielen Dank, Ma'am, und Gott schütze Sie."

„Auf Wiedersehen und denkt daran, ehrlich wärt am längsten."

Die hat ja keine Ahnung. Wenn die wüsste, wer wir tatsächlich sind, dachte Juan. Dabei fiel ihm ein, dass sie niemand auch nur ansatzweise nach ihren Namen gefragt hatte. Na ja, umso besser.

Doch nun mussten sie dieses kleine Dörfchen verlassen. Es war Zeit, die Flucht fortzusetzen.

An der Hauptstraße entdeckten sie ein Schild: Detroit 4 Meilen. Wenn man sich beeilte, wäre es in zwei Stunden zu erreichen. Mit etwas Glück wurden sie vielleicht von jemandem mitgenommen. Aber wer nahm schon zwei gerade mal 18-Jährige Jugendliche mit, die so erbärmlich aussahen?

Man musste die Strecke wohl oder übel zu Fuß zurücklegen.

„Und was machen wir, wenn wir dort sind?", fragte Ted.

„Ehrlich, ich hab nicht die geringste Ahnung."

Sie machten sich also auf den Weg. An diesem Tag begannen die Schmerzen. Aber es waren eigentlich keine richtigen Schmerzen. Eher ein Gefühl des Unwohlseins. Leichte Schuldgefühle keimten in Juan auf. Zuerst dachte er, es wäre wegen der Flucht, die durch seine Unüberlegtheit ausgelöst wurde. Doch es gab noch mehr. Diese Gefühle von Schuld und Scham erhoben sich wie eine gewaltige Flut in ihm. Am Anfang war da nichts, wofür man sich so sehr hätte schämen müssen, um solche Emotionen zu empfinden. Doch dann flammten Bilder in seinem Kopf auf. Nur für wenige Sekunden, aber das genügte schon, um ihn einer Panikattacke nahe zu bringen. Wie eine fremde Erinnerung, die ihm ins Gehirn gepflanzt wurde. Was gestern in der Höhle begonnen hatte, stürzte nun über ihn herein wie eine Flutwelle.

Zuerst waren es Bilder, die für nur wenige Sekunden in seinem Kopf erschienen. Doch das reichte schon. Es war die reinste Folter. Denn sämtliche Situationen, die ihm erschienen, handelten vom selben Thema: dem ersten Tag dieser Wahnsinnsflucht. Als Jeff diese Menschen ermordet hatte. Und dennoch, das, was vor seinem geistigen Auge aufblitzte, passte nicht oder nur teilweise zu den Erinnerungen. Einmal stand der ermordete Bauarbeiter lebend in der Grube, obwohl Juan ihn doch tot außerhalb der Baugrube gesehen hatte. Wie konnte also ein solches Bild in ihm auftauchen? Wo lag das Geheimnis?

Es kostete Kraft, darüber nachzudenken. Denn Kopfschmerzen begleiteten jede Vision. Das alles verunsicherte ihn, es machte die ganze Sache noch abenteuerlicher. Immer mehr Logiklöcher tauchten in dem auf, was er glaubte erlebt zu haben. Und genau dies belastete seinen Geist. Raubte ihm der Stress der letzten Tage den Verstand? Vielleicht wäre totale Verrücktheit eine Erklärung für diese Geschichte. Aber so lange Juan sich solche Fragen stellte, war er noch bei Sinnen. Hoffentlich, denn seine Selbstsicherheit schwand. Aber war ihm diese Selbstsicherheit so wichtig? Wurde nicht immer erzählt, dass Leute, die wahnsinnig wurden, am wenigsten darunter zu leiden hatten? Weil sie sich ihrer Situation gar nicht mehr selbst bewusst werden konnten? Bei einer tiefgreifenden Bewusstseinsstörung oder seelischen Abartigkeit, wie es das Gesetz so schön ausdrückte, waren die Gerichte doch meist gnädig, oder nicht? Viele Leute erklärten immer, sie wären tolerant. Wenn dann aber ihre Toleranz gefordert wurde, versagten die meisten kläglich. Würde ein armer Irrer dennoch Erbarmen finden? Die Frage konnte jetzt nicht beantwortet werden. Es wäre auch müßig, darüber nachzudenken. Andere Prioritäten standen im Vordergrund. Und trotzdem, er fürchtete sich vor dem Wahn, der vielleicht in ihm schlummerte. Gerade heute, in dieser Phase der Flucht, durfte der Bezug zur Realität nicht verloren gehen.

Wieder blitzte ein Bild vor ihm auf. Ein Polizist brach tot zusammen. War er vielleicht von einer Kugel getroffen worden? Doch dazu war die Vision zu kurz gewesen.

Ted brauchte davon nichts zu wissen. Der hatte genug mit seinen eigenen Problemen zu tun. Denn er steckte inzwischen so tief in dieser Sache mit drin, dass es immer unwahrscheinlicher wurde, wieder unbeschadet herauszukommen.

Juans Kopfschmerzen verschwanden während ihrer Wanderung nach Detroit und auch die Visionen kehrten erst mal nicht wieder. Wie lange er von dieser Qual befreit blieb, wusste er nicht, aber die Hoffnung, dass alles eine einmalige Sache war, lebte.

Die Straße, der sie folgten, war noch fast leer. Im Laufe des Tages würde sich der Verkehr bestimmt verstärken. Immerhin hatten die meisten Staaten im Westen gerade Schulferien und viele Amerikaner flüchteten von den heißen Küsten in die kühlen Berge. Es war erholsam, den Urlaub bei erträglichen Temperaturen in einer atemberaubend schönen Landschaft zu verbringen. Die bewaldeten Kaskadenberge eigneten sich dazu ideal.

Links und rechts der Fahrbahn zogen sich die Nadelwälder scheinbar endlos dahin und vermittelten ein Gefühl von Frieden und Ruhe.

Die beiden Jungs hatten sie jedoch anders erlebt. Hauptsächlich durch ihre eigene Schuld.

Noch vor einer halben Stunde war Juan sicher gewesen, Ted nichts von seinen Tagträumen zu erzählen, aber nicht darüber zu reden, verschlimmerte möglicherweise noch alles. Deshalb beschloss er, trotzdem darüber zu sprechen.

„Ted", begann Juan „ es gibt da etwas, über das wir reden müssen."

„Da ist mehr als nur etwas."

„Klar, doch es geht mir um ein spezielles Thema."

„Bitte, ich höre dir zu."

„Die Sache in Seattle, die du mir nicht geglaubt hast, erinnerst du dich?"

„Ja, deine abenteuerliche Geschichte, Jeff wäre der Mörder."

„Genau."

„Was ist damit? Und mal gleich vorweg. Ich glaube den ganzen Unsinn immer noch nicht."

„Darum geht es. Ich habe da inzwischen auch meine Zweifel. Das heißt, ich bin mir unsicher, ob meine Erinnerungen an dieses Ereignis der Wahrheit entsprechen."

„Inwiefern?"

„Na ja, einerseits gibt es da Passagen, die glasklar vor meinem geistigen Auge stehen und dann sehe ich kurze Szenen, die nicht dazu passen. Also praktisch zwei Erinnerungen an die gleiche Sache, die sich zumindest teilweise widersprechen. Das macht mir Angst. Verliere ich den Verstand?"

„Du warst in einer Ausnahmesituation, aber vielleicht sind die Bilder, die du jetzt siehst, näher an der Realität, als das, was du mir erzählt hast."

„Möglich. Aber dennoch, entweder hab ich Dinge vergessen, um alles sinnvoll zusammenzuführen, oder ich bin tatsächlich verrückt. Beides sind keine erstrebenswerte Alternativen."

„Willst du mir erzählen, was genau du glaubst zu sehen?"

„Dazu ist alles zu konfus."

„Juan", stellte Ted eine entscheidende Frage, „hältst du es für denkbar, dass du jemanden umgebracht hast?"

„Nein, Blödsinn." Diese Antwort war nicht ganz ehrlich. Auch Juan hatte schon daran gedacht, schob diese Möglichkeit aber weit von sich. Die Vorstellung wäre zu abwegig. Er war kein Mörder! Und hoffte, dies auch nicht zu werden.

„Bist du dir wirklich hundertprozentig sicher?"

„Jetzt hör mal, Ted. Nur weil ich die eine oder andere Sache nicht mehr richtig zusammenkriege, weiß ich doch wohl, ob ich jemanden erschossen habe. So was kann man nicht vergessen."

242

„Und was wenn doch? Wenn du es vergessen wolltest?"

„Nein, das geht nicht. Ausgeschlossen."

„Na gut, dann kannst du doch beruhigt sein."

„Ja, sollte ich, bin ich aber nicht."

„Eines solltest du nicht in Frage stellen, Juan. Ich halte immer noch zu dir."

„Danke, das würden bestimmt die wenigsten tun, nachdem was in den letzten Tagen passiert ist."

„Wohl kaum. Aber du bist kein böser oder schlechter Mensch. Nur gibt es da einige schwerwiegende Fehler, die du begangen hast. Wie zum Beispiel meine Entführung."

„Gebe ich ja zu. Das war bescheuert."

„Bescheuert? Das ist sehr gelinde ausgedrückt."

Es waren noch etwa zwei Meilen bis Detroit, als Juan am Straßenrand ein Auto mit laufendem Motor entdeckte. Es war ein weinroter Chevrolet. Ein paar Meter weiter stand ein Mann mittleren Alters und urinierte in die Wildnis.

Da bot sich ihnen einen super Gelegenheit, um Anhalter zu spielen. Diese durften die Jungs nicht verstreichen lassen. Mehr als nicht funktionieren konnte es ja nicht. Es gab nur ein kleines Problem. Der Wagen parkte auf der falschen Seite. Mit der Schnauze Richtung Osten. Sollte der Fahrer sie mitnehmen, würde es wieder zurück nach Idanha gehen. Doch vielleicht lag gerade darin ihre Chance. Die Polizei würde bestimmt nicht vermuten, dass sie die gleiche Stecke zurückfuhren, die sie erst am Vortag genommen hatten.

Juan sprach den Fahrer an, als der zu seinem Wagen zurückkam.

„Entschuldigen Sie, Sir, fahren Sie zufällig in Richtung Osten und könnten Sie vielleicht meinen Freund und mich ein Stück mitnehmen?"

Der Mann musterte die Jungen etwas misstrauisch.

„Ich bin aber auf dem Weg zum Whitewater Trailhead", antwortete er.

Wo zur Hölle war das denn nun wieder? Klang bös nach Wanderweg. Von nutzlosem Herumlatschen im Wald hatten beide eigentlich genug, aber viel Auswahl, was ihre Fluchtmöglichkeiten anging, gab es nicht.

„Das ist vollkommen in Ordnung. Wir wollten ohnehin in die Gegend."

„Ihr wollt wandern? Ohne Vorräte? Das ist doch ein schlechter Scherz."

„Ich weiß, das klingt seltsam, aber wir treffen uns da mit Freunden. Die haben das Gepäck mitgeholt. Wie beide wollten nachkommen und dann ist unser Auto kaputtgegangen. Deshalb versuchen wir nun, als Anhalter dorthin zu kommen. Es ist reines Glück, dass wir jemanden getroffen haben, der auch zum Wildwasser Trailhead fahren möchte."

„Ihr meint Whitewater Trailhead."

„Ja, natürlich. Ich hab mich nur versprochen."

„Eure Geschichte klingt nicht besonders glaubwürdig."

„Das ist uns bewusst. Deshalb haben wir schon einige Absagen erhalten. Es wäre super, wenn Sie uns helfen, Sir."

„Ich weiß nicht so recht. Ihr Jungs seht nicht vertrauenswürdig aus."

„Das ist von dem Unfall."

„Welcher Unfall?"

„Den wir mit unserem Auto hatten. Deshalb ist es ja kaputt gegangen."

„Also hört mal, das nächste Mal denkt euch eine Story aus, die nicht ganz so schwachsinnig klingt. Aber ich hab ein gutes Herz und irgendwie tut ihr mir leid. Ich kann euch mitholen, wenn du und dein Freund wirklich zu dem Wanderparkplatz wollt."

„Danke, Sir. Wir haben schon nicht mehr daran geglaubt, heute unser Ziel noch zu erreichen."

„Na ja, es ist ja nicht weit. Steigt ein. Ich hoffe, ich bereue meine Entscheidung nicht."

„Bestimmt nicht, Sir."

Die Fahrt ging also wieder zurück über den North Santiam Highway bis zum Abzweig der Whitewater Road 2243, einer schlaglochübersäten Schotterstraße. Als sie auf dem Weg dorthin noch einmal durch Idanha kamen, schauderte es Juan. Gute Erinnerungen bot das kleine Örtchen nicht. Zudem würde bald die Polizei hier auftauchen und einige Bürger befragen. Spätestens dann wussten die Cops, in welcher Gegend sie zu suchen hatten.

Als sie den Highway verließen, zeigte die Digitaluhr am Armaturenbrett des Dodge 9.00 Uhr vormittags. Nach 100 Metern kam eine Gabelung, bei der sie sich rechts halten mussten. Trotz des schlechten Zustandes der Piste kämpfte sich der Wagen tapfer weiter. Noch 7,5 Meilen bis zu ihrem Ziel. Ihr Fahrer sprach kaum ein Wort. Nur manchmal wurde den Jungs ein misstrauischer Blick zugeworfen. Der Mann fragte sich wahrscheinlich, ob es vielleicht doch keine so gute Idee war, zwei Unbekannte mitzunehmen, die zudem recht heruntergekommen aussahen.

Die Straße schlängelte sich in teils abenteuerlichen Schleifen durch den Nadelwald. Die Schlaglöcher waren weniger geworden, aber von Asphalt keine Spur. Hier und da konnte man ei-

nen Blick auf den Mount Jefferson erhaschen. Dessen schneebe-
deckter, 3199 m hoher Gipfel glitzerte im gleißenden Sonnenschein dieses Vormittags. Ein gewaltiger Anblick. Weit war es
nicht mehr bis zu ihrem Ziel. Doch was sollten die beiden auf
einem Wanderparkplatz tun? In dem Aufzug würde man sofort
die neugierigen Blicke ahnungsloser Touristen ernten. Juan war
eigentlich nicht scharf darauf, Aufmerksamkeit auf sich zu ziehen.

Die Abgelegenheit des Parkplatzes würde ihnen im besten
Fall nur einige Stunden Erholung bringen, bevor die Bullen garantiert auch dort auftauchten.

In der Tat war die Fahndung schon in vollem Gange und die
Polizisten, allen voran Corin, der vor Jagdfieber fast platzte, waren sich einig, wo die Flüchtigen sich aufhielten: mit einiger Sicherheit im Gebiet des Mount Jefferson oder auf dem Weg nach
Detroit. Da waren sich die befragten Bürger uneins. Einige hatten beide zu Fuß auf dem Weg nach Norden gesehen und andere
wiederum wie die Jungs in ein Auto gestiegen waren, das in die
entgegengesetzte Richtung fuhr. Zuerst entschied sich die Polizei in den Bergen beim Mt. Jefferson zu suchen. Viele Möglichkeiten, über Straßen dorthin zu kommen gab es nicht. Die nächste Alternative von Idanha aus stellte die Whitewater Road 2243
dar. Sollten sich die Beamten irren, wäre das ärgerlich, aber
wenn nicht, dann stand eine Verhaftung kurz bevor. Die ganze
Flucht dauerte für Corins Geschmack ohnehin schon viel zu lange.

WASHINGTON: Seattle

Im Polizeihauptquartier erhielt der Chief endlich eine Analy-
se von Jeffs Hemd, das dieser Detective Corin am Tag nach dem
Mord zur Untersuchung überlassen hatte. Es gab keine
Schmauchspuren. Das erwartete Ergebnis.

Auch wenn Jeffs Aussage von damals immer noch leicht seltsam klang, es passte zu den bisherigen Ermittlungsakten. Wahrscheinlich war an dem Fall weniger rätselhaft als anfangs von Corin vermutet. Die Verfolgung von Juan Martinez stellte sich als richtig heraus. Beruhigend zu wissen, nie einen Unschuldigen verdächtigt zu haben.

Doch eine Frage blieb und konnte nicht mal im Ansatz beantwortet werden. Das Motiv für die Morde verbarg sich weiterhin im Dunkeln. Warum tötete ein junger Puerto Ricaner plötzlich wahllos Menschen? So was war doch absurd.

OREGON: Whitewater Creek Trail Head

Eine letzte Kurve und vor ihnen tauchte der Wanderparkplatz auf. Es herrschte weniger Betrieb als erwartet. Trotz des schönen Wetters und der angenehmen Temperaturen wollten nur wenige Touristen hier ihre Touren starten. Vielleicht würden es im Laufe des Tages noch mehr werden. Groß war dieser Parkplatz nicht, was nur von Vorteil sein konnte. Je weniger Kontakt die beiden Jungs mit anderen Menschen hatten, umso größer war ihre Chance, nicht verhaftet zu werden.

„Na, wo sind denn eure Freunde?" fragte der Mann, der sie hergefahren hatte.

„Na ja, wir…", begann Juan.

„Gib dir keine Mühe. Ich weiß, dass ihr mich angeschwindelt habt. Weiß der Geier, was ihr hier wollt. Aber das geht mich nichts an. Lasst euch von mir einen Tipp geben. Die Wanderung über den Whitewater Trail ist nicht schwer, aber so schafft ihre keine 4 Meilen. Der halbe Liter, den ihr da habt, wird nicht reichen. Ich hab fast ein schlechtes Gewissen, euch einfach so gehen zu lassen. Das kann ich kaum verantworten."

„Wir wollen Ihnen keine Umstände machen, Sir. Sie haben uns schon mitgenommen. Das ist mehr als genug."

Das Gespräch entwickelte sich nicht gerade nach Juans Geschmack. Er wusste kaum, was er sagen sollte. Dieser Wanderer war so nett und sorgte sich wirklich um die beiden Jungen, aber genau das sollte nicht sein. Mit jeder Minute, die verging, kamen die Polizisten näher. Sie saßen in der Falle. Es gab keinen richtigen Ausweg. Ihnen boten sich nur Notlösungen. Und jede dieser Lösungen brachte neue Probleme hervor. Es war zum Verzweifeln. Vielleicht sollte man sich jetzt ergeben. Jetzt, da die Flucht schon so lange dauerte und alle Kräfte aufgebraucht waren. Doch immer noch konnte sich Juan nicht dazu durchringen. Die Visionen vom Vormittag beunruhigten ihn. Er war kein Mörder! Diese Parole musste man sich immer und immer wieder vorsagen, doch das beseitigte nicht die letzten Zweifel. Denn tief im Inneren, verborgen unter möglicherweise falschen Erinnerungen, begraben unter der Überzeugung, ein guter Mensch zu sein, zermarterten Schuldgefühle seine Selbstsicherheit. Weil nicht sein kann, was nicht sein darf.

All das beschäftigte ihn. War seine Wahrnehmung der Realität denn tatsächlich so verzerrt, dass er sich selbst nicht mehr vertauen konnte? Je länger diese Überlegungen dauerten, umso unsicherer wurde Juan. Hatte er nicht damals, in den ersten Momenten der Flucht, etwas gespürt? In sich selbst? Eine fremde Macht, die ihn in diesen Wahnsinn trieb? Langsam war zu befürchten, dass diese Macht vielleicht gar nicht so fremd war.

„Sir", sagte Juan zu dem Mann, der sie hierher gefahren hatte, „bitte, wir möchten nicht undankbar erscheinen, aber wir kommen allein zurecht."

„Hört zu, ich weiß nicht, wer ihr genau seid und was hier gespielt wird, aber habt ihr Jungs vielleicht was angestellt? Und jetzt traut sich keiner von euch mehr heim? Oder ist es noch schlimmer?"

„Diese Fragen sollten Sie lieber nicht stellen."

„Auweia, ihr scheint ganz schöne Scheiße gebaut zu haben. In diesem Fall sollte ihr euch an die Polizei wenden, bevor es zu spät ist. Die Beamten können euch bestimmt helfen."

„Sir, es hilft keinem von uns, dieses Gespräch noch weiter zu führen. Das nimmt sonst kein gutes Ende."

„Soll das eine Drohung sein, Junge?"

„Nein, nur ein Ratschlag. Sie wollen uns zwingen, Informationen preiszugeben, die Sie bestimmt nicht haben wollen. Also Schluss mit dieser inquisitorischen Fragerei."

„Gut, aber denkt über meine Worte nach. Wenn ihr Mist gebaut habt, hilft es keinem, das zu verheimlichen. Es würde alles nur verschlimmern."

Du hast ja keine Ahnung, du Idiot, dachte Juan. In den letzten Tagen wurden so viele katastrophale Fehler gemacht, dass es schlimmer nicht mehr werden konnte. Die beiden Jungs standen vor den Trümmern ihres Lebens. Ted hätte vielleicht noch eine Chance irgendwie herauszukommen, aber für Juan gab es kaum noch Hoffnung auf ein erstrebenswertes Weiterleben. Die Wege zurück in einen normalen Alltag waren wohl für immer versperrt.

Er rief sich die Erinnerungen an früher in den Kopf, nur um erschreckt und verwirrt zurückzuprallen. Da blitzten wieder diese Handlungsfetzen vor ihm auf. Die Bilder des Doppelmordes, die Jeff entlasteten und ein anderes Bild des ersten Tages zeichneten. Noch war alles unzusammenhängend, aber jedes Mal kam mehr ans Tageslicht. Doch das musste nicht die Wahrheit sein. Dennoch gab es da Sachen, die nicht in seinen Visionen auftauchten, obwohl sie es geben musste, und dann wieder Dinge, die auftauchten, was sie aber eigentlich nicht durften. An dem Tag der Morde hatte Juan tatsächlich eine Pistole dabeigehabt. Er fühlte selbst jetzt noch den kalten Stahl auf seiner Haut. Als Selbstschutz in einem unsicheren Stadtviertel von Seattle war das immer so gewesen. Nein! Das war Blödsinn. Juan hatte niemals eine Waffe besessen, warum also jetzt dieser Wahnsinn? Wie sollte das zusammenpassen? Das war lächerlich. Absurd.

Inzwischen begann Juan sich immer ernsthafter zu fragen, wer er wirklich war.

Langsam kamen auch die körperlichen Schmerzen zurück. Die Verletzungen, die vom Mc. Kenzie River und dem Bärenangriff herrührten, hatte er in den letzten Stunden kaum gespürt. Dafür quälten sie ihn jetzt umso mehr. Die blutigen Schrammen begannen sich zu entzünden.

Wenn nicht bald etwas geschah, würden ihn die physischen und psychischen Probleme zerstören.

Mit einem letzten guten Ratschlag, sich an die Polizei zu wenden, verließ sie endlich der Mann, der beide zu dem Wanderparkplatz gefahren hatte. Schließlich war er nicht für die beiden Jungs verantwortlich und wollte endlich den Trail unter die Füße nehmen, um nicht zu spät wieder zurückzukommen.

Auch Juan und Ted mussten sich irgendwie auf den Weg machen. Die Frage war nur, wohin? Sich noch einmal durch den Wald zu schlagen schied bei näherer Betrachtung aus. Erst gestern hatte diese Entscheidung nur Probleme mit sich gebracht. Das wollten sie vermeiden. Was wollten die Jungen dann eigentlich ausgerechnet auf einem Wanderparkplatz? Ursprünglich war es Juan nur darum gegangen, von dem North Santiam Highway runterzukommen, doch entscheidend verbessert hatte sich ihre Situation auch nicht. Im Gegenteil. Dieser Parkplatz erwies sich vielmehr als Falle. Es gab keinen richtigen Fluchtweg. Sich hierher mitnehmen zu lassen, war nicht mehr als eine Verzweiflungstat gewesen, da Juan nicht wusste, was sie tun sollten. Ihm gingen langsam die Ideen aus.

Sein Blick schweifte zum Mt. Jefferson, dem Bergriesen, der selbst im Sommer eine Schneekappe trug. Sich in diese Richtung zu bewegen, schied aus. In dieser Gebirgslandschaft brachte sie die Umgebung schneller um als die Polizei, die hoffentlich nicht in diesem Gebiet nach ihnen suchte. Diese Hoffnung wurde sofort enttäuscht. Denn noch während Juan fieberhaft über ihre weiteren Schritte grübelte, bog ein Polizeiauto um die Kurve und steuerte direkt auf sie zu. Im letzten Moment gelang es den Jungen, sich hinter einem Busch zu verbergen. Eine unzureichende Deckung, aber die einzige in der Umgebung.

Das Auto hielt auf dem Parkplatz und zwei Beamte stiegen aus. Einen der beiden kannte Juan. Es war der, der ihn in Seattle gestellt hatte. Den anderen hatte er noch nie gesehen. Die beiden Cops sahen sich eher unschlüssig um. Das ließ vermuten, dass Juan und Ted nicht gesehen worden waren. Noch nicht.

„Was denken Sie, Anderson", sagte Corin, „sind wir auf der richtigen Fährte?"

„Ich weiß nicht. Habe da so meine Zweifel. Ich meine, was sollten die Verbrecher hier machen. Die werden wohl kaum einen kleinen Wanderurlaub in ihre Flucht einschieben."

„Nein. Aber irgendwo müssen sie sein. Es wäre eine Blamage, wenn wir ihre Spur verlieren würden."

„Haben wir aber nicht!"

„Natürlich haben wir das, Anderson. Oder wissen Sie, wo sich die beiden Bengel aufhalten?"

„Nicht genau, aber weit können sie nicht sein."

„Das hilft uns leider kaum. Aber wir sollten noch mal zurück in die Stadt. Hier mitten in der Wildnis verschwenden wir nur wertvolle Zeit."

Corin und Anderson stiegen wieder ein und fuhren zur Hauptstraße zurück.

Auch die Jungen machten sich auf den Rückweg zur Straße, auf die Gefahr hin, den Polizisten direkt in die Arme zu laufen. Es blieb ihnen nichts anders übrig. Juan musste zurück nach Seattle, bevor er total wahnsinnig wurde. Nur dort würde man die Lösung des Rätsels finden. Basierten seine Visionen auf wahren Ereignissen oder stellten sie lediglich eine Form der Erschöpfung dar?

Die letzte Phase ihrer Flucht begann. Nur wusste noch niemand, wie lange sie dauern sollte.

Doch egal, ob ihnen Stunden oder Tage blieben, es würde die Hölle werden.

Den Weg nach Norden durch die Wälder anzugehen oder nur zu versuchen, kopflos der Polizei zu entkommen, brachte niemanden weiter. Trotz Schmerzen und Visionen hieß es, einen kühlen Kopf zu behalten. Ein Auto zu stehlen, wie sie es schon mehrfach gemacht hatten, war nicht ratsam. Denn im Moment wussten die Beamten, wo die Jungen sich ungefähr aufhielten. Zwar nicht genau, aber exakt genug, um sich zusammenzureimen, wer es war, der in dieser Gegend einen Diebstahl beging. Noch dazu, wenn es sich um ein Fahrzeug handelte.

Wie kam man nun möglichst unentdeckt Richtung Washington State? Bisher war immer die Devise gewesen, sich fern von anderen Leuten zu halten. Das war den beiden in den letzten Tagen nicht wirklich gelungen, aber große Menschansammlungen hatte man aus dem Weg gehen können. Und vielleicht lag genau hier die Lösung. Je unauffälliger sie sich unter Leute mischten, umso unsichtbarer würden sie werden. Trotz ihrer unsauberen Kleider. In den größeren Städten sahen mehr Leute ähnlich aus, auch ohne Bärenbegegnung. Das Schlimmste, was den beiden passieren konnte, waren abwertende und mitleidige Blicke zu ernten. Dass man sie als die gesuchten Verbrecher identifizierte, schien in Oregon recht unwahrscheinlich.

„Ted", begann Juan, „wir brauchen dringend ein Transportmittel, und ich möchte nicht schon wieder eine Karre klauen müssen."

„Und was willst du sonst machen?"

„Na ja, ich hab hier in der Nähe eine Bushaltestelle gesehen. Da gibt es bestimmt auch eine Verbindung nach Norden."

Ted war sprachlos. Hatte Juan jetzt tatsächlich den Verstand verloren?

„Was, du willst mit einem Bus fahren? Warum stellst du dich dann nicht gleich den Bullen. Wir würden sofort erkannt werden."

„Nein, glaub ich nicht. Die wenigsten in diesem Staat wissen, wie wir aussehen oder wer wir sind."

„Und wenn schon, sieh uns an. Wir sehen aus wie die letzten Penner. Das ist erbärmlich."

„Ja, zugegeben, wie erfolgreiche Geschäftsleute laufen wir nicht durch die Gegend, aber hast du dir mal die Kerle aus der amerikanischen Unterschicht genau angesehen? Die sehen auch nicht besser aus."

„Dein Unterschicht-Gefasel ist ein bisschen klischeehaft, meinst du nicht?"

„Natürlich ist es das. Aber Leute mögen Klischees."

Das war nicht ganz von der Hand zu weisen, aber Ted fühlte sich immer noch unwohl. Daher brachte er weitere Bedenken an.

„Ist dir schon mal in den Sinn gekommen, dass man für eine Busfahrt bezahlen muss?"

„Seit wann? Bist du noch nie schwarzgefahren, Teddy?"

„Nenn mich noch einmal Teddy und ich schlag dir aufs Maul. Du weißt genau, wie ich das hasse."

„Ja, das weiß ich, deshalb ärgere ich dich damit so gerne."

„Schön, dass du dich an so was aufgeilst, aber lenk nicht vom Thema ab. Busfahren kostet Geld!"

„Wir haben aber keins. Also fahren wir schwarz. Außerdem hab ich eine Waffe."

„Toll, und was willst du machen, wenn wir erwischt werden? Den Kontrolleur und den Rest der Insassen abknallen?"

„Jetzt werd nicht unsachlich. Ich werde niemanden erschießen. Wir müssen einfach darauf setzen, ohne Fahrkarte durchzukommen. Und was kann der Kontrolleur schon machen, außer uns rauszuwerfen."

„Er könnte beispielsweise deine Freunde, die Polizei informieren. Dann ist unsere Flucht beendet."

„Ja, aber was regst du dich eigentlich auf? Offiziell bist du immer noch meine Geisel. Fliegen wir auf, kommst du aus der Sache heil raus."

„Daran glaub ich nicht, Juan. Ich steck doch schon viel zu tief mit drin."

„Hab keine Angst. Wenn diese Flucht endet, wird dein Leben weitergehen. Meines dagegen… das wird sich zeigen."

„Ich hab das Gefühl, wir rennen sehenden Auges in unser beider Verderben."

Juan schwieg. Ted könnte damit Recht haben. Doch diese Diskussion brachte sie nicht weiter. Man musste handeln. Jetzt.

OREGON: North Santiam Highway. (Richtung Nordwest)

Eine viertel Stunde später saßen die Jungs wirklich in einem Bus. Richtung Salem, der Hauptstadt Oregons, etwas über 50 Meilen entfernt. Bisher hatte sie noch niemand nach einer Fahrkarte gefragt. Nur einige angewiderte Blicke ernteten sie. Wahrscheinlich dachten die anderen Fahrgäste so was wie ‚was für ein dreckiges Lumpenzeug.' Man konnte es ihnen nicht verdenken.

Während der Fahrt sprachen Juan und Ted nur wenig. Es gab auch kaum ein Thema, welches man in der Öffentlichkeit hätte diskutieren können.

Jeder hing seinen eigenen Gedanken nach.

Juan ging es nicht gut. Die Schmerzen seiner Verletzungen wurden immer quälender.

Der Anfang dieses vierten Tages ihrer Flucht verlief bis jetzt erstaunlich ruhig. Aber keiner wagte zu hoffen. Der Hauch des Unheils lag in der Luft und wurde erbarmungslos immer intensiver. Lobe den Tag nicht vor dem Abend. Vielleicht würden sie ihn noch verfluchen.

„Hey, Junge, du siehst nicht gut aus". Juan schreckte auf und sah in ein mitleidiges Gesicht. Es war ein altes Gesicht, zerfurcht von der Last der Lebensjahre, aber doch freundlich und nicht im Entferntesten feindselig.

„Du scheinst verletzt zu sein", sprach der Alte weiter. „Wenn du willst, schaue ich mir das mal an. Ich bin Arzt." So besorgt war schon lange keiner mehr gewesen. Dieser ältere Herr rief bei Juan ein Vertrauen hervor, welches nur wenige Leute so schnell erzeugten. Doch in letzter Zeit konnte Juan seiner Menschenkenntnis nicht mehr bedingungslos folgen. Er wusste ja noch nicht mehr über sich selbst genau Bescheid. Also gab es hier wirklich einen Mann, der sich für das Wohl eines verwahrlost aussehenden Puerto Ricaners interessierte, oder wurde ihm eine Falle gestellt? Die Idee einer Falle, welcher Art auch immer, schien weit hergeholt, aber in Anbetracht dessen, was die beiden Jungen erlebt hatten, hielten sie alles für möglich. Es wäre tatsächlich nicht schlecht, wenn sich ein Mediziner mit seinen Verletzungen beschäftigen würde.

Juan sah den Alten mit geröteten Augen an. Schmerz und Schlafmangel hatten auch äußerlich ihre Spuren hinterlassen.

„Darf ich mal sehen?" fragte der Arzt noch einmal. Juan antwortete nicht, aber stimmte mit einem Blick zu. Im selben Moment fiel ihm die Waffe ein, die er im Hosenbund stecken hatte, doch es war zu spät.

Der Alte hatte die Pistole schon entdeckt. Kurz hielt er inne. Dann hob er das Hemd weiter hoch. Juan zuckte zusammen. Eine Schmerzwelle jagte durch seinen Körper.

„Mein Gott, was ist denn dir passiert? Wo hast du nur diese Schrammen her? Das sieht gar nicht gut aus. Die Entzündungen sind ziemlich stark. Du musst dringend ins Krankenhaus."

„Das geht nicht. Und das wissen Sie doch auch."

„Die Waffe, ja, ich hab mir da schon meine eigenen Gedanken gemacht."

Beide sprachen leise, auch um die anderen Fahrgäste nicht zu beunruhigen.

„Was denken Sie denn?"

„Na ja, so wie du und dein Freund ausseht, habt ihr ziemlich viel mitgemacht. Ich vermute also, ihr lauft vor irgendetwas weg. Ich hoffe, ihr flüchtet nicht vor der Polizei."

Genau das taten sie. Geistesgegenwärtig sagte Ted plötzlich. „Nein, selbstverständlich nicht. Es ist eher wegen unsrem Vater."

„Ihr seid Brüder? So seht ihr aber nicht aus."

„Nicht wirklich. Jose ist eigentlich nur mein Adoptivbruder."
Juan war beeindruckt, wie schnell Ted geschaltet hatte. Er benutzte sogar ihre Decknamen.

„Aha, wegen eurem Dad. Habt ihr so schlimme Angst vor ihm, das eine Pistole nötig ist?"

„Sie kennen ihn nicht."

„Hat er deinen Bruder so zugerichtet?" fragte der Arzt weiter.

„Andreas", schaltete Juan sich ein, um das Gespräch abzuwürgen, „ich glaube, unsere Familienverhältnisse interessieren den Herrn nicht. Außerdem ist das unsere Sache."

„Hört mal ihr zwei, wenn das wirklich euer Vater war, dann ist das Sache der Polizei."

„Lassen Sie die Bullen aus dem Spiel. Gerade die geht es schon mal gar nichts an. Und bei allem Respekt, Sir, Sie auch nicht."

„Dennoch, du brauchst ärztliche Hilfe, sonst kann das lebensbedrohlich werden."

„Kann schon sein, aber eine Klinik kommt nicht in Frage."

„Ich verstehe, aber ihr müsst auch mich verstehen. Klar, eure Familie geht mich nichts an, aber ich kann euch nicht einfach so in Ruhe lassen. Das widerspricht meinem hippokratischen Eid, nämlich kranken Menschen zu helfen. Und du mein Freund, bist ziemlich krank", wandte sich der Alte an Juan und sagte weiter: „Ich fahre nach Salem, wo ich eine Praxis habe. Wenn ihr wollt, kann ich versuchen, dort etwas gegen die Entzündungen zu machen."

„Wir wären Ihnen sehr dankbar."

„In Ordnung, aber deine Pistole... ."

„Ist keine Gefahr für Sie, Sir. Ich hab noch nicht mal mit ihr geschossen. Mehr als Drohung für…na ja."

„Für euren Vater?"

„Sozusagen, Sir", antwortete Ted.

Juan fasste sich plötzlich an den Kopf.

„Hast du Kopfschmerzen?" fragte der Arzt.

„Ja, aber das geht schon."

„Könnte an dem Blutverlust liegen. Ist dir auch schlecht?"

„Ein bisschen."

„Wenn wir in meiner Praxis sind, werde ich euch beide untersuchen."

Der Mediziner wirkte sehr vertrauenswürdig. Es gab wohl nur wenige Menschen, die Juan und Ted so vorurteilsfrei begegnet wären.

Doch dieser Mann tat es, aber er ging von falschen Voraussetzungen aus. Denn es handelte sich hier nicht um zwei Jungs, die von ihrem Vater geschlagen wurden, sondern um zwei flüchtige, angebliche Verbrecher.

Als der Bus Salem erreichte, stand die Sonne schon hoch. Es war so um die Mittagszeit. Wie ruhig der Tag bisher verlaufen war, dachte Juan. Doch Vorsicht, auch gestern begann der Alptraum erst am frühen Nachmittag.

Die Praxis von Dr. Mc. Cormik (den Namen verriet das Schild an der Tür) war noch menschenleer. Sie würde erst in etwa einer Stunde öffnen. Es blieb somit genug Zeit, um Juan und Ted zu untersuchen und deren Wunden zu reinigen.

„Wir haben aber kein Geld", sagte Juan, um spätere Diskussionen über eine Bezahlung von vorneherein zu vermeiden.

„Ich weiß. Sonst wärt ihr beide wohl auch nicht schwarzgefahren. Aber macht euch keine Sorgen. Ich weiß, den meisten meiner Kollegen geht es nur ums Geld. Ich will jedoch in erster Linie helfen, auch wenn meine Patienten mal nichts dafür bezahlen können. Das ist natürlich die absolute Ausnahme, denn von irgendwas muss ich ja auch leben können.

„Wir sind Ihnen sehr zu Dank verpflichtet, Doktor."

„Es ist mein Beruf zu helfen, aber bevor ich dich genau untersuche, legst du am besten deine Waffe zur Seite, bevor sie aus Versehen losgeht und jemanden verletzt."

„Kein Problem." Juan zog die Pistole aus seinem Hosenbund und legte sie neben sich auf den Tisch. Doch nur so weit entfernt, dass er sie jeder Zeit erreichen konnte, falls dies notwendig werden würde. Auch die Wasserflaschen und Müsliriegel von Belle stellten sie dort ab.

Zuerst reinigte der Arzt Juans Wunden mit einem feuchten Wattebausch. Dieser war mit einem Desinfektionsmittel getränkt und brannte wie Alkohol. Er zuckte kurz zusammen. Eher aus Überraschung als vor Schmerz.

„Sag mal, womit hat dein Vater denn solche Verletzungen verursacht? Es sieht fast wie Kratzspuren aus?"

„Mit einem Gartenrechen", antwortete Juan schnell und hoffte, der Doktor würde diese Antwort schlucken. Dessen Gesichtsausdruck verriet das Gegenteil, doch glücklicherweise kamen keine Nachfragen. Wahrscheinlich erwartete Mc. Cormik keine wahre Antwort darauf. Die hätte er auch nicht bekommen.

Der Mann half ihnen selbstlos und verdiente es nicht, in ihre Flucht hineingezogen zu werden, indem sie Informationen preisgaben.

„Ich werde deine Wunden verbinden und dir ein Breitband-antibiotikum geben. Aber wenn die Entzündung in zwei Tagen nicht besser ist oder schlimmer, dann musst du ins Krankenhaus und zwar sofort, sonst könntest du sterben. Und du solltest auch noch mal überlegen, den Vorfall der Polizei zu melden. Denn nur die können dir auf Dauer vielleicht helfen."

„Aber wenn ich das tun würde, würde ich es nicht überle-ben."

„Ihr beide könntet die Polizisten bitten, euch zu begleiten, wenn ihr zurück zu eurem Vater geht. Das würde doch ein we-nig Sicherheit geben, meint ihr nicht?"

„Sir", sagte Juan, „wir haben Sie doch schon auf der Busfahrt gebeten, auf dem Thema mit unserem Vater nicht weiter herum-zureiten. Also bitte, kein Wort mehr darüber. Mein Bruder An-dreas und ich sind Ihnen unendlich dankbar für Ihre ärztliche Hilfe, aber mit allem anderen müssen wir selber fertig werden. Das müssen Sie verstehen oder wenigstens akzeptieren."

Das kann ich aber nicht, dachte Dr. Mc. Cormik. Wenn die beiden nicht zur Polizei gehen wollten, müsste er eben das für die Jungs übernehmen. Das war er ihnen schuldig.

Der Verband, den der Arzt anlegte, tat gut. Juan litt immer noch unter den Schmerzen, aber sie waren nicht mehr so betäu-bend wie zuvor. Hoffentlich reichte die Behandlung, doch bis alle Wunden verheilt waren, gingen bestimmt noch einige Tage ins Land.

„Danke, Sir. Wir müssen Sie jetzt wieder verlassen."

„So?", fragte Mc. Cormik und deutete auf ihre zerfetzten Kleider.

„Wir haben ja sonst nichts", sagte Ted und hob hilflos die Schultern.

„Ich seh schon, anscheinend braucht ihr auch neue Sachen. Ihr habt Glück. In dem anderen Sprechzimmer liegen noch einige Klamotten. Eigentlich wollte ich sie zur Altkleidersammlung geben, weil es nicht mehr die allerneusten sind, aber dennoch sind sie immer noch besser als das, was ihr da anhabt."

„Das ist keine Kunst", antwortete Juan.

„Wartet hier, ich hol sie. Mal sehen, ob es eure Größe ist."

Mit diesen Worten verschwand der Arzt. Die Jungs waren auf einen Mann getroffen, der zu zwei Fremden außergewöhnlich nett daherkam. Fast zu gut, um wahr zu sein.

Mc. Cormik hatte tatsächlich vor, die alten Sachen zu holen, doch vorher wollte er die Polizei anrufen. Die beiden Jungen brauchten Hilfe wegen ihres gewalttätigen Vaters. Und die konnte er nicht bieten.

„Mein Name ist Julian Mc. Cormik", begann der Arzt, als sich am anderen Ende der Leitung die Polizei meldete. „Ich bräuchte dringend einen Beamten in die Strand Avenue South East 32a."

„Um welches Problem handelt es sich denn?"

„Ich habe hier zwei junge Patienten in meiner Praxis, die von ihrem Vater schwer misshandelt wurden."

„Ist der Vater auch bei Ihnen?"

„Nein, die beiden sind allein, aber sie wollen Anzeige erstatten." Eine glatte Lüge. Vielleicht entschieden sich die beiden Jungen aber anders, wenn die Polizisten erst einmal da waren.

„Wenn das so ist, kommen sie am Besten auf die Wache."

„Sie scheinen ziemlich verängstigt. Ich denke es ist leichter, wenn jemand vorbeikommt. Ist das möglich?"

„In Ordnung. Wir schicken einen Beamten vorbei, der die Anzeige aufnehmen kann."

„Wie lange dauert es denn."

„Zehn bis fünfzehn Minuten."

„Vielen Dank. Ich warte."

Draußen stand die Sonne hoch am Himmel. Kaum eine Wolke war zu sehen. Ein weiterer heißer Sommertag, den die meisten Menschen genießen würden.

Als der Arzt mit den Kleidern zurückkam, atmete Juan auf. Er hatte schon befürchtet, dass es wieder so lächerliche Sachen waren wie die, die ihnen das Wanderpaar am zweiten Tag angeboten hatte. Aber diese Hosen und Hemden hier erregten kein Aufsehen und würden ihr Untertauchen erleichtern.

„Sie sind so nett, Sir. Ich weiß gar nicht, was ich sagen soll", sagte Juan.

„Am besten gar nichts. Als Mediziner ist es meine Pflicht, anderen Leuten zu helfen."

„Ja, aber Sie haben so viel mehr getan und wir können nicht mal was bezahlen."
"Ich weiß, das habt ihr mir ja schon erzählt. Aber wenn ihr euch wirklich bedanken wollt, wäre es gut, wenn ihr mich mal aufklärt, was euch tatsächlich widerfahren ist."

„Aber das wissen Sie doch. Unser Vater… :"

„Ja, ja, euer Vater. Ich kann nicht ausschließen, dass er euch misshandelt hat. Ich glaube euch das sogar, aber diese Striemen auf deinem Rücken, Jose, so ist doch dein Name?"

„Ja, richtig."

„Also diese Striemen sind garantiert nicht von einem Gartenrechen, wie ihr mir weismachen wolltet. Es sieht eher aus wie von einer Kralle. Also, was wird hier genau gespielt? Die Flucht vor eurem Vater ist nicht die ganze Geschichte, hab ich recht?"

„Wir haben Ihnen alles Wichtige gesagt. Alles Weitere tut nichts zur Sache."

„Na gut, ich will euch nicht gegen euren Willen ausfragen, aber wenn ich nichts Genaues weiß, fange ich natürlich an zu spekulieren."

„Na, dann spekulieren Sie mal."

In diesem Moment klingelte es. Juan zuckte erschreckt zusammen und nahm seine Waffe.

„Wer ist das, Doktor? Sie sagten doch, Ihre Praxis wäre geschlossen."

„Ist sie auch. Es ist auch kein Patient. Ich habe die Polizei gerufen. Da ihr es nicht tatet, musste ich es tun. Den Beamten müsst ihr jedes Detail erzählen, damit sie euch helfen können. Du kannst also deine Pistole wieder hinlegen."

Juan und Ted waren sprachlos. Jetzt war guter Rat teuer. Einerseits wollten sie Mc.Cormik nicht in etwas mit hineinziehen, von dem der keine Ahnung hatte, und anderseits wiederstrebte es ihnen aufzugeben.

„Sie werden die Tür nicht öffnen!" sagte Juan und richtete die Waffe auf Mc.Cormik anstatt sie wegzulegen.

„Was soll das denn? Ich will euch doch nur helfen."

„Bitte, Doktor. Sie müssen doch ahnen, dass es hier um mehr geht als Sie wissen."

„Ich hatte die ganze Zeit Zweifel, ob ihr beiden Jungs mir was verschweigt."

„Sie hätten auf Ihre Zweifel hören sollen. Jetzt zwingen Sie mich, Sie vielleicht zu erschießen."

„Mach keine Dummheiten. Auch wenn die Geschichte mit eurem Vater eine Lüge ist, ihr steckt augenscheinlich in Schwierigkeiten. Aber auch da wäre die Polizei… ."

„Wieso versucht eigentlich jeder mir klar zu machen, die Bullen wären meine Freunde? Das ist Unfug! Die würden mich am liebsten töten!"

„Das werden Sie bestimmt nicht tun."

In diesem Moment klingelte es noch mal. „Öffnen Sie bitte! Polizei!" hörte man die Stimme eines jungen Officers, der keine Ahnung hatte, dass sich hinter der Tür ein gesuchter Mörder nebst Geisel befanden. Ansonsten hätte er die Tür wahrscheinlich schon längst aufgebrochen oder energischer um Einlass ersucht.

„Gibt es noch einen Ausgang?", fragte Juan.

„Nein, nur den Einen."

„Mr. Mc.Cormik, „schaltete sich Ted ein, " es gibt doch bestimmt eine Feuertreppe?"

„Ja, die gibt es. Wenn ihr das Fenster da aufmacht kommt man direkt auf die Außentreppe."

„Na wunderbar. Dann nehmen wir den Weg. Ted, du kommst mit oder ich knall den Doktor ab." Juan gab sich wirklich Mühe, Ted immer noch als Geisel darzustellen. Wenn diese Flucht einmal endete, könnten verschiedene Zeugenaussagen beide, anstatt nur Juan, belasten. Das wollte er vermeiden.

Dennoch, die neue Fluchtmöglichkeit barg Risiken. In dem Moment, wo beide aus dem Fenster stiegen, würde der Doktor sofort zur Tür laufen und den Polizisten hereinlassen. Der Vorsprung der beiden Jungs würde also denkbar gering ausfallen. Im Falle einer Verfolgung konnten sie kaum entkommen. Beide waren nicht in bester körperlicher Verfassung.

Aber es bot sich ihnen keine andere Alternative. Die Feuertreppe war die einzige Möglichkeit.

Also musste die Chance genutzt werden, ohne Zeit zu verschwenden.

Sie kletterten also aus dem Fenster und versuchten so schnell wie möglich die drei Stockwerke bis zur Straße herunter zu laufen. Doch schon nach wenigen Stufen erschien der Polizist über ihnen.

„Halt, sofort stehen bleiben oder ich schieße!!" brüllte dieser.

Ohne Juan und Ted auch nur die Chance zu geben zu reagieren, zog der Beamte seine Waffe und feuerte. Man hörte, wie die Kugel irgendwo in unmittelbarer Nähe auf Stahl prallte.

Gleich danach knallte ein zweiter Schuss. Auch jetzt schlug das Projektil in die Stahltreppe ein. Es wurde brandgefährlich.

Zurückzuschießen kam nicht in Frage. Das wäre zu riskant. Um einen gezielten Schuss abgeben zu können, müsste Juan stehen bleiben. Und ein unbewegliches Ziel war natürlich für den Polizisten einfacher zu treffen als ein bewegliches. Die beste Chance zum Überleben bestand einfach darin, weiterzulaufen und zu hoffen. Mehr blieb ihnen nicht.

Inzwischen war auch der Beamte auf die Feuertreppe gestiegen und rannte ihnen nach. Er würde sie erreichen, bevor sie unten ankamen.

„Hey, ihr beiden, bleibt sofort stehen. Wegzulaufen hat doch keinen Sinn" , rief er hinter ihnen her. Und wieder wurde die Waffe auf die Jungs gerichtet. Aus dieser Entfernung war ein Treffer fast sicher. Der bereits dritte Schuss krachte, das Geräusch des Aufschlags auf Metall und der Aufprall eines fallenden Körpers. Doch es war der Polizist, der zusammensank. Die letzte Kugel war so ungünstig von der Metalltreppe abgeprallt, dass der Beamte durch seinen eigenen Querschläger getroffen wurde. Die Wahrscheinlichkeit für einen solchen Unfall war minimal, aber es war passiert. Nach Lynn wurde nun das zweite Mal unnötig ein Menschenleben ausgelöscht.

Sie mussten zurück nach Seattle und versuchen herauszufinden, was damals, vor vier Tagen, passiert war. So schnell wie möglich, bevor die Opferzahl weiter stieg.

Die beiden liefen nach Süden zur Mission Street. Ein genaues Ziel hatten sie nicht. Nur weg von Mc.Cormiks Praxis. Außerdem musste man versuchen, möglichst unauffällig zu bleiben. Ihre ordentlichen, wenn auch etwas älteren Kleider waren da hilfreich, aber wenn man etwas kopflos in der Stadt rumrannte, fiel man früher oder später einigen Leuten unangenehm auf. Bei einer Befragung durch die Polizei würden die sich dann an zwei Jugendliche erinnern, die planlos in der Gegend herumzogen. Solche Situationen waren zu vermeiden. Also möglichst nicht rennen, aber trotzdem zügig gehen und zumindest so tun, als wäre man irgendwohin unterwegs. Doch nachdem, was gerade geschehen war, fiel es schwer, nicht nervös zu sein. Und diese nervliche Anspannung machte es nicht gerade einfach, sich normal zu benehmen. Plötzlich fiel Juan ein Schild auf. „GÜTERBAHNHOF" stand darauf. Das war es. Endlich ein Ziel und ein Plan, wie es weitergehen sollte. Man wollte doch nach Seattle. Warum nicht in einem Güterwaggon? Das war sicherer und besser als irgendein Auto wieder zu klauen und hoffen, dass die Bullen weiterhin so bescheuert vorgingen wie bisher. Das war jedoch nicht zu erwarten.

„Ted, mein Freund, wir fahren Zug."

„Was?"

„Wir fahren Zug. Siehst du das Schild? Da geht es zum Güterbahnhof. Dort springen wir auf einen Zug nach Norden und schon sind wir in ein paar Stunden in Seattle."

„Klingt wie im Film."

„Ja, aber was soll's. Es ist zumindest eine Alternative. Wir müssen diese Stadt so schnell wie möglich verlassen. Denn noch weiß die Polizei nichts Genaues. Weder was genau passiert ist, noch wer wir sind. Aber es wird nicht lange dauern, bis sie es wissen. Und dann möchte ich nicht mehr hier sein. Du vielleicht?"

„Nicht wirklich."

„Na, dann sind wir uns ja einig."

Bis zum Bahnhof waren es noch gut 800 bis 900 Meter. In der glühenden Hitze dieses Sommernachmittags nicht unbedingt angenehm. Sie beschlossen, ruhige Seitenstraßen zu benutzen. Über die war es sogar näher. Also nahmen sie zuerst die 17. Straße. Eine Wohngegend des Mittelstandes. Ordentlich Häuser, das ein oder andere mit einem kleinen Schwimmbad im Garten. Doch es waren eher kleine Sommerplanschbecken als richtige Pools. Fast jedes Anwesen war mit Bäumen vor neugierigen Blicken geschützt. Die belaubten Kronen spendeten wenigstens streckenweise ein bisschen Schatten. In einem der Gärten bellte ein Hund. Eher ein müdes Kläffen. Die Hitze machte auch den Tieren zu schaffen. 360 m lang war die 17. Straße bis sie direkt auf die Cross Street stieß, die auf schnellstem Wege zum nördlichen Teil des Bahnhofs lief. Nur noch 300 m bis zum Ziel.

„Juan, warte mal. Ich bin außer Atem und schwitze mich tot", keuchte Ted und blieb kurz stehen.

„Es ist nicht mehr weit. Wenn wir erst im Zug sind, kannst du dich ausruhen." Auch Juan war erschöpft. Verletzungsschmerzen und Zukunftsängste machten ihm zu schaffen Nur das Adrenalin, das seinen Körper durchflutete, hielt ihn wach. Die Sonne brannte von einem stahlblauen Himmel. Erbarmungslos. In dieser Straße stand die Luft förmlich und machte das Atmen schon allein dadurch mühsam. Beide konnten sich kaum vorstellen, dass ihr Leben vor fünf Tagen noch in Ordnung gewesen war. Doch seit vier Tagen stolperten sie von einer Katastrophe in die nächste. Das hatte zwangsläufig zu einer gewissen Freundschaft oder besser gesagt, Kameradschaft geführt, die jedoch gerade für Ted gefährlich werden konnte.

Würde man ihm später abkaufen, nur Geisel gewesen zu sein oder doch eher Mittäter? Nun, eine Antwort konnte nur die Zukunft geben.

Etwas langsamer gingen die Jungen weiter. Als der Bahnhof endlich erreicht war, floss der Schweiß in Strömen. Juan fühlte sich, als wäre er die ganze Stecke gerannt und Ted war total groggy. Es bot sich ein trostloses Bild. Auf mehreren Trassen standen lange Schlangen von Güterwaggons. Hunderte Meter lang waren diese Züge. Teilweise beladen mit Metallschrott oder Anlagenteilen für Maschinen. Was genau aus den Rohrleitungen, Ventilen und weiteren Teilen mal entstehen sollte, wussten sie nicht. Nichts bewegte sich. Der Verkehrslärm war nur gedämpft zu hören, obwohl die Hauptstraße nicht weit entfernt war. Und doch erschien ihnen ihr Aufenthaltsort gottverlassen. Zwischen den Schien wuchs Gras. Durch den trockenen Sommer verdorrt und gelb. Trotzdem, der Stahl der Schienen war blank. Ein Hinweis, dass hier durchaus noch Bahnverkehr herrschte. Nicht nur auf der Hauptstrecke der Amtrak nach Norden und Süden, sondern auch auf den Nebengleisen.

Nur vor einen der Züge war eine Lokomotive gespannt. Eine alte Diesellok, die ihre beste Zeit schon hinter sich hatte, aber noch fahrbereit aussah.

Die beiden bewegten sich vorsichtig. Bisher hatten sie keinen Menschen gesehen, aber möglicherweise befanden sich Wachmänner auf dem Gelände, denn die Schienen waren nicht durch Zäune gesichert gewesen. Sie vollkommen ohne Bewachung zu lassen, erschien den beiden leichtsinnig. Vielleicht stand irgendwo ein „Betreten verboten"-Schild, aber bisher war ihnen nichts aufgefallen.

268

Im selben Moment erschien ein Mann in Bahnuniform zwischen den Gleisen. Er war wie aus dem Nichts gekommen. Juan und Ted versteckten sich sofort hinter einem Stapel Rohre, der noch nicht verladen war und neben den Schienen lag. Nur durch Zufall wurden sie nicht entdeckt. Der Mann ging zu der Diesellok und stieg ins Führerhaus. Eine einfachere und bessere Möglichkeit auf einem Güterzug unbemerkt mitzufahren, würde sich ihnen nicht bieten.

Als der Motor der Lokomotive dröhnend ansprang, liefen die Jungs zu dem Zug und kletterten in einen leeren Viehwaggon. Nur ein paar Strohballen lagen darin. Gleich musste es losgehen, doch das tat es nicht. Der Zug bewegte sich keinen Meter. Juan streckte den Kopf aus dem Waggon, um zu sehen, ob es irgendwelche Probleme gab, zog sich aber erschreckt sofort wieder zurück.

„Was ist los?", fragte Ted.

„Schwierigkeiten."

„Welche?"

„Da ist noch jemand, der die einzelnen Wagen kontrolliert. Gleich muss er bei uns sein."

„Der wird wohl kaum begeistert sein, wenn er uns hier findet."

„Ja, wohl kaum. Wir müssen eben dafür sorgen, dass das nicht passiert."

„Hast du eine Idee?"

„Bin gerade dabei, mir eine zu überlegen." Im selben Moment blitzten in seinem Verstand wieder verstörende Bilder auf, die sein Denken behinderten. Der Zeitpunkt könnte kaum schlechter sein. Er musste sich zwingen, einen klaren Kopf zu behalten, doch es gelang ihm nicht.

Da kam wieder Ted zu Hilfe. „Wie wär's, wenn wir uns mit dem Stroh bedecken? Hier liegt genug rum. Wenn er keinen Hund dabei hat und nicht besonders genau bei seiner Kontrolle ist, haben wir vielleicht Glück."

„Gut, wir können es versuchen. Mehr als nicht funktionieren kann es ja nicht. Und übrigens, ein Köter ist mir nicht aufgefallen."

Besonders angenehm war die ganze Sache nicht. Das Stroh, in das sie sich duckten, war leicht feucht und roch entsprechend faulig.

Schon stand die Überprüfung ihres Waggons an. Der Kontrolleur war ein massiger Mann mit einem Bullengesicht. Gerötet von einem leichten Sonnenbrand. Die Augen hinter einer lächerlich kleinen Sonnenbrille verborgen. Das Haar schütter und ausgebleicht. Eine respekteinflößende Erscheinung.

In der Tat warf der Mann kaum einen Blick in den Wagen, knallte aber dafür die Tür zu und verschloss sie mit einem Riegel von außen.

„Verflixt, jetzt können wir nicht mehr raus, wenn wir wollen. Wer weiß, wie weit der Zug fährt. Vielleicht bis weit nach Kanada", seufzte Juan.

„Kanada ist auch schön."

„Witzig, Ted, wirklich witzig, aber im Moment kann ich über solche blöde Bemerkungen nicht lachen."

„Du hast Recht, das war unangebracht. Aber ich versuche damit meine eigene Nervosität zu beruhigen."

„Verstehe, aber ich fühle mich gerade nicht sehr gut."

„Schmerzen?"

„Auch. Und diese Bilder, von denen ich dir erzählt habe."

„Über das, was in Seattle passiert ist?"

„Ja."

„Was genau siehst du?"

„Das ist immer noch alles zu konfus."

„Es wird nicht klarer?"

„Nein. Und ich weiß nicht genau, ob ich das überhaupt will."

„Du fürchtest dich davor, nicht wahr?"

„In gewisser Weise. Vielleicht gefällt mir nicht, was ich da erfahre."

„Glaubst du, es sind Erinnerungen?"

„Möglich. Zumindest will ich diese Möglichkeit nicht ausschließen. Aber was auch immer es ist, es kratzt an meiner Selbstsicherheit."

„Mit der Zeit kommst du wahrscheinlich dahinter."

„Ja, aber ich hab keine Ahnung, ob mir diese Zeit bleibt. Sollen wir wirklich nach Seattle, bevor ich nicht sicher weiß, was uns dort erwartet?"

„Ich könnte mir vorstellen, dass genau das deine Erinnerungen auffrischt."

„Die Hoffnung stirbt zuletzt, wie?"

„So in der Richtung."

Der Zug setzte sich ruckartig in Bewegung. Die Dieselmotoren röhrten und langsam gewannen sie an Geschwindigkeit. Wenn es keine Zwischenstopps gab, könnten die Jungen noch heute Seattle erreichen, wenn auch erst abends.

Es blieben also noch fünf bis sechs Stunden. Stunden, in denen sie sicher waren. Stunden der Ruhe. Doch wie sollte es weitergehen, wenn Seattle erst mal erreicht war? Wie wollte man Jeffs Schuld beweisen, wenn es da überhaupt etwas zu beweisen gab? Denn immer noch konnte Juan sich nicht von der Furcht losreißen, dass er vielleicht mehr mit den Morden zu tun hatte, als bisher gedacht.

WASHINGTON: Seattle (etwa 10 Monate früher)

Jeff ging es immer besser. Seine Krebserkrankung, die eigentlich als unheilbar galt, war fast vollständig verschwunden. Die Therapie, die der Arzt angewandt hatte, schien ein voller Erfolg gewesen zu sein. Anfangs fühlte es sich seltsam an, wenn man erzählt bekam, dass Viren injiziert werden sollten, die den Heilungsprozess einleiten. Aber Jeff hatte nichts zu verlieren. In Lebensgefahr griff man nach jedem Strohhalm, hörte es sich auch noch so abenteuerlich an.

Trotz aller Vorbehalte, stimmte er deshalb der Gentherapie zu. Der Arzt erklärte ihm in Grundzügen die Behandlung. Die Idee, veränderte Viren zu konzipieren, die entartete Zellen von gesunden unterscheiden und dann eine Art Selbstzerstörungsprogramm in die Tumorzellen übertrugen war nicht neu. Aber im vorliegenden Fall ging es um etwas Anderes. Die Viren griffen die Tumorzellen nicht direkt an. Sie veränderten vielmehr die Immunabwehr so, dass diese die kranken Zellen erkannte und so eine Art Spontanheilung auslöste.

Und tatsächlich schrumpften die bösartigen Geschwülste von Tag zu Tag. Doch es trat eine Nebenwirkung auf. Die Viren wirkten in anderer Weise auch auf gesunde Zellen außerhalb des Immunsystems, die eigentlich ignoriert werden sollten.

Ganz langsam, fast unmerklich, begannen sie, das komplette Genom Jeffs umzuschreiben. Die DNA veränderte sich. Dadurch veränderte sich auch sein Körper. Äußerlich war nichts zu erkennen, aber die Verschaltungen im Gehirn wurden neu angeordnet. Unglaublich dicht und kompliziert. Gerade in der Pubertät war der Körper für solche Veränderungen sehr anfällig. Wer konnte damals ahnen, welch eindrucksvolle und furchterregende Fähigkeiten Jeff dadurch erlangte.

OREGON: Salem

Detective Corin Manheimer war eher auf gut Glück in die Hauptstadt Oregons gefahren. Viel mehr blieb ihm nicht übrig. Irgendwo in der Nähe von Idanha hatte er die Spur von Juan M. Martinez und seiner Geisel Theodore Foster verloren. Wobei es nicht sicher war, ob Foster überhaupt noch eine richtige Geisel war, oder inzwischen Mittäter. Letztendlich spielte all das keine Rolle. Die beiden Jungs waren mit Bestimmtheit immer noch zusammen. Nur der genaue Aufenthaltsort blieb unbekannt. Dabei waren sie so nah dran gewesen.

Corin hatte Anderson nie für einen guten Polizisten gehalten, aber inzwischen war die Sympathie noch weiter gesunken. Denn dieser Anderson war wohl die größte Flasche in ganz Oregon. Bei ihm war nicht die leiseste Ahnung von gründlicher Polizeiarbeit zu erkennen. Mit solch einem Polizisten konnte man nicht erfolgreich zusammenarbeiten. Am liebsten hätte Manheimer selbst sofort das Kommando übernommen, aber Salem lag weit weg von seinem eigenen Zuständigkeitsbereich in Seattle und er wollte kein Disziplinarverfahren riskieren, weil er seine Kompetenzen überschritt. Offiziell war Corin nur Beobachter. Mehr nicht.

Das war hier in Salem nicht anders als in Eugene. Anderson war er damit zwar los, aber die Kollegen im Polizeirevier der Hauptstadt schienen auch nicht gerade besonders helle zu sein. Gab es denn nur in Washington anständige Polizeibeamte? Fast kam es ihm so vor.

Aber es nützte nichts, sich über solche Sachen zu ärgern.

Und während er sich darüber Gedanken machte, wie sich ein ungelöster Fall auf seine Karriere auswirken würde, kam eine Nachricht, die seine Laune hob. Ein Arzt hatte angerufen und eine Schießerei in seiner Praxis gemeldet. Dabei wurde ein Polizist tödlich getroffen. Die erste, noch recht vage Beschreibung, deutete auf einen Hispanic und einen Weißen hin. Das konnte kein Zufall sein! Wenn sich Corins Verdacht bestätigte und die beiden Flüchtigen Juan und Ted waren, bestand die Möglichkeit, sie am Ende doch noch zu stellen.

„Eine zielgerichtete Befragung des Arztes, wie hieß er noch mal gleich?", machte Corin einen Vorschlag, wie nun weiter vorgegangen werden sollte.

„Mc. Cormik", antwortete der junge Beamte, der diesen Fall bearbeiten sollte. Sein Name war Joakin van der Wals. Wahrscheinlich niederländische Vorfahren. Obwohl gerade von der Akademie, schien dieser Polizist mehr Ahnung und vor allem Elan zu besitzen, als die alten Cops, die ihr Job größtenteils anödete. Mehr konnte man nicht erwarten.

„Ah, ja, Mc Cormik. Also ich denke, wir sollten so schnell wie möglich zu ihm fahren, um sicher zu sein, dass es sich um Martinez und Foster handelt. Das sollte oberste Priorität haben. Denken Sie nicht auch so, Mr. van der Wals?"

„So können mich ruhig Joakin nennen."

„Wegen mir. Aber Sie nennen mich bitte weiterhin Detective, vor allem während einer Zeugenbefragung."

„Mach ich, und ich stimme Ihnen auch zu. Fahren wir zu dem Doktor."

Es war nicht weit zu Mc. Cormiks Praxis. Der war immer noch total durch den Wind. Es war ihm unbegreiflich, wie er sich in den zwei Jungen so täuschen konnte.

„Dr. Mc Cormik", begann Joakin mit der Befragung", ich weiß, das Verbrechen ist noch nicht lange her. Somit sind Ihre Erinnerungen noch frisch. Mit Ihrer Hilfe können wir die Verbrecher bestimmt schnell fassen. Das denken Sie doch auch, nicht wahr?"

Der Kleine redet zu viel, dachte Corin. Aber noch musste er nicht eingreifen. Nur bei schweren Vernehmungsfehlern sollte interveniert werden.

„Ich tue, was ich kann;" stimmte Mc. Cormik der Befragung zu.

„Sehr schön. Seien sie ganz ruhig, ich fange jetzt an. Entspannen Sie sich. Erzählen Sie mal, wo Sie die Täter getroffen haben. Sind sie zu Ihnen einfach in die Praxis gekommen?"

„Nein. Eigentlich lernte ich sie im Bus kennen. Die beiden sahen ziemlich mitgenommen aus und erzählten mir ein Märchen von ihrem gewalttätigem Vater."

„Glaubten Sie damals ihre Geschichte?"

„Nur zum Teil. Aber da sie Hilfe brauchten, war ich als Arzt verpflichtet, diese auch zu leisten. Ich wusste ja nicht, wie kaltblütig sie sind. Aber eigentlich hab ich schon am Telefon Ihren Kollegen alles gesagt. Muss das jetzt alles noch mal sein?"

„Tut mir leid, aber es muss sein. Es gibt da nämlich einige Dinge, die am Telefon nicht zu erledigen sind. Sie haben die beiden Täter also selbst mit in die Praxis genommen?"

„Ja, genau. Ich versorgte ihre Verletzungen und machte den Vorschlag, die Polizei zu informieren. Da sie das nicht wollten, hab ich eben einen Ihrer Kollegen angerufen. Der kam auch dann 10 Minuten später. Wenn ich gewusst hätte, dass die Jungen ihn erschießen würden, ich weiß nicht…"

„Sie haben keine Schuld an dem Tod des Beamten. Haben Sie gesehen, wie der Polizist erschossen wurde?"

„Nicht direkt. Aber wer soll es sonst gewesen sein?"

„Reine Routinefrage. Können Sie die beiden noch mal genau beschreiben?"

Corin konnte nicht mehr zuhören. Was sollte das? Warum beschreiben? Sie hatten doch Fotos dabei. Warum zeigte Joakin diese Mc. Cormik nicht einfach? Er sah sich genötigt, die ganze Sache abzukürzen. Jede verschwendete Sekunde verschaffte den Flüchtigen einen Vorsprung.

Damit stieg auch die Wahrscheinlichkeit, ihre Spur noch einmal zu verlieren. Das durfte nicht passieren.

„Doktor", schaltete sich Corin ein, „ich bin Detective Manheimer. Ich habe hier zwei Fotos von den Verdächtigen. Würden Sie sich die bitte mal ansehen?"

Nach einem kurzen Blick auf die Fotographien sagte der Arzt: „Mein Gott, das sind sie. Der Weiße hatte zwar blonde Haare und nicht schwarze, wie auf dem Bild, aber das sind sie!"

„Sicher?"

„Natürlich bin ich sicher."

„Danke. Das war's schon. Ich wünsche Ihnen noch einen schönen Tag."

Joakin war leicht verstört, dass er so unvermittelt unterbrochen wurde und die Befragung einfach beendet war. Als die beiden Polizisten die Praxis wider verlassen hatten, fragte Joakin deshalb:" Was sollte das da eben? Sie haben mich vor einem Tatzeugen lächerlich gemacht."

„Das haben Sie selbst hinbekommen. Also, erstens stellt man sich vor und nennt seinen Namen, erst dann fängt man an zu fragen. Und Mc. Cormik hatte Recht. Warum soll er alles noch mal erzählen. Es ging nur darum zu ermitteln, ob Martinez und Foster die Täter waren. Mehr nicht."

„Aber man hätte wenigstens fragen können, in welche Richtung sie geflohen sind."

„Wieso? Nach Süden, das hat er schon am Telefon gesagt. Wir müssen jetzt so schnell wie möglich eine Fahndung rausgeben, wenn es nicht schon zu spät ist."

„Sie sind bestimmt noch in der Gegend."

„Seien Sie sich da nicht so sicher, Joakin. Ich kenne die beiden Jungen besser. Dennoch überraschen sie mich immer wieder. Wenn ich nur wüsste, was Martinez und Foster vorhaben. Flüchten sie nur planlos von einem Ort zum anderen oder verfolgen sie ein Ziel?"

„Welches Ziel könnten sie denn haben?"

„Keine Ahnung."

Corin hätte gerne bei der Fahndung mitgemacht, würde damit aber seine Kompetenzen überschreiten. Er musste das also den zuständigen Beamten überlassen. Die würden aber nichts finden. Irgendwie spürte er, dass Juan und Ted sich nicht mehr in Salem aufhielten. Denn die Jungs hatten sich nie irgendwo lange genug aufgehalten, um gefasst zu werden. Diese Taktik wurde bestimmt beibehalten. Also, wenn die beiden wirklich nicht mehr hier waren, wo waren sie dann, oder wo wollten sie hin?

So gern er in Oregon geblieben wäre, um zu helfen, es brachte nichts. Denn trotz allen Indizien, irgendetwas war geheimnisvoll an dem Fall. Oberflächlich betrachtet flüchtete ein Doppelmörder mit seiner Geisel vor der Polizei. War das alles? Gab es da sonst gar nichts mehr?

Vor allem Jeffs Aussage ging ihm nicht mehr aus dem Kopf. Warum belog ihn dieser Junge eigentlich? Was verschwieg man ihm? Denn langsam kamen Zweifel auf. Nicht an Juans Schuld. Aber an den Tatumständen, wie Corin sie sich vorstellte. Gab es da vielleicht Dinge, die alles in ein anderes Licht rückten? Die gleichen Fragen hatte er sich auch nach seinem ersten Besuch im gerichtsmedizinischen Institut gestellt, aber nicht genauer darüber nachgedacht. Das war nun anders. Denn eines wurde ihm jetzt bewusst. Selbst wenn Juan vor Gericht gestellt werden sollte, die zwei Morde in Seattle mussten ihm immer noch zweifelsfrei nachgewiesen werden. Sonst würde es mit der von Corin gewünschten Todesstrafe nichts werden. Und dieser letzte Beweis fehlte bis heute. Die Indizien waren zugegebenermaßen erdrückend, aber nicht unumstößlich.

Was hatte die Polizei eigentlich in der Hand? Juan stand mit der Waffe da und nahm eine Geisel, mit der er flüchtete. Soweit alles klar. Aber dann? Die beiden Leichen am Tatort waren laut Gerichtsmedizin erschlagen worden. Und das dazu noch ohne äußere Verletzungen. Das war absurd, lächerlich.

Hier offenbarte sich ein Rätsel, vor dem er bisher die Augen verschlossen hatte. Das Jagdfieber hatte ihn seine Objektivität verlieren lassen. Das durfte nicht noch einmal passieren. Also, es blieb nur eine Möglichkeit: sofort zurück nach Seattle, in seinen eigenen Zuständigkeitsbereich. Denn wenn es Lösungen für die offenen Fragen in diesem Fall gab, waren sie allein dort zu finden.

OREGON: Amtrak Cascades Hauptstrecke (Richtung Norden)

Im Waggon war es unangenehm schwül. Zwar saßen Juan und Ted nicht mehr in der prallen Sonne, aber die Hitze des Tages hatte das Innere stark aufgeheizt. Und das feuchte Stroh versprühte auch einen immer penetranteren, üblen Geruch, seit der Kontrolleur den Güterwagen verschlossen hatte. Durst quälte beide. Durch das Schwitzen hatten sie viel Wasser verloren. Die Wasserflaschen, die ihnen Belle, die nette Frau vom Campingplatz in Idanha, gegeben hatte, wären jetzt Gold wert. Doch die waren bei der überstürzten Flucht aus Mc. Cormiks Praxis zurückgelassen worden. Gleiches galt für die Müsliriegel.

Zudem kämpfte Juan gegen den Schlaf. Er war unglaublich müde. Durch die Ruhepause sank sein Adrenalinspiegel und hielt ihn nicht mehr wach. Nur die Schmerzen verhinderten den Schlaf. Wenigstens vorerst.

„Ted, wir müssen reden. Jetzt, wo wir eine kleine Auszeit haben."

„Ja, das denke ich auch."

„Es geht zu Ende. Diese Flucht ist bald vorbei. Auf die ein oder andere Weise."

„Du hast Angst davor. Hab ich Recht?"

„Ja und nein. Weißt du, einerseits fürchte ich mich vor dem, was nach meiner Festnahme und allem mit mir geschieht und anderseits bin ich auch froh, dieses Weglaufen zu beenden."

„Es ist gut, dass du von Festnahme und nicht von Tod sprichst."

„Freu dich nicht zu früh. Die Wahrscheinlichkeit zu sterben ist nicht gebannt. Und manchmal frage ich mich, ob das nicht die bessere Lösung für mich wäre."

„So was darfst du nicht denken. Schau, wenn es uns gelingt, Jeff tatsächlich zu überführen, dann bist du frei."

„Frei! Ganz sicher nicht. Auch wenn ich dann niemanden getötet hab, gibt es genug Straftaten, um mich in den Knast zu bringen."

„Aber nicht lebenslang."

„Aber für ne lange Zeit. Und es gibt noch ein Problem. Eigentlich sogar zwei. Erstens habe ich immer noch diese furchteinflößenden Visionen und anderseits, selbst wenn Jeff schuldig ist, wie zur Hölle sollen wir das beweisen. Verstehst du?

„Ich sehe das Problem. Du weißt nicht, wie du jemandem einen Mord nachweisen sollst, bei dem du noch nicht mal sicher bist, ob er überhaupt der Täter ist. Richtig?"

„Ja, und... und..." Juan fuhr sich nervös über die Stirn.

„Und das macht dir Sorgen", führte Ted den Satz zu Ende.

„Sozusagen. Ich suche nach Beweisen, die vielleicht gar nicht existieren, weil es nichts zu beweisen gibt. Oder ich finde Beweise, die nun ja."

„Die auf dich hindeuten? Auf dich als Täter. Davor fürchtest du dich. Nicht wahr?"

Juans Blick genügte als Bestätigung. Denn nahm man sämtliche Visionen zusammen und versuchte sie in eine logische Reinfolge zu bringen, dann ergab sich zwar ein unvollständiges Bild. Aber die Lücken, die in diesem Fall übrig blieben, könnte man mit den anzunehmenden wahrscheinlichsten Ereignissen schließen. All das ergab ein furchtbares Szenario. Juan tötete zwei Menschen und Jeff war total unschuldig.

So folgerichtig diese Überlegungen auch waren, eine Schwäche wiesen sie auf. Gesetzt den Fall, er selbst, Juan, war ein Mörder, welches Motiv steckte dahinter? Einfach so Leute ins Jenseits zu befördern, entsprach nun wirklich nicht seiner Natur. Hier gab es also einen Punkt, der nicht passte. Irgendetwas stimmte immer noch nicht.

Schließlich überkam ihn doch noch der Schlaf, trotz der körperlichen Schmerzen und quälenden Gedanken. Die Erschöpfung war einfach zu groß. Ted dagegen blieb wach. Ihn beschäftigte das Gleiche. Wenn Juan tatsächlich, aus welchen Gründen auch immer, getötet hatte und sich nicht mehr daran erinnern konnte, dann musste man eine ganz wichtige Frage stellen. Könnte das wieder passieren? Davon war auszugehen. Also, eine gewisse Vorsicht konnte nicht schaden. Dass Ted solche Überlegungen durch den Kopf gingen, zeigte seine Zweifel. Noch versuchte er innerlich zu Juan zu halten, aber sollte sich herausstellen, dass er vier Tage mit einem Mörder unterwegs war, dann ... ja, was dann? Vor der Flucht wäre es keine Überlegung wert gewesen. Niemand bei Verstand stellt sich auf die Seite eines Killers. Vom Sofa aus, ohne in einer solchen Situation zu sein, waren solche Entscheidungen einfach zu treffen. Wurde man jedoch damit direkt konfrontiert, änderten sich die Dinge grundlegend.

Letztendlich schlief auch Ted ein. Trotz aller Erschöpfung war es jedoch nur ein leichter Schlaf. Das kleinste unbekannte Geräusch neben dem Rattern der Wagenräder auf den Gleisen würde ihn wieder aufwecken. Doch so spürte man wenigstens nicht den Durst. Die Zunge klebte unangenehm am Gaumen und jeder Schluck Wasser würde wie ein Glas teuerster Champagner schmecken. Doch es gab kein Wasser.

Und während die beiden Jungen auf Schienen Richtung Norden rollten, fuhr auch der Polizist Corin Manheimer auf der Interstate 5 zurück nach Washington. Doch beide wussten nichts davon. Trotzdem, eine erneute Konfrontation würde nicht ausbleiben. Denn die Frage war nicht ob, sondern wann der Showdown kam.

Juans Träume waren entsetzlich und so war sein Schlaf kaum erholsam. Im Gegenteil. Die Träume waren durchsetzt mit zahllosen Schrecken. Er stand vor einem gewaltigen Dom. Eine riesige Kirche mit zwei spitzen Türmen über dem Eingangstor. Die Außenfassaden schmückten sich mit unzähligen Kapitellen und

Wasserspeiern. Doch sie verteilten sich unregelmäßig über die Wände und bildeten so ein unentwirrbares Durcheinander. Auch die beiden Torflügel des Eingangs wiesen keine Symmetrie auf. Während die rechte Seite von einem massiven Monstrum aus Bronze verschlossen wurde, befand sich auf der linken Seite nur eine dünne Glasplatte. Sollte Juan diese unheimliche, pechschwarze Kirche betreten? Eigentlich wollte er nicht, aber die eigentümliche Logik der Träume trieb ihn direkt ins Innere des Gotteshauses.

Vor ihm erstreckte sich das von 18 Säulen getragene Langhaus. Durch die Buntglasfenster drang nur ein matter grauer Schein auf die leeren Sitzreihen und die kahlen Wände. Keine einzige Heiligenfigur fand sich in dieser Kirche. Nur dort, wo normalerweise der Altar stand, ragte ein hölzernes Kreuz auf.

Doch an den Säulen hingen Bilder. Furchtbare Bilder. Angst und Schrecken strahlten sie aus. Sie zeigten Juans Visionen. Auch die Erinnerungsfetzen, die vor dem heutigen Tag aufgetreten waren..

Schon damals, als er mit viel Glück dem Wildwasserbach entkam, gab es eine kurze Vision. Und dann noch einmal in der Höhle. Diese Flashbacks waren zwar nur von kurzer Dauer gewesen, stellten aber wohl den Beginn dieser Höllenqual dar.

Je näher das zentrale Kreuz rückte, umso seltsamer schien die Figur von Jesus zu werden, die daran hing. Sie veränderte fast unmerklich ihr Aussehen. Von Minute zu Minute wurde die Figur lebensechter, wirkte mehr und mehr wie ein Mensch. Und dann geschah das Unvorstellbare. Als Juan an den Füßen des Heilands stand, stöhnte dieser und blickte auf. Doch das Gesicht war nicht das des gekreuzigten Jesus, sondern Juans eigenes. Mit weit aufgerissenen, flehenden Augen und von unbändigem Schmerz verzerrtem Mund. Er drehte sich mit Grausen weg. Denn in diesen Augen lag die Wahrheit über seine Visionen. Das Geheimnis, welches bisher noch nicht vollständig gelöst war.

Doch diese Wahrheit wollte er nicht sehen. Denn entweder lauerte dort eine Jeff-Kreatur, die mit Gedanken tötete (absurd und unvorstellbar) oder ein Juan, der zwei Menschen kaltblütig tötete (genauso absurd und unvorstellbar). Beide Alternativen würden seinen Verstand vernichten. Diese Erkenntnis war furchtbar. Denn noch träumte er, konnte sich allem verschließen, aber irgendwann würde die Realität ihm die gleichen beiden Möglichkeiten anbieten. Dann kam die Wirklichkeit ans Licht, ob man wollte oder nicht.

Langsam verblasste der Dom. Die Umrisse wurden immer weicher und zerfaserten dann wie dichte Nebelschwaden während des Auflösungsprozesses. Bald blieb nur Dunkelheit zurück, in die langsam Licht drang und einen strohbedeckten Boden offenbarte.

Der Alptraum hatte ein Ende. Leider war die Realität auch nicht gerade erstrebenswert. Es gab bessere Dinge, als mit einem Jungen, der innerhalb von vier Tagen von einer Geisel zu einem Freund geworden war, in einem Eisenbahnwaggon zu sitzen.

Und wenn es hart auf hart kam, könnte die Wirklichkeit den Alptraum übertreffen. Die Zeit verging unglaublich langsam, Minuten der Untätigkeit krochen dahin, dehnten sich zu gefühlten Stunden. Plötzlich wurde der Zug langsamer. Sie näherten sich ihrem Ziel. Doch das war nicht Seattle, sondern ihre Bahnfahrt endete schon in Tacoma, in der Nähe des Seehafens. Jetzt mussten beide den Waggon verlassen. Doch der war verschlossen. Sie konnten nur warten, bis jemand aufsperrte.

„Wer auch immer die Tür jetzt aufmacht, wird bestimmt überrascht sein, uns zu finden. Und ich glaub kaum, dass das ungeteilte Begeisterung hervorruft", äußerte Ted seine Befürchtung.

„Wohl kaum", antwortete Juan", aber noch hab ich eine Waffe."

„Mach jetzt bloß keinen Unsinn. Es bringt nichts, kurz vor Schluss noch jemanden umzubringen."

„Erstens will ihn nicht umbringen, sondern nur bedrohen und zweitens dauert die Flucht vielleicht länger, als du glaubst."

„Wir wissen beide, dass sie das nicht tut. Was denkst du, wie lange es dauert, bis die Bullen wissen, wo wir sind. Einen Tag? Zwei Tage? Wohl kaum. Vielleicht ist unser Aufenthaltsort schon bekannt."

„Denkbar, warten wir einfach ab, was passiert. Mehr können wir auch nicht machen."

Im gleichen Moment drehte sich ein Schlüssel im Schloss der Waggontür.

WASHINGTON: Tacoma

Ursprünglich wollte Corin Manheimer ohne Unterbrechung direkt nach Seattle durchfahren, um sich endlich mal richtig auszuschlafen und morgen die Jagd nach Juan mit neuem Eifer fortsetzen. Doch dann entschied er sich, seine Tante in Tacoma noch zu besuchen. Beide hatten sich seit Jahren nicht mehr gesehen. In den Telefonaten, die sie führten, war immer mal wieder die Idee eines Besuches diskutiert worden. Heute wäre eine gute Gelegenheit. Corins Ex-Frau (seit 3 Jahren war er geschieden) hätte bestimmt stundenlang herumlamentiert, wenn sie wüsste, dass die Tante gar nichts von dem überraschenden Besuch ihres Neffen wusste. Sein unangemeldetes Kommen stellte für ihn kein Problem dar, aber viele andere Leute schienen es anders zu sehen. Dennoch, Corins Großvater hatte auch öfter Bekannte ohne vorherige Absprache besucht und war nie abgewiesen worden.

Es gab also keinen Grund, bei der Tante nicht vorbeizuschauen. Es sollte auch nur ein kurzes Hallo werden. Vielleicht noch einen kleinen Drink und dann sollte es auch gut sein.

Corin verließ die Interstate 5 und lenkte seinen Wagen in die Hafengegend, in der seine Verwandte wohnte. Es waren nur ein paar hundert Meter zu ihrem Haus in der Willows Road.

Noch schien die Sonne, aber sie stand schon tief und die Dämmerung würde bald einsetzen. Auch die Temperaturen waren noch hoch. In diesem heißen Sommer brachte auch der Abend keine Abkühlung.

„Corin? Dich hätte ich jetzt am allerwenigstens erwartet. Wir haben uns ja ewig nicht gesehen", freute sich Tante Elizabeth über den plötzlichen Besuch ihres Neffen.

„Ich war gerade in der Gegend und dachte, schaust mal vorbei. Wir wollten uns ja sowieso mal treffen."

„Ja, aber du hättest anrufen können. Ich hab gar nichts vorbereitet."

„Das ist auch nicht nötig. Ich kann auch nicht stundenlang bleiben. Ich arbeite an einem Fall, der mich emotional aufrüttelt, aber eine kleine Pause wirkt oft Wunder."

„Ja, ja, das ist mein Neffe. Immer damit beschäftigt, böse Jungs zu jagen."

„In diesem Fall sehr böse. Glaub ich zumindest."

„Was soll denn das bedeuten?"

„Kann ich dir nicht sagen. Aber es gibt dort einige Punkte, die irgendwie seltsam anmuten."

„Gut, geht mich ja auch nichts an. Aber jetzt komm erst mal rein. Setz dich und ich seh mal, ob noch ein Bier im Kühlschrank steht."

„Mineralwasser wäre mir lieber."

„Das hab ich bestimmt, aber bist du unter die Antialkoholiker gegangen?"

„Nein, aber gerade ist mir nicht nach Bier zumute."

„Kein Problem. Also ein Wasser."

Die Tante verschwand kurz in der Küche und kam mit einem Glas Sprudel zurück.

„So", sagte sie, „erzähl mal. Was ist in den letzten drei Jahren passiert? Deine Mutter erzählte mir am Telefon, du wärst befördert worden, zum Leutnant."

„Ja, das war vor zwei Jahren. Aber das bedeutet nur mehr Arbeit bei minimal höherem Gehalt. Durch die paar Kröten, die man mehr verdient, wird das nicht aufgewogen."

„Kenn ich. Neuer Titel gleich mehr Arbeit, aber kaum mehr Geld."

„Aber ich will nicht jammern. Als ich zur Polizei ging wusste ich, auf was ich mich einlasse. Außerdem könnte es schlimmer sein. Wenn ich da an meine Kollegen in L.A. oder New York denke, haben wir es im Nordwesten direkt angenehm ruhig. So ein Fall wie im Moment ist recht selten."

„Du löst ihn aber sicher."

„Ich weiß, wer der Killer ist und muss ihn nur noch kriegen."

„Das bekommst du bestimmt hin."

„Danke, ein bisschen Aufmunterung kann ich vertragen."

„Soll ich Brote machen? Ein voller Magen trägt auch zum Wohlbefinden bei."

„Nein, Iza, mach dir keine Umstände. Wie gesagt, lange bleiben kann ich nicht. Wenn dieser Fall abgeschlossen ist, gibt es einen längeren Besuch. Dann ruf ich dich auch vorher an."

„Das hast du schon öfter gesagt. Passiert ist nichts. Ich bin froh, dich jetzt mal hier zu haben."

„Ich verspreche es dir."

„Ach, Corin, mein Lieber, versprich lieber nichts, was du nicht halten kannst."

Der Bahnarbeiter schob die Waggontür auf. Für einen Moment starrte er die beiden Jungs wortlos und überrascht an.

„He, was macht ihr Bengel denn in dem Wagen? Raus hier oder ich leg euch übers Knie, ihr Gesindel. Am besten hol ich gleich die Polizei. Die soll sich um euch kümmern."

„Sir, bitte, wir gehen schon. Lassen Sie die Polizei aus dem Spiel", antwortete Juan und hoffte, die Situation zu retten, bevor alles außer Kontrolle geriet.

„Keine Polizei? Habt wohl was ausgefressen. Ein Grund mehr, euch nicht einfach laufen zu lassen. So was wie euch gehört nicht auf die Straße."

Die meisten Leute würden dem Bahnmitarbeiter wohl Recht geben, dachte Juan. Doch der Mann hatte nicht alle Information, eigentlich gar keine, und mit seinem Verhalten mischte er sich in Sachen ein, die ihn nichts angingen. Die Wahrscheinlichkeit, die Waffe einsetzen zu müssen, und sei es auch nur als Drohung, stieg. Doch genau das hofften beide zu vermeiden. Es würde nur weiter zur Eskalation beitragen.

„Ich verstehe Ihren Ärger, aber… ."

„Nichts aber. Ihr bleibt jetzt schön hier und wartet, bis die Beamten kommen. Keine Diskussion mehr."

Na gut, wenn es der Kerl nicht anders haben wollte, dann eben auf die harte Tour.

Juan zog seine Pistole und richtete sie auf den Bahnmitarbeiter.

„Sir, bitte, machen Sie sich nicht unglücklich. Warum lassen Sie uns nicht einfach laufen? Ich möchte Sie ungern erschießen, aber ich schwöre Ihnen, Sie wären nicht der Erste."

Allein in dieser letzten Bemerkung lag eine Menge Sprengstoff. Denn hatte er wirklich gelogen? Aufgrund der Visionen war sich Juan selbst nicht mehr sicher. Und auch Teds Zweifel an der Unschuld Juans wuchsen. Immer stärker wurde sein Verdacht, dass er es hier mit einem psychisch labilen Menschen zu tun hatte. Konnte es sein, dass Juan paranoid und schizophren war? Anhaltspunkte gab es genug. Da war erstens die abenteuerliche Geschichte, Jeff könnte durch reine Gedankenkraft töten. Dies hielt Ted zwar für undenkbar, aber für Juan stellte es die reine Wahrheit dar, die er zumindest glaubte zu kennen. Eine Erinnerung an Dinge, die für geistig gesunde Menschen nicht existierten, aber von Schizophrenen für die unumstößliche Realität gehalten wurden. Unfähig, ihre eigene Wahrnehmung in Frage zu stellen. Zwar waren in Juans Fall Zweifel an der Abfolge der Ereignisse aufgetreten, und es hatte schon Diskussionen darüber gegeben, wer außer Jeff eigentlich der Killer sein könnte, aber letztendlich glaubte Juan bis jetzt nicht ernsthaft an seine Schuld, auch wenn sich die Indizien dafür mehrten.

Das alles machte ihre momentane Lage gefährlich. Viel komplizierter und unvorhersehbarer als sie sein müsste. Der Glaube an die eigene Unschuld, vermischt mit Zweifeln über das, was wirklich geschehen war, und die Vorstellung, sich nicht ergeben zu können, führte zu einer unheilvollen Erkenntnis. Wenn in der Zukunft nicht die geringste Perspektive auf ein erträgliches Leben lag, gab es nichts mehr zu verlieren. In diesem Fall würde auch der Mord an dem Bahnarbeiter keinen Unterschied machen. Was änderte es schon, ob man schuldig oder unschuldig war, wenn beides in den Abgrund führte.

Deshalb fürchtete Ted sich vor den nächsten Sekunden. Würde Juan schießen oder nicht?

„Du tötest mich nicht. Deine Hand zittert ja schon", äußerte der Bahnarbeiter schließlich seine Vermutung.

„Ich würde nicht darauf setzen", antwortete Juan.

„Wenn du wirklich vorhättest, mich zu erschießen, hättest du es schon getan."

„Sie spielen ein gefährliches Spiel. Gehen Sie einfach aus dem Weg."

„Ich werde...." Der Bahnangestellte überdachte seine bisherige Entscheidung und sagte dann: „Na gut. Steck deine Waffe weg, Junge. Ich lass euch laufen. Es bringt wohl keinem etwas, wenn noch jemand verletzt wird. Aber glaubt mir, was auch immer ihr beiden vorhabt, es wird nicht gut ausgehen."

Ganz vorsichtig drückten sich die Jungs an dem beleibten Mann vorbei und liefen so schnell wie möglich weg, bevor der es sich noch anders überlegte.

„Ich dachte schon, es ist vorbei. Warum hat er eigentlich seine Meinung so plötzlich geändert?", äußerte Ted seine Erleichterung.

„Hat er nicht, mein Freund. Er ist davon überzeugt, dass wir nicht weit kommen. Und wenn ich mich hier so umschaue, könnte er recht haben."

„Ja, das ist nicht Seattle. Wo zum Henker sind wir eigentlich?"

„Tacoma. Dorthin hat uns der Zug gebracht."

„Sicher?"

„Was soll es denn sonst sei?."

„Na toll, das sieht nicht gut aus."

„Nicht gut, Ted? Es könnte kaum schlechter sein. Aber egal. Wir sollten sehen, hier so schnell wie möglich wegzukommen."

Die Jungen sahen sich einem Irrgarten von Containerzügen gegenüber. Hunderte Möglichkeiten, sich bei der Flucht über die Gleise zu verletzen. Doch es war die einzige Route, die sie wählen konnten. Alternativlos.

Der Güterbahnhof hatte glücklicherweise keine gewaltigen Ausmaße. Es bestand nicht die Gefahr, sich zu verlaufen, doch sehr schnell merkten die beiden, dass ihr Fluchtweg nicht ideal aussah. Denn nach nur wenigen hundert Metern standen sie unvermittelt vor einem Parkplatz. Den größten, den Ted und Juan je gesehen hatten. Man konnte kaum schätzen, wie viele Autos darauf gepasst hätten. Zehntausende, vielleicht sogar noch mehr. Große Areale waren leer, aber andere Bereiche dafür voll besetzt. Auch wenn es ihnen widerstrebte sich auf ein freies Gelände zu begeben, sie mussten sie über diesen Platz, denn eine Rückkehr war keine Option. Es war ratsam, sich dort aufzuhalten, wo viele Fahrzeuge parkten. Sie gaben wenigstens etwas Deckung, auch wenn diese unvollständig war.

So schutzlos und ausgeliefert hatte Juan sich selten gefühlt. Es kam fast einer Einladung gleich, ihn zu fassen. Und Ted fühlte sich bestimmt auch nicht wohl. Inzwischen spürte man, dass sich die Flucht dem Ende zuneigte. Noch war nicht abzusehen, wie dieses Ende aussehen würde, aber die zukünftigen Ereignisse warfen schon unheilvolle Schatten. Diese wurden von Minute zu Minute konkreter.

Gerade erreichten die Jungen den Mittelpunkt des Parkplatzes, als sie entdeckt wurden.

„Hey, ihr Penner, was wollte ihr hier?", rief ihnen ein Mann zu. Er trug die Uniform des Sam's Club Distribution Center, dem wohl dieses Gelände gehörte. Sich auf eine Diskussion wie bei dem Bahnmitarbeiter einzulassen, würde keinen Sinn machen. Zudem hatte Juan auch keine Lust mehr dazu. Die Zeit für Gespräche war vorbei. Endgültig.

Glücklicherweise befanden sich in der Nähe mehrere Reihen nebeneinander stehender Autos. Vielleicht bot sich eine Chance zu entkommen, wenn es gelang, die Fahrzeuge als Deckung zu benutzen. Doch es schien aussichtslos.

Beide duckten sich zwar, aber im selben Moment rief der Mann Verstärkung herbei.

„Michael, Devon, kommt mal schnell. Ich hab hier zwei Autodiebe auf frischer Tat ertappt. Die wollen flüchten."

Die Situation war beinahe zum Lachen. Während der Flucht wurde mehr als nur ein Wagen gestohlen und nie hatte Gefahr gedroht, deswegen gefasst zu werden. Und jetzt, wo Juan eigentlich gar nichts vorhatte, außer schnell hier wegzukommen, unterstellte man ihm die Absicht eines Diebstahls.

Die drei Männer bewegten sich auf sie zu. Es blieb nur noch die Möglichkeit, wegzurennen. Einfach nur irgendwo hin, in der Hoffnung, schnell genug zu sein.

Die beiden Jungs liefen nach Westen direkt in die tiefstehende Sonne hinein, in Richtung des großen Handelshafens. Dessen Betriebsgelände begann direkt hinter dem Parkplatz und war an dieser Stelle nicht mit einem Zaun abgesperrt. Man brauchte nur die Marshall Avenue zu überqueren und schon betrat man das Areal der US Oil & Refining Corporation. Die Firma siedelte direkt an den Docks. Ein wirtschaftlich vorteilhafter Standort.

Die Raffinerie, die ihre hohen Türme in den Himmel reckte und mit ihren verschlungenen Rohren wie ein Kunstwerk wirkte, ließen sie links liegen. Ihr Ziel waren die großen Kraftstoffbehälter ganz in der Nähe.

Juan und Ted mussten ihre Verfolger abschütteln. Doch die kamen immer näher. Wenn es schon tiefe Nacht gewesen wäre, könnte man sich gut in den Anlagen verstecken, auch wenn diese bei Dunkelheit unter Flutlicht lagen. Aber jetzt, am helllichten

Tag, standen die Chancen schlecht. Inzwischen schlossen sich nämlich auch Mitarbeiter der Ölfirma der Jagd an, die natürlich auch daran interessiert waren, diese beiden verwahrlost aussehenden Jungen von ihrem Gelände zu bekommen. Sie stellten ein unkalkulierbares Sicherheitsrisiko dar.

Welche Drohungen die Männer ihnen andauernd nachriefen, war Juan egal, aber die Situation wurde immer hoffnungsloser.

In seiner Verzweiflung keinen Ausweg zu sehen, drehte er sich um und feuerte auf die Verfolger. Nur, um sie zu erschrecken und einen kleinen zeitlichen Vorsprung zu bekommen. Niemand sollte verletzt werden. Genau aus diesem Grund ging der Schuss auch deutlich an den Männern vorbei. Doch es kam zu einem folgenschweren Zwischenfall. Die Kugel traf einen kleinen, alten Kraftstoffbehälter, dessen verrostete Wand einem Projektil kaum Widerstand entgegensetzte. In dem Behälter selbst befand sich kein Benzin mehr, aber eine Mischung aus Treibstoffdämpfen und Luft in einem leicht entzündlichen Mischungsverhältnis. Der Treffer reichte aus.

Eine Stichflamme, durchzogen von pechschwarzem Rauch, schoss zischend in die Höhe. Doch so harmlos diese erste Explosion gewesen sein mochte, sie beschädigte dennoch die Außenhülle eines direkt danebenliegen riesigen Kraftstofflagers. Eine korrodierte Schweißnaht, die bei der letzten Sicherheitsinspektion wohl übersehen worden war, hatte die strukturelle Integrität des Lagers gefährlich geschwächt. Der kleinste Riss löste eine fatale Kettenreaktion aus. Ein riesiger, rotgelb glühender, schwarzgeränderter Feuerball erhob sich mit einem ohrenbetäubenden Donnerschlag in den Himmel. Die beiden Jungen starrten fassungslos auf die riesige Explosion. Wie in Zeitlupe stieg das Feuer in die Höhe. Dann traf sie die Druckwelle.

Der Krach der Detonation war im ganzen Hafen und den angrenzenden Wohngebieten zu hören. Auch in dem Haus von Corins Tante in der Willows Road. Hier fiel beinahe die Glasscheibe aus dem Rahmen.

„Was zur Hölle ist das denn?", fragte die Tante, obwohl die Antwort offensichtlich war. Eine schwarze Rauchsäule konnte man vom Fenster aus sehen.

„Da ist irgendwas explodiert", sagte Corin. „Ich muss da hin. Vielleicht kann ich helfen. Es gibt bestimmt Verletzte."

„Nein, bitte bleib hier. Wenn es Verletzte gibt, wird sich bestimmt gleich um sie gekümmert. Das ist nicht deine Sache."

„Tantchen, du weiß doch. Ich bin Polizist und auch wenn es nicht mein Zuständigkeitsbereich ist, sehe ich es als meine Pflicht an, zumindest meine Hilfe anzubieten, wenn sie von Nöten ist. Und nach der Explosion ist sie es garantiert."

Corins Tante gab es auf, ihren Neffen zurückhalten zu wollen. Wenn er sich etwas in den Kopf gesetzt hatte, konnte man es ihm nicht wieder ausreden. Sämtliche Argumente prallten wirkungslos ab.

Also ließ sie ihn gehen. Schon auf dem Weg zum Hafen hörte man die Sirenen der Feuerwehrautos, die den Hafenlöschkräften zu Hilfe kamen. Auch die örtliche Polizei war auf dem Weg zum Ort des Geschehens. Glücklicherweise hielten die anderen Kraftstoffbehälter stand und so loderte keine dritte Explosion auf, die wahrscheinlich noch weitere nach sich gezogen hätte. Die Zerstörungen wären verheerend gewesen. Aber auch eine einzelne schwere Detonation richtete genug Schäden an.

Nicht nur Juan und Ted wurden von der Druckwelle zu Boden geworfen; auch ihre Verfolger stürzten. Einige von ihnen erlitten schwere Verletzungen, da sie sich nah an dem Explosionsherd aufhielten. Genau das hatte Juan vermeiden wollen, aber jetzt war es nicht mehr zu ändern.

Die Jungs rappelten sich nur mit Mühe auf. Ihnen taten alle Glieder weh. Die lodernden Flammen des Infernos entzogen sie kurzzeitig den Blicken ihrer Jäger. Diese Möglichkeit mussten sie nutzen. Auch gegen alle Schmerzen und Erschöpfung.

Das Gelände der Ölfirma hinter sich zu lassen, war oberstes Gebot. Die beiden hätten es gar nicht betreten dürfen. Erst dadurch war es ja zu dieser Katastrophe gekommen. Die Aufregung durch das Feuer war so groß, dass ihnen kaum noch jemand Beachtung schenkte. Jeder schien vollauf damit beschäftigt, den Brand zu bekämpfen. Selbst die, die sie bis jetzt verfolgt hatten, gingen in dem Chaos unter.

Trotz allem spielte die Situation Ted und Juan in die Hände. War der Schuss aus reiner Verzweiflung abgegeben worden, standen die Chancen nur wenige Minuten später deutlich besser.

Kam man unentdeckt aus der Raffinerie, wäre es bestimmt nicht schwer, in Tacoma unterzutauchen. Immerhin besaß die Stadt fast 200.000 Einwohner und bis die Behörden erkannt hatten, wer die beiden tatsächlich waren, blieb genug Zeit, sich gut zu verstecken. Wie es danach weitergehen sollte, wussten allein die Geier.

Es erwies sich als leicht, wieder zur Marshall Avenue zu gelangen, die den großen Parkplatz und die Ölfirma trennte. Auch hier herrschte helle Aufregung. Feuerwehr, Polizei und Schaulustige. Jeder war gekommen, um entweder zu helfen oder zu gaffen.

In diesem Getümmel stieß Juan zufällig mit einem Polizisten zusammen. Normalerweise wäre er als einer der vielen Leute durchgegangen, die nur mal was Interessantes sehen wollten, doch es war nicht irgendein Polizist. Juan erkannte den Cop sofort und auch der wusste, wen er vor sich hatte.

Dieses unerwartete Zusammentreffen unter solchen Umständen und an diesem Ort überraschte Corin dermaßen, dass es ihn kurzzeitig lähmte. Nur für Sekunden, doch die reichten den beiden Jungen, um sich wieder unters Volk zu mischen. Sie hofften, darin verschwinden zu können.

Nein, diesmal nicht. Hier wird ein Schlussstrich gezogen, dachte Corin. Es waren genug Kollegen vor Ort, um der Sache endgültig ein Ende zu bereiten. Ob Zuständigkeitsbereich oder nicht, das war ihm im Moment so was von egal.

Während sich Juan und Ted durch die Menge wühlten, um diesem Tumult zu entfliehen und sich wieder halbwegs frei bewegen zu können, rief Corin einige seiner Kollegen herbei, erklärte ihnen, dass sich in der Nähe ein gesuchter Mörder befand und bat sie, ihn zusammen mit ihnen verfolgen zu dürfen..

Da ihre Anwesenheit bei der Bekämpfung des Feuers, das inzwischen unter Kontrolle war, nicht mehr zwingend notwendig erschien, gab es keinen Grund, einen Verbrecher laufen zu lassen. Die Jagd begann.

Die beiden Jungen hatten sich inzwischen aus der Menge befreit und waren Richtung Norden gelaufen. Doch die Polizei hatte ihre Spur schon aufgenommen. Was auch kommen mochte, die Flucht musste vorbei sein. Noch heute.

Die Sonne sank langsam immer tiefer dem Horizont entgegen. Der Polizei spielte das nicht gerade in die Hände. Bei Dunkelheit würde es schwerer sein, eine Festnahme durchzuführen. Corin hätte daher lieber bei Tag zugeschlagen, aber nun wurde es wahrscheinlich doch Nacht.

Sein Eifer und die Aussicht auf baldigen Erfolg unterdrückten jeden Zweifel an der Richtigkeit dieser Verfolgung. All die kleinen Ungereimtheiten des Falles schob er beiseite. Sie waren jetzt ohne Belang.

Juan fühlte sich unwohl. Erschöpfung und die Angst vor der Festnahme trieben ihm den Schweiß aus den Poren. Seine Haare waren schon ganz nass.

Die vielen kleinen Gassen in diesem Stadtteil Tacomas boten ein recht trostloses Bild. Dafür gab es viele Verstecke. Zahlreiche Möglichkeiten, die Polizisten in die Irre zu führen. An ein Entkommen wagte er jedoch nicht zu denken. Es ging nur um ein Hinauszögern des Unvermeidlichen. Wenn die Beamten auch nur ein wenig Hirn besaßen, wussten sie bestimmt, wo sich die beiden Jungs aufhielten und hatten den Stadtteil abgeriegelt. Nun brauchte man nur noch die Schlinge zuzuziehen und schon waren Ted und Juan gefasst.

„Mein Gott", seufzte Juan, „was hab ich nur für einen Wahnsinn heraufbeschworen. Das ist alles so unwirklich."

„Ich weiß, was du meinst. Was in den letzten Tagen alles so passierte, kann man kaum glauben. Trotzdem, ich bin froh, dass wir uns kennerlernten."

„Das kannst du nicht ernst meinen. Ich hab dich als Geisel genommen."

„Ja, die Umstände waren natürlich suboptimal, und am Anfang dachte ich tatsächlich, das war's jetzt, du stirbst, aber dann... na ja, ich erkannte, dass du kein schlechter Mensch bist."

„Wenn du dich da mal nicht irrst."

„Nein, ich irre mich garantiert nicht. Auch im Hinblick auf deine Visionen. Welches Geheimnis sich auch immer dahinter verbergen mag, es würde meine Meinung nicht ändern. Ja, du hast Fehler gemacht. Diese Flucht hätte niemals passieren dürfen, aber du bist nicht durch und durch schlecht. Red dir das nicht ein."

„Ich bin sprachlos. Was soll ich dazu sagen. Nach allem, was ich dir angetan hab, vertraust du mir."

„Nein, das tue ich nicht. Du vertraust dir ja selbst nicht. Ich sagte nur, dass du nicht von Grund auf böse bist. Verstehst du? Deshalb bin ich bisher nicht geflohen, obwohl es genug Möglichkeiten gegeben hat."

Ted hatte Recht. Er hatte mehr als einmal die Chance zur Flucht gehabt, sie aber nie genutzt. Und auch jetzt, in diesem Moment, blieb er bei ihm.

Die Sirenen der Polizeiautos wurden lauter. Die Cops suchten Straße für Straße ab. Eine langwierige Arbeit, aber erfolgversprechend. Langsam wurde es immer düsterer. Die Straßenlaternen gingen an. Mehrere blieben jedoch dunkel. Jugendliche hatten so lange dagegen getreten, bis die Glühbirnen kaputt gingen. In Vierteln, die als sozialer Brennpunkt galten, keine Seltenheit.

„Du musst jetzt gehen. Hier ist es zu Ende", sagte Juan zu Ted.

„Nein, ich kann dich doch gerade jetzt nicht allein lassen."

„Doch, du musst. Dein Weg geht hier und jetzt nicht mehr weiter. Das letzte Stück muss ich allein gehen."

„Und warum darf ich dich nicht begleiten?"

„Weil du mir in den letzten vier Tagen ein Freund geworden bist. Und wenn du jetzt nicht gehst, wirst du dich zerstören. Ich hab dich in diese Sache mit hineingezogen und das tut mir wirklich leid."

„Am Anfang hatte ich Todesangst, aber es wurde zum größten Abenteuer meines Lebens."

„Ein Abenteuer? Ja, aber eines, das für dich tödlich enden könnte. Und jetzt schnell, die Bullen müssen jeden Moment hier sein."

„Na gut, aber bitte pass auf dich auf, Juan. Lass dich nicht erschießen. Gib auf, wenn es gar nicht mehr weiter geht. Nichts ist es wert, dafür zu sterben."

„Ich verspreche es dir. Und nun hau endlich ab."

Ted lief, wenn auch etwas widerwillig, weg. Das letzte Kapitel konnte beginnen. Juan rannte weiter. Dieser Teil von Tacoma war eines der elendesten Viertel der ganzen Stadt, besaß jedoch daneben noch eine Eigenschaft. Viele Häuser standen leer. Die Bewohner waren weggezogen. Entweder freiwillig oder weil die Raten für ihr lang ersehntes Eigenheim nicht mehr bezahlt werden konnten. Auch die mehrstöckigen Mietshäuser aus Backsteinen wiesen hohe Leerstände auf. In den unteren Etagen schimmerte nur selten ein blasses mattes Licht, das meiste wirkte unbewohnt und verwahrlost, halb verfallen und kaum zugänglich. Die Straßen waren in einem noch schlechteren Zustand. Ihre Beläge hatte die lange Trockenzeit spröde gemacht und Risse durchzogen den Asphalt.

Es war düster, man musste bei jedem Schritt aufpassen, um nicht über irgendetwas zu stolpern. Nur langsam gewöhnten sich Juans Augen an die Dunkelheit, aber das verringerte die Gefahr, sich zu verletzen, kaum.

Im Laufen beobachtete er über die Schulter hinweg, wie der flackernde Schein der Blaulichter der Polizeiautos und das Heulen ihrer Sirenen immer näher kamen. Es waren mindestens zwei, vielleicht sogar drei. Die verwinkelten Straßen erlaubten keinen direkten Blick auf die Hauptstraße. Doch das Gassengewirr bot auch Vorteile. Die Verfolgung musste, auch von den Beamten, zu Fuß fortgesetzt werden. Kein Wagen passte durch diese engen Straßen.

Hier soll ich sterben? Im Unrat und Dreck? dachte Juan. In den letzten Tagen war er immer wieder dem Tod entkommen. Aber auch wenn alle diese Begegnungen glimpflich ausgegangen waren, einen gewissen Respekt für das Entkommen hatten ihm seine Gegner immer gezollt. Jetzt ging es nur noch um die Jagd. Wie ein großes Spiel zur Belustigung der verfolgenden Polizeibeamten. Er war die Beute, und die musste erlegt werden, koste es, was es wolle.

Juan brauchte ein Versteck. Er war von Gebäuden umzingelt. Die Eingänge dieser verlassenen Ruinen wurden mit morschen Holzplatten und rostigen Bauzäunen versperrt und bei den toten Fenstern sah es nicht besser aus. Wäre er erst mal in einem Haus, wäre die Bewegungsfreiheit eingeschränkt, bliebe er aber draußen, böte sich den Verfolgern immer wieder ein leichtes Ziel. Keine einfache Entscheidung.. Er klammerte sich an die, durch nichts gestützte Vorstellung, ein Versteck würde ihm etwas Schutz bieten, zumindest mussten die Polizisten dann ganz nah kommen, um ihn zu entdecken. Obwohl er vermutete, dass ein Nahkampf nicht ganz das Finale war, das seine Jäger im Sinn hatten; sie würden ihn viel lieber erschießen, während er eine breite Straße überquerte. Wenn dem so war, würde Juan ihnen die Suppe nur allzu gern versalzen, auch wenn es ihm nur wenige Minuten einbrachte.

Plötzlich tauchte neben ihm ein Wassergraben auf. Er überlegte kaum und sprang hinein, ohne sich Gedanken darüber zu machen wie es weitergehen sollte. Die Optionen gingen ihm langsam aus. Längst agierte er nicht mehr, sondern reagierte nur noch auf die Aktionen der Polizei. Sie bestimmten den Verlauf der Dinge und trieben ihn unaufhaltsam in den Untergang. Bis zu den Knien tief im stinkenden Abwasser, watete er so schnell wie irgend möglich auf eine unbeleuchtete Stelle des nächsten Gebäudes zu. Ein mehrstöckiges, vollständig leerstehendes Mietshaus. Das war noch schwerer beschädigt als viele andere. Es zeigte Risse und Löcher wie ein alter Baum, der vom Blitz getroffen worden war. Einige der Blessuren wirkten nur oberflächlich, aber andere dagegen drangen tief ins Innere des toten

Gebäudes vor. Von dort bot sich vielleicht eine Gelegenheit, in die oberen Stockwerke zu gelangen. Dort konnte man sich dann verstecken. Um noch einmal das Unvermeidliche hinauszuzögern.

Ein greller gelber Lichtstrahl kam vom Himmel und glitt über die Außenseite der Ruine. Juan kauerte sich ins Wasser, bis nur noch der Kopf heraus schaute und der Gestank so unerträglich wurde, als wäre man in einer Kloake. Er wartete, bis der Suchscheinwerfer des Hubschraubers weiterzog.

Jetzt waren Stimmen zu hören. Sie kreischten wie ein Rudel blutrünstiger Hyänen. Schwarze Schatten von Polizisten huschten mit gezückter Dienstwaffe zwischen den Gebäuden umher und verständigten sich mit Handzeichen.

Mehrere ungezielte Schüsse trafen das Gebäude. Kalk und abgesprengte Mauersplitter klatschten ins braune dunkle Wasser. Ein Lichtstrahl glitt knapp über Juans Kopf hinweg. Schon zum zweiten Mal in kurzer Zeit. Seine mühsamen Atemzüge, ausgelöst durch die Erschöpfung, klangen ihrerseits wie Waffenlärm in den Ohren.

Juan holte tief Luft und tauchte in der stinkenden Brühe unter. Es kostete ihn Überwindung. Die Erinnerung an den Sprung in den McKenzie River kam wieder hoch, auch wenn es große Unterschiede gab. Beide Male verfolgte ihn die Polizei, aber damals war er mit Ted in sauberes, rauschendes Wasser gesprungen. Hier gab es nur eine stehende, verdreckte und wahrscheinlich mit Krankheitserregern verseuchte braune Brühe. Sehen konnte man nichts mehr, aber er konnte sich auf den Tastsinn verlassen. Eine neue Erfahrung. Glücklicherweise reichte der Wassergraben bis zur Wand der Ruine. Mit den Fingern tastete er sich die Wand entlang. Das Wasser übertrug den Schall weiterer Schüsse. Sie klangen dumpf und seltsam gedämpft. Wieder spritzte es auf. Er hätte sich am liebsten übergeben, aber dann blitzte das Gesicht des Mannes auf, der diese Jagd anführte und löste den brennenden Wunsch aus, ihn zuerst sterben zu sehen, bevor sein eigenes Leben endete. Doch dieser Wunsch, so übermächtig er auch sein mochte, würde wohl unerfüllt bleiben. Detective Corin Manheimer hatte deutlich größere Chancen, diesen Wahnsinn zu überleben als Juan Miguel Martinez.

Noch immer auf den Knien und unter Wasser, spürte er langsam, wie ihm die Luft ausging. Bald musste Juan wieder an die Oberfläche. Jede Sekunde dehnte sich zur Ewigkeit. Auch auf die Gefahr hin, in die Mündungen geladener Polizeirevolver zu starren, tauchte er auf und wischte sich die dreckige Brühe aus den Augen. Die Beamten waren ganz in der Nähe, drehten ihm aber gerade den Rücken zu. Direkt neben ihm klaffte ein Loch in der Wand des Hauses. Nicht groß, aber groß genug für einen Menschen. Ohne lange zu überlegen, schlüpfte er hindurch.

Er keuchte nur und bemühte sich, möglichst kein Geräusch zu machen, ging in die Knie und lag erst mal nur da. Es waren sicher nicht mehr als ein paar Sekunden unter Wasser gewesen, aber Juan hätte vor Erleichterung beinahe laut aufgeschrien. Die Erleichterung verflog sogleich.

Es dauerte eine gefühlte Ewigkeit, bis sich sein Atem beruhigte und das Gehirn genug Sauerstoff bekam, um zu überleben und auch das Denken wieder aufzunehmen.

Draußen waren das Gewirr der Stimmen und die Schüsse lauter geworden. Warum wurde eigentlich immer noch in der Gegend rumgeballert? Hatten seine Jäger aus Blutrausch den Verstand verloren? Immer wieder drang der gelbe Strahl des Suchscheinwerfers durch die Risse des Gebäudes und trieb ihm die Tränen in die Augen.

Als es wieder finster wurde, schaute er auf und entdeckte etwas. Es war nur ganz schwach zu erkennen, fast ein Wunder, bei diesen extrem schlechten Sichtverhältnissen. Man hatte schon gelesen, bei ausreichender Sensibilisierung sei die menschliche Netzhaut im Prinzip fähig, schon auf ein paar Photonen zu reagieren. Auch sollten sich Soldaten einer überragenden Nachtsicht rühmen, die möglichst viele Stunden in der Finsternis verbrachten, um sich an das Dunkel anzupassen. Ob das stimmte oder nicht, war im Moment irrelevant. Juan war nie Soldat gewesen und ihm war auch noch nie eine besondere Nachtsichtfähigkeit aufgefallen.

Was er aber sah, war eine Treppe oder eher das Skelett einer solchen.

Eine baufällig aussehende, verrostete Eisenkonstruktion, die nach oben führte und in absoluter Schwärze verschwand.

„Er ist da drin. Da treibt ein Stofffetzen von seinem Hemd im Wasser", hörte er Corin triumphierend rufen.

„Mich kriegst du nicht in diese Drecksbrühe", maulte ein anderer Polizist.

„Es hast ja auch keiner gesagt, dass wir dem Burschen nachschwimmen. Das Haus hat auf der anderen Seite bestimmt auch noch einen Eingang."

Aufgrund dieser Worte rappelte sich Juan auf und schlich auf die Treppe zu. Er hatte sich in der Entfernung verschätzt und war überrascht, wie weit es noch war, aber mit jedem Schritt konnte man sie nun deutlicher erkennen. Sie führte etwa drei bis vier, vielleicht auch fünf Meter steil nach oben, bevor sie mit der Dunkelheit verschmolz. Die Decke hier sackte durch, wie ein Stück Leintuch mit einem Stein.

Ob man sich auf die Treppe verlassen konnte? Sollte sie unter ihm zusammenbrechen, waren Verletzungen nicht auszuschließen. Von denen hatte er inzwischen wirklich genug.

Dennoch machte sich Juan an den Aufstieg. Wo das Geländer noch vorhanden war, konnte man sich hochziehen, wenn mal eine Stufe fehlte oder zu morsch und unsicher wirkte, um draufzutreten, aber die Konstruktion knarrte bedenklich. Doch er ließ sich nicht abschrecken, selbst als eine Stufe unter seinem Gewicht zusammenbrach und die Teile polternd in die Tiefe stürzten. Das hörten natürlich auch die Polizisten.

Unter ihm wurde es plötzlich hell. Der Schein von Taschenlampen leuchtete durch die Dunkelheit zu ihm herauf. In Uniform gekleidete Gestalten erschienen. Man konnte sie ganz deutlich erkennen. Es waren Corin und seine Schergen. Mit genügend Waffen versehen, um einen Krieg zu beginnen.

Juan hatte den Treppenabsatz der ersten Etage erreicht und blieb stehen. Zu beiden Seiten war es dunkel, aber langsam manifestierten sich Formen. Seine Augen gewöhnten sich immer mehr an die Dunkelheit. Er tastete nach seiner Waffe. Sie war verschwunden. Er musste sie im Wasser verloren haben. Vielleicht war es ganz gut so. Weiteres Unheil wurde damit möglicherweise verhindert.

Vielleicht sollte er sich besser nach links oder rechts halten, anstatt weiter nach oben zu steigen. Er musste sich jetzt entscheiden und landete hoffentlich nicht in einer Sackgasse. Dann bewegte sich etwas in der Finsternis. Doch es handelte sich nur um einen streunenden Hund, der versehentlich in diese Jagd hineingeraten war.

Letztlich fiel die Entscheidung doch auf einen weiteren Aufstieg zum nächsten Stockwerk, welches hoffentlich erreicht werden konnte, bevor die Polizei ihn fasste.

Beinahe hätte er es geschafft.

Corin entdeckte ihn als erster und stieß einen Freudenschrei aus. Der grelle Blitz des Mündungsfeuers flackerte in der Dunkelheit auf. Die Kugel traf die Treppe. Der Schuss ließ sie zusammenbrechen. Corin musste sich ducken, um nicht von den Trümmern getroffen zu werden, doch dann zog er ein weiteres Mal den Abzug durch. Juan war fast aus der Schusslinie und glaubte, noch einmal entkommen zu sein, als sich die Kugel in seinen Unterschenkel fraß. Zuerst war da nur ein leichtes Ziehen zu spüren, doch dann explodierte der Schmerz.

Ein dritter Schuss krachte und zerstörte auch noch den Rest der Treppe. Hätte Corin nur etwas besser gezielt, der Schuss hätte Juan den Rest gegeben.

Stattdessen unterdrückte er den Schmerz - das Adrenalin half etwas - und ging in Deckung, lag ganz still. Seine Kleider waren so durchnässt und der Boden so feucht, dass Juan nicht feststellen konnte, wie stark er eigentlich blutete. Ob das, was man spürte, Blut oder Nässe war. Doch das war nebensächlich. Er war entkommen, wenn auch nur für wenige weitere Minuten. Die Polizei würde bald da sein.

Nun ging es nicht mehr weiter. Die Schmerzen aller Verletzungen übermannten ihn. Gleichzeitig überschwemmten wieder die Bilder seinen Geist. In solcher Fülle, dass er begann, zu verstehen. Er erschoss vor vier Tagen die Menschen; nicht Jeff. Auch wenn immer noch das Motiv fehlte, eine erschütternde Erkenntnis, die seinen ohnehin schon labilen Verstand vollends zerbrach.

„Juan, steh auf, wenn du leben willst."

Die ruhige Stimme war ihm bekannt. Sie gehörte Ted.

„Wie kommst du denn hierher?"

Ted war in der Nähe geblieben und hatte die Jagd auf Juan aus sicherer Entfernung mitverfolgt. Als er glaubte, dass nun das Ende nahe war, rannte er zur Polizei und bat sie, mit dem Zugriff zu warten. Vielleicht wäre er in der Lage, Juan vom Aufgeben zu überzeugen. Corin war zuerst misstrauisch, stimmte dann aber fast enttäuscht zu.

„Auf der Vorderseite des Gebäudes gibt es eine breite Betontreppe, die auch ins 1. Stockwerk führt. Aber das ist nicht wichtig. Wichtig ist nur, dass ich jetzt da bin", antwortete Ted.

„Ja, aber was machst du hier?"

„Dein Leben retten:"

„Was?"

„Juan, es ist vorbei. Hier geht es zu Ende. Das Gebäude ist umstellt. Sie werden dich töten, wenn ich dich nicht davon überzeugen kann, sich zu ergeben. Dann bleibt dein Leben geschont. Detective Manheimer hat es mir zugesichert."

„Und du glaubst, er hält Wort?"

„Ich weiß es nicht. Aber es ist deine einzige Chance."

„Sie haben das Gebäude umstellt, hast du gesagt?"

„Ja, und wenn du nicht aufgibst, werden die Bullen dich erschießen. Du hast keine Waffe mehr, und selbst wenn, gibt es keine Alternative. Oder willst du sterben?"

„Das werde ich wahrscheinlich ohnehin, denn eines solltest du wissen: ich denke, ich habe damals vor vier Tagen in Seattle tatsächlich zwei Menschen umgebracht."

„Ich weiß. Du konntest oder wolltest dich nur nicht mehr daran   erinnern."
"Aber wie ist so was möglich? Bin ich im Kopf wirklich so krank? Habe ich meinen Verstand völlig verloren?" Die Frage war eher rhetorisch gemeint. Er wusste die Antwort. Wie man eine solche Krankheit auch immer nannte, sie trieb ihn in den Wahnsinn.

All das, was auf Juan innerhalb von wenigen Minuten einstürzte, brachte ihn zum Weinen. „Komm, Juan", sagte Ted und legte ihm seinen Arm um den Hals, „gehen wir raus, bevor die Polizei doch noch einen Zugriff wagt."

Das Blicken der grellen Blaulichter tat seinen Augen weh. Wie der Suchscheinwerfer des Hubschraubers, der immer noch über der Szenerie schwebte. Die Schmerzen in seinem zerschossenen Bein wurden noch vom Adrenalin etwas unterdrückt, würden aber bald furchtbar werden. Es war vorbei. Die Flucht endete hier mit dem Klicken der Handschellen um seine Handgelenke.

Die Gerichtsverhandlung dauerte kaum fünf Tage. Nach einem psychologischen Gutachten wurde Juan von dem Gericht für schuldunfähig wegen seelischer Störungen und weiterhin für die Gemeinheit gefährlich erklärt und in die forensische Psychiatrie eingewiesen. Eine Aufarbeitung der Ereignisse fand nicht statt. Man versuchte es noch nicht mal, in der Furcht Dinge ans Licht zu bringen, die besser im Dunklen bleiben sollten.

Doch Corin Manheimer hegte bis zu seiner Pensionierung Zweifel, ob der Fall Martinez vielleicht vorschnell zu den Akten gelegt wurde. Denn was genau damals in Seattle passiert war, konnte nie in allen Einzelheiten aufgeklärt werden. Die Verhandlung hatte nicht die erhoffte Klarheit gebracht und als Corin auch nach Juans Verurteilung weiter an diesem Fall arbeiten wollte, legte man ihm nahe die Dinge ruhen zu lassen. Insbesondere die Ermittlungen gegen Jeff Clark, der wohl tiefer in der Sache mit drin steckte, als bisher angenommen, wurden von höchster Stelle untersagt.

Epilog

WASHINGTON: Lakewood, Western State Hospital (geschlossene Abteilung)

Tage nach der Gerichtsverhandlung besuchte ihn Jeff in der Psychiatrie. Im Besuchsraum waren beide allein. Nur ein Pfleger beaufsichtigte sie.

„Glaubst du wirklich, dass du die beiden Kerle an der Baugrube umgebracht hast, Juan?", fragte Jeff

„Sieht leider so aus."

„Du glaubst, dich daran zu erinnern? Sag mir ehrlich, erinnerst du dich wirklich daran? Ich meine, an den Mord selbst."

Die Frage war interessant. Sie brachte Juan zum Nachdenken. Bis jetzt hatte er nur versucht, die Bilder in seinem Kopf in eine sinnvolle Reihenfolge zu bringen. Die Lücken wurden dann aus der Phantasie aufgefüllt. Und zu diesen Lücken gehörte auch die direkte Tötungs-handlung. Denn an die konnte er sich bis heute nicht wirklich erinnern. Auch eine Vision dazu hatte es nie gegeben.

„Nein? Ich bin mir sicher, es gibt immer noch Fragen. Nicht wahr?", sprach Jeff weiter.

„Und da kannst du mir weiterhelfen? Willst du mir das damit sagen?"

„Kluger Junge. Genau das will ich damit sagen."

„Na, dann fang mal an."

„Womit? Erst mal musst du mir eine Frage stellen. Was genau willst du denn wissen, Juan?"

„Fang einfach an. Ganz vorne."

„Meinetwegen. Die Morde. Ich weiß, du hast da eine Erinnerung, in der ich der Killer bin, aber denkst jetzt, sie wäre falsch. Du glaubst, dass es unmöglich ist, durch reine Gedankenkraft zu töten."

„Was? Was sagst du da? Ich meine, woher kennst du meine Erinnerung, wenn sie doch falsch ist?"

„Die Frage kannst du dir selbst beantworten."

„Ist es dir möglich, meine Gedanken zu lesen?"

„Oh Mann, du verstehst gar nichts. Willst du oder kannst du die Wahrheit nicht erkennen?"

„Ich weiß schon lange nicht mehr, was ich glauben soll."

„Armer kleiner Juan. Du bist ja wirklich ziemlich fertig."

„Das ist noch untertrieben."

„Ok, dann erzähl ich dir mal ganz kurz, was passiert ist, und das ist die Wahrheit, ehrlich. Erst mal, du hast tatsächlich niemanden getötet. Das war ich."

„Was soll das? Du willst mich nur verwirren." Als wäre ich nicht schon verwirrt genug, dachte Juan.

„Nein, will ich nicht. Trotz allem, ich mag dich immer noch, und ich finde, du hast ein Recht, die Wahrheit zu erfahren, auch wenn sie dir kein Mensch glauben wird. Seit etwa einem Jahr, es fing direkt nach meiner Genesung vom Krebs an, fiel mir auf, dass ich Emotionen spüren kann. Kein richtiges Gedankenlesen, aber eine gewisse Empathie. Ich weiß also, wie Leute sich fühlen und kann sie durch Suggestion beeinflussen."

„Das ist ein Scherz, oder?"

„Ein Scherz? Glaubst du das tatsächlich? Denk doch mal nach. Warum flieht jemand, der unschuldig ist und nimmt auch noch eine Geisel?"

„Das weiß ich selbst nicht mehr so genau."

„Ha, aber ich. Diese Flucht war meine Idee."

„Deine Idee?"

„Ja, meine Idee. Wobei, nicht direkt. Es war die Ausweglosigkeit, die du geglaubt hast zu sehen. Die habe ich dir suggeriert. Der Rest, also deine Reaktion auf die Ausweglosigkeit, ist dann deine Entscheidung gewesen. Damit hatte ich nichts zu tun. Ich bin selber überrascht, wie alles gelaufen ist. Interessanter und besser als ich dachte."

Juan schüttelte den Kopf. „Totaler Blödsinn." Das durfte jetzt nicht sein. Waren seine ersten Erinnerungen also doch die Wirklichkeit gewesen und die späteren Visionen die Unwahrheit? Er war kurz davor, den Verstand zu verlieren. Die Trennlinie zwischen Realität und Phantasie, Wahrheit und Lüge, brach langsam zusammen.

Dann kam die Erinnerung an das Gefühl der Fremdheit zurück. Das, was er am Anfang der Flucht gespürt hatte. Als wäre ein anderer in seine Gedanken eingedrungen. War dies die Suggestion gewesen?

„Übrigens", begann Jeff „deine falschen Erinnerungen oder Visionen, wie du sie nennst, waren doch wirklich interessant, nicht wahr?"

„Meine Visionen? Und wer hat dir davon erzählt?"

„Ted. Und du kannst froh sein. Er hält immer noch zu dir, auch wenn er das vor Gericht natürlich nicht zugeben kann. Ich hab mit ihm gesprochen und ihn unter dem Vorwand, du wärst immer noch mein allerbester Freund, und ich wüsste gar nicht, was eigentlich passiert ist, über dich ausgefragt. Und da kamen auch deine Visionen zur Sprache."

„Bist du auch dafür verantwortlich?"

„Nicht wirklich. Aber ganz unschuldig bin ich nicht. Siehst du, wenn man anfängt, seine eigenen realen Erinnerungen anzuzweifeln, wird man unsicher. Du hast gesehen, wie ich mit einer kleinen Konzentrationsübung einen Polizisten in Sekunden getötet hab. Dies widerspricht jedoch verständlicherweise deiner Alltagserfahrung. Dann ist da noch die Flucht, deren Ursache du dir nicht so richtig erklären kannst und wegen der du Schuldgefühle hast. Also hast du versucht, eine logische Erklärung zu finden. Schuld und ein unglaubliches Ereignis, gepaart mit möglichen Nachwirkungen der Suggestionen, können dazu führen, sich Dinge auszudenken. Eine Ereignisfolge, die ohne übersinnliche Phänomene auskommt, egal ob sie falsch oder wahr ist. Das ist meine Vermutung, warum deine Visionen entstanden sind. Genau weiß ich es selbstverständlich nicht. Ich bin kein Psychologe."

„Dann war das alles deine Idee?"

„Nein, hörst du mir eigentlich zu? Ich sagte doch, ich gab dir nur die Emotionen. Was du daraus gemacht hast, ist ganz allein auf deinem Mist gewachsen. Aber du kannst stolz auf dich sein. Dir ist es gelungen, für ein paar Tage die Nachrichten zu beherrschen. Doppelmörder von Seattle auf der Flucht, lauteten die Schlagzeilen."

„Wenn das alles wahr ist, wie konnte ich überhaupt entkommen. Warum hast du mich den Polizisten und Ted nicht einfach auch umgebracht? Das versteh ich dann nicht."

„Wenn ich das getan hätte, wäre es ja uninteressant geworden. Und dass du mich nicht erschießt, wusste ich."

„Meinst du nicht, dein Geständnis ist etwas gefährlich? Der Pfleger könnte dich hören."

„Der hört nur, was ich will."

Ohne ein weiteres Wort stand Jeff auf und ging. Juan wurde in seine Zelle zurück gebracht. Er war wieder allein.

Das Gefühl, das sich ihn ihm ausbreitete, war kaum zu beschreiben. Eine erbarmungslose Kälte befiel seinen Körper. Gleichzeitig fühlte er sich wie ein Stern, der alles in Asche verwandeln konnte. Doch kein loderndes Feuer, wie heiß es auch immer brennen mochte, konnte das Eis in ihm tauen. Es ließ alles erstarren, Gedanken und Gefühle hörten auf zu existieren. Für ihn die einzige Möglichkeit, den Verstand am Ende nicht doch noch zu verlieren.

Einige Wochen später wurde bekannt, dass Jeff Clark und seine Mutter bei einem Autounfall ums Leben gekommen waren. In vieler Hinsicht eine Erleichterung. Der endgültige Abschluss des Albtraums..

Doch vor Juan lag noch ein langer Weg. Überschwemmt von Psychopharmaka und selbstzerstörerischen Zweifeln, wer er wirklich war. Den endlosen Gesprächen mit den Psychiatern konnte er meist nicht folgen. Die starken Medikamente vernebelten seinen Verstand zu sehr.

Ob Juan das Ziel, sofern es überhaupt eines gab und welcher Art es auch immer sein mochte, erreichte, würde die Zukunft zeigen. Eine grauenhafte Zukunft, die er eingesperrt in einer von Wahnsinn durchtränkten Welt verbringen musste.

S.B.

Juni 2016

Nachwort

Handlung und Personen sind frei erfunden. Jede Ähnlichkeit mit tatsächlich lebenden oder toten Personen ist rein zufällig. Alle in der Handlung erwähnten Örtlichkeiten gibt es tatsächlich. Aus dramaturgischen Gründen wurden nur minimale Einzelheiten verändert, wobei darauf geachtet wurde, so wenig wie möglich von der Realität abzuweichen.